George Gipe

Explorers

Ein phantastisches Abenteuer

BASTEI LÜBBE

BASTEI-LÜBBE-TASCHENBUCH
Band 13 040

Deutsche Lizenzausgabe 1985
Bastei-Verlag Gustav H. Lübbe GmbH & Co., Bergisch Gladbach
Originaltitel: Explorers
Ins Deutsche übertragen von Bernd Müller
Umschlaggestaltung: Quadro-Grafik, Bensberg
Satz: ICS-Computersatz GmbH, Bergisch Gladbach
Druck und Verarbeitung:
Clausen & Bosse, Leck
Printed in Western Germany
ISBN 3-404-13040-5

Der Preis dieses Bandes versteht sich einschließlich
der gesetzlichen Mehrwertsteuer.

I

Es begann mit einem Traum.

Der Traum des vierzehnjährigen Ben Crandall gehörte einesteils in diese Welt und anderenteils in eine Welt, die er noch nie zuvor gesehen hatte. Soweit er das feststellen konnte, war sie von Lebewesen unbewohnt, dem Anschein nach ein öder, unfruchtbarer Planet, unberührt selbst durch Mikroorganismen. Am Himmel über der Ebene, auf der er stand, wälzten sich dunkelgrüne Wolken, gepeitscht von einem Wind, der sich an seinen Wangen seltsam sanft anfühlte. Bekleidet mit einem Schlafanzug – ein Aspekt, den er im Zustand des Träumens weder als seltsam noch als peinlich empfand –, richtete er den Blick auf den Horizont und die zerklüfteten Berggipfel, die dort aus der eintönigen Ebene aufragten. Dann blickte er hinab auf seine nackten Füße. Er stand offenbar auf einer Oberfläche aus großen Kristallen, die nachgaben wie Sand, als er die Zehen bewegte, und unter ihm einen farbenprächtig schillernden Effekt erzeugten.

Eine Weile blieb er einfach inmitten dieser fremdartigen Umgebung stehen, schnüffelte, besah sich alles und ließ auf seinen Körper einwirken, was immer er dort vorfand. Eigenartigerweise fühlte er sich durch diese Welt weder bedroht noch eingeschüchtert. Falls sie ein Geheimnis barg, würde es sich ihm schon bald offenbaren. Er hatte nichts weiter zu tun, als aufnahmebereit zu sein, sich höchstens behutsam umzusehen.

Plötzlich hatte er das Gefühl, springen zu können. Nicht etwa nur ein paar Zentimeter in die Luft zu hüpfen, sondern mühelos in eine Höhe, wie er sie in seinem Erdendasein nie erreicht hatte. Er atmete tief ein, ließ jedoch die Luft wieder ausströmen, bevor er etwas unternahm. Die Angst hatte ihn nun doch gepackt. Stell dir doch mal vor, sagte sie, du könntest so hoch springen, daß du dich im Runterkommen ernstlich verletzt.

Er beschloß, das Risiko einzugehen. Wieder atmete er tief ein, stellte sich auf die Zehenspitzen und stieß sich vorsichtig ab. Zu seiner Überraschung stieg er etwa zwei Meter hoch in die Luft, ehe er gemächlich auf die kristalline Fläche zurückschwebte. Das war ein entschieden angenehmes Gefühl. Mit einem leisen, vergnügten Brummen ging er in die Hocke und stieß sich mit aller Kraft vom Boden ab.

Als er den unmittelbaren Schock verarbeitet hatte, an die sieben bis zehn Meter emporgeschleudert zu werden, entspannte Ben sich und sah zu, wie der Boden unter ihm zurückwich. Dabei bildeten die Verfärbungen der kahlen Ebene Muster heraus, spitze Winkel und enge Kurven, die einem riesigen Gemälde oder der Schemazeichnung für einen Schaltkreis glichen. Der Effekt war verblüffend und rief ein Gefühl der Benommenheit in ihm hervor.

Bei einer Körperdrehung in der Luft entdeckte er, daß er sich in der Schwebe halten konnte, indem er wie ein Schwimmer mit den Beinen ruderte, worauf er kaum noch wahrnehmbar an Höhe verlor. Auf diese Weise seitwärts gedreht, studierte er die Einzelheiten des farbenprächtigen Musters und versuchte herauszufinden, was es damit auf sich hatte, oder, falls ihm das mißlingen sollte, es sich für zukünftige Nachforschungen einzuprägen. Sein Körper büßte während jenes langen Augenblicks tiefer Konzentration nach und nach seine Schwebekraft ein, und kurz darauf mußte er feststellen, daß er mit besorgniserregend hoher Geschwindigkeit der Planetenoberfläche entgegensauste. Er fand jedoch heraus, daß er in der Lage war, seinen Körper abzubremsen, indem er die Arme ausstreckte, ja sogar die Richtung zu ändern, indem er ihren Winkel zum Körper veränderte. Fasziniert beobachtete er das Verschmelzen der schematischen Muster, die immer undeutlicher wurden, je mehr er sich der Oberfläche dieser seltsamen Welt näherte.

Näher und immer näher kam sie. Er schien schneller zu werden anstatt langsamer. Egal wie sehr er mit den Armen ruderte oder den Körper verrenkte, er hörte nicht auf zu fallen, nun völlig ungebremst, ein Stück Ballast, das dem Boden entgegenstürzte, während der Wind ihm in die Augen stach und ihm den Atem in die Kehle preßte.

Er setzte zum Schrei an – und plötzlich war er wach.

Der Schockzustand dauerte weniger als fünf Sekunden an. Dann tastete er, einem Impuls folgend, schlaftrunken neben seinem Bett nach Papier und Bleistift und stieß dabei in seiner Hast ein Glas Wasser um. Er kümmerte sich nicht um das Wasser, schloß die Augen und begann sich Notizen zu machen, während er sich die Einzelheiten des Traums ins Gedächtnis rief. Beinahe eine Minute lang flog der Bleistift nur so über das Papier und hinterließ eine merkwürdige Mischung aus Kurzschrift und Zahlen.

Dann brach er ab. Bens Augen öffneten sich langsam, blinzelten und und schlossen sich wieder. Er preßte die Fingerspitzen gegen die Stirn, zog die Brauen zusammen und knirschte mit den Zähnen, so sehr mühte er sich, weitere Einzelheiten des Traums hervorzuholen, der nun in seinem Kopf sehr rasch verblaßte.

»Das wär's«, murmelte er schließlich. »Der eine Abschnitt ist leer geblieben, aber es ist besser als gar nichts.«

Er besah sich die vor ihm liegende Seite, änderte einige Symbole, so daß sie leserlicher wurden, und sank zurück auf das Kissen. Vielleicht konnte er ja den Traum dort wieder aufnehmen, wo er aufgehört hatte. Das war ihm schon einmal gelungen. Er erinnerte sich, wie er einmal im Anschluß an eine Schulstunde über die Geschichte Amerikas von einem Plan geträumt hatte, mit dem man Abraham Lincoln davor bewahren konnte, von John Wilkes Booth erschossen zu werden. Er war während der entscheidenden Augenblicke des Traums mindestens fünfmal aufgewacht und hatte jedesmal dort wieder angefangen, wo er beim letzten Mal aufgehört hatte. Es war ihm sogar gelungen, den Präsidenten zu retten, doch wenige Minuten später mußte er mit ansehen, wie dieser von einem Pferdefuhrwerk überfahren wurde.

Der Traum von jener fremdartigen, schematisch gemusterten Welt kam jedoch nicht wieder trotz seiner verzweifelten Versuche, ihn bewußt zu erzwingen.

»Verdammt«, sagte er. »Jetzt kann ich bestimmt nie wieder einschlafen.«

Er setzte sich auf, spürte das Tröpfeln lauwarmen Wassers auf seinen Zehen und erinnerte sich an das umgestoßene Glas. Als er es wieder aufgestellt hatte, benutzte er einen

Pullover, der über einer Stuhllehne hing, um die Pfütze aufzuwischen.

Der Fernseher neben Bens Bett zeigte *Kampf der Welten*. Ben war eingedöst, gleich nachdem der amerikanische General angeordnet hatte, die Invasoren vom Mars mit einer Atombombe zu vernichten. Nun sah Ben ohne großes Interesse zu, wie Gene Barry und die junge Frau in dem Haus beieinander saßen und ihrem Schicksal entgegensahen. Er kannte den Film längst in- und auswendig und wußte, daß sich kurz darauf das einzelne Auge des Marsbewohner in dieses Zimmer projizieren würde, nur um von den Amerikanern zerstört und dann genau untersucht zu werden. Das erste Mal, als er den Film gesehen hatte, hatte sich Ben tatsächlich während der haarsträubenden Szenen unter der Decke verkrochen, doch jetzt ließ dieser Filmklassiker ihn völlig kalt.

Er nahm das Blatt Papier, auf das er seine Notizen gekritzelt hatte, stand auf und schaltete die Lampe neben seinem Bett an. In ihrem matten Licht zeigte sich, daß die Wände des Zimmers mit einer bunten Ansammlung von Science-Fiction-Plakaten behängt waren; von der Decke baumelten ein geflügelter Dinosaurier und mehrere Flugdrachenmodelle; auf Bens Schreibtisch stand ein großes Robotermodell.

Er durchquerte den Raum, blieb vor einem Regal stehen und nahm ein leistungsfähiges Walkie-talkie zur Hand. Er schaltete es ein, drehte am Abstimmknopf, bis die richtige Frequenz eingestellt war, drückte einen selbstgebastelten Alarmknopf und sprach mit befehlsgewohnter Stimme ins Mikrophon.

»Hey, wach auf«, sagte er.

Wolfgang Mullers Traum war weniger geheimnisvoll als der seines Freundes Ben, auch wenn Sigmund Freud sicher seinen Spaß dabei gehabt hätte, ihn zu analysieren. Darin war er durch die vertrauten Schulkorridore gewandert, als er plötzlich merkte, daß ihm der linke Schuh fehlte. Er war stehengeblieben, hatte sich im Flur umgesehen, den Schuh jedoch nirgends entdecken können. Etwa zur gleichen Zeit hatte er festgestellt, daß sein Hemd nicht mehr da war. Er war hinter einem Schrank in Deckung gegangen und hatte sich über seine mißliche Lage

Gedanken gemacht, während immer neue Kleidungsstücke auf wundersame Weise von seinem Körper verschwanden, ohne einen Hinweis zu hinterlassen, wohin.

»Was ist los?« murmelte er.

Ein innerer Drang gemahnte ihn, daß er seiner Lage zum Trotz weiter den Flur entlanggehen mußte. Daher setzte er tief gebückt im Krebsgang seinen Weg fort, vorbei an Dutzenden von Schülern, die seltsamerweise seine rasch fortschreitete Entblößung gar nicht zu bemerken schienen. Schließlich war ihm, fast am Ende des Korridors, nicht ein Fetzen Kleidung geblieben. Er schlich sich in die Toilette, gerade als es klingelte.

Nur daß es sich nicht um die Schulglocke handelt. Es war der Summer an seinem Walkie-Talkie.

Wolfgang schlug die Augen auf. Gottseidank, dachte er, als er bemerkte, daß er sicher in seinem eigenen Bett lag, statt verloren und splitternackt in der Toilette der Charles M. Jones Junior Highschool stehen. Zu klein geraten für seinen Körperumfang, mit zarten Gesichtszügen, lag er unter dem Gewirr aus Laken und Wolldecken, und seine Arme bildeten immer noch ein schützendes V vor seinem Leib, eine Geste, die er aus dem Traum herübergerettet hatte. Als er erkannte, daß er nun außer Gefahr war, atmete er hörbar aus, gerade als das Walkie-talkie ein zweites Mal summte.

»Hey«, sagte Ben Crandalls vertraute Stimme, »wach auf.«

Wolfgang entdeckte seine Brille auf dem Nachttisch neben seinem Bett und wickelte sich langsam aus den Laken und Decken. Er setzte die Füße behutsam auf den Boden – die Erfahrung hatte ihn gelehrt, daß er Gefahr lief, auf eine Vielzahl scharfkantiger Objekte zu treten, wenn er nicht vorsichtig war –, griff nach dem Walkie-Talkie und meldete sich.

»Es ist drei Uhr morgens«, sagte er. »Wehe, wenn das nicht was Gutes ist.«

»Ist es«, fuhr Ben fort. »Wenigsten glaube ich das.«

»Schieß los!«

»Ich habe da was Komisches geträumt«, sagte Ben.

»Ich auch.«

»Ehrlich?« fragte Ben, und der Gedanke, die Träume könnten identisch sein, schoß ihm durch den Kopf.

»Klar«, antwortete Wolfgang. »Und worum ging's bei deinem?«

»Ben hielt immer noch das Blatt Papier mit den eigenartigen Zeichen darauf in der Hand und starrte es an, während er sprach. »Es war alles so real«, begann er. »Ich bin hoch über dem Boden dieses seltsamen Planeten in der Luft herumgeflogen. Aber der Boden war kein richtiger Boden. Er war eine riesige Zeichnung, wie ein Schaltkreis oder sowas.«

»Interessant«, murmelte Wolfgang.

»Und ich bin nicht in einem Flugzeug geflogen«, fügte Ben hinzu. »Es ging wie von selbst, als hätte der Planet praktisch keine Schwerkraft. Ich konnte Hunderte von Metern in die Luft springen.«

Wolfgang kratzte sich im Nacken und wartete auf mehr. »War's das?« fragte er endlich.

»Ja, so ungefähr.«

»Ich hab geträumt, ich wäre in der Schule und hätte nichts an«, sagte Wolfgang. »Ich bin den Flur entlanggegangen und dabei sind mir die Kleider einfach abhanden gekommen, und ich mußte mich auf der Toilette verstecken.«

»Jedenfalls«, fuhr Ben fort, »habe ich ein Diagramm gezeichnet, wie der Boden ausgesehen hat, soweit ich mich noch daran erinnern konnte, und ich dachte, du könntest es dir morgen mal ansehen.«

»Du meinst, heute.«

»Ja, richtig.«

»Klar doch«, gähnte Wolfgang. »Kann ich machen. Dürfte ich jetzt vielleicht weiterschlafen?«

»Meine Mutter ist im Anmarsch«, sagte Ben hastig. »Over und Out.«

Wolfgangs Walkie-talkie verstummte. Er starrte es einen Augenblick an, ehe er es ausschaltete, setzte sich dann auf die Bettkante und gähnte noch einmal. Sein Zimmer, das mußte er in diesem Moment der Ruhe zugeben, war tatsächlich, wie seine Mutter oft genug betont hatte, entsetzlich unordentlich. In sämtlichen Ecken und Winkeln häuften sich uralte Chemiebaukästen, ausgeschlachtete Radios, denen die Innereien heraushingen wie ausgeweidetem Vieh, elektronische Spiele und auseinandergenommene Heimcomputer. Mitten auf seinem

Schreibtisch lag eine Lötpistole, umgeben von ganzen Stapeln Transistoren, Vorschaltwiderständen und Drahtspulen.

»Ich werde mal aufräumen«, beschloß er. »Morgen vielleicht. Oder übermorgen.«

Er lehnte sich wieder in die Kissen, schloß die Augen und versuchte, nicht an seinen unbekleideten Spaziergang durch die Schulkorridore zu denken.

Im Haus der Crandalls ließ Ben das Walkie-talkie neben seinem Bett auf den Boden gleiten, während er unter die Decken hechtete und die Augen zumachte. Die Schritte, die er zu hören geglaubt hatte, wurden deutlicher, als seine Mutter langsam die Tür zu seinem Zimmer öffnete und hereinsah. Als er das linke Auge nur einen Spalt breit aufmachte, konnte Ben ihre vertraute Silhouette in der Tür gleich rechts neben dem Fernseher erkennen, auf dem soeben Los Angeles von marodierenden Marsbewohnern mit Feuerbomben beworfen wurde. Gene Barry rannte weiter um sein Leben, während um ihn herum die Stadt brannte.

Mit einem Kopfschütteln betrat Mrs. Crandall auf Zehenspitzen den Raum, sah einen Moment lang zu Ben herüber und drehte dann den Fernseher ab, ohne auch nur einmal hinzusehen. Die gewalttätigen Begleitgeräusche hatten genügt, um sie davon zu überzeugen, daß das kein Programm für sie war.

Darren Woods' Traum war eher unzusammenhängend.

Er mühte sich darin mit dem Problem ab, wie man ein gewöhnliches Fahrrad in ein Mini-Motorrad mit Rennqualitäten verwandelt. Er saß im Wohnzimmer der Familie bei der Arbeit, und überall lagen ölverschmierte Ersatzteile, Werkzeuge und schmutzige Lumpen verstreut. Auf dem Sofa ruhte die Fahrradkette und verschandelte mit ihrer schwarzen Schmiere die neuen beigen Polster. Darren fragte sich, was wohl in ihn gefahren sei, daß er so eine Arbeit im feinsten Zimmer der Familie erledigte.

Im angrenzenden Raum hörte er zwei Stimmen. Einen Augenblick lang dachte er, eine davon gehöre seiner Mutter, bis er sich blitzartig voller Verzweiflung darauf besann, daß sie tot war. Die Stimmen gehörten seinem Vater und dessen

Freundin Mona, und sie stritten sich wegen Darren. Widersinnigerweise war es Mona, die ihn gegen einen Hagel von Beschimpfungen vor seinem Vater in Schutz nahm.

»Der Junge taugt nichts!« brüllte sein Vater. »Gestern ist er mit seinen schmierigen Händen in meinen Lastwagen gestiegen und hat überall Fingerabdrücke hinterlassen. Ich hätte ihn umbringen können.«

»Er ist doch nur ein Junge. Laß ihn.«

»Er ist irgendwie danebengeraten. Nichts als Schwierigkeiten. Ich wette, er steckt auch jetzt wieder in irgendwelchen Schwierigkeiten. Wo zum Teufel ist er überhaupt?«

Darren sah sich im Zimmer um, das den Eindruck erweckte, als seien die Three Stooges darüber hergefallen. Wenn sein Vater hereinkam und das Durcheinander sah, würde er ihn auf der Stelle ermorden. Er griff nach der schmierigen Fahrradkette und versuchte sie vom Sofa zu zerren, aber zu seiner Bestürzung hing sie an den Bezügen fest, als wäre sie angeklebt. Darren spürte, wie ihm der Schweiß in die Augen rann, als sich Schritte näherten.

Gleich darauf betrat sein Vater das Zimmer, fluchte wild und zielte mit der riesigen Faust nach dem Kopf seines Sohnes. Als ihn der Schlag traf, riß Darren die Augen auf und merkte plötzlich, daß er sich nicht mehr im Wohnzimmer seines Traums, sondern in seinem eigenen Bett befand. Durch die dünnen Wände hindurch konnte er deutlich hören, daß sein Vater und Mona wie so oft ihren üblichen allmorgendlichen Streit ausfochten. Eine glückliche Familie waren sie nicht. Darren machte noch einmal die Augen zu und dachte an glücklichere Tage zurück, bevor seine Mutter gestorben war, und fragte sich, wie lange es wohl noch dauern mochte, bis er dem entkommen konnte.

Als Ben endlich wach und vollständig angezogen war, war sein älterer Bruder Bill längst soweit, aufzubrechen. Ben machte sich Hoffnungen darauf, von ihm mitgenommen zu werden, rannte in die Küche, warf ein Aufbackbrötchen in den Toaster und holte es wieder heraus, als er Bill zur Tür gehen sah.

»Hey, Bill«, sagte er. »Warte doch.«

Bill setzte seinen Weg zur Tür fort.

Mrs. Crandall, die gerade den Geschirrspüler ausräumte, blickte auf, als Ben seinem Bruder hinterherlaufen wollte.

»Dein Pausenbrot«, sagte sie.

Ben vollführte eine Kehrtwendung um 180 Grad und fischte seine Brottüte vom Küchenbuffet.

»Bis dann, Ma«, sagte er und warf die Verpackung des Brötchens in die ungefähre Richtung, wo der Mülleimer stand.

Er schoß aus der Vordertür, als Bill gerade seinen Wagen bestieg, ein blankpoliertes, zehn Jahre altes Modell.

»Hey, Bill«, sagte er. »Kannst du mich mal eben zu Wolfgang rüberfahren? Das liegt auf dem Weg zur Schule. Du verlierst dabei nicht eine Sekunde.«

Bill schüttelte den Kopf. »Tut mir leid, Kleiner. Ich nehme Andrea mit. Wir haben heute eine Schulsprecherkonferenz.«

»Na und?«

»Und ich habe keine Zeit, irgendwelchen Unsinn zu machen.«

»Wahrscheinlich willst du bloß wieder mit Andrea allein sein«, beschuldigte Ben ihn.

»Kann sein«. lächelte Bill.

»Wetten, daß du sie fragst, ob du sie mal ins Autokino mitnehmen darfst.«

»Freitagabend.« Bill grinste, ehe er sich von seinem kleineren Bruder abwandte, als wäre dieser überhaupt nicht existent.

Da er ohnehin sein Traumdiagramm vergessen hatte, trabte Ben noch einmal ins Haus und holte es. Als er gerade durch die Hintertür wieder verschwinden wollte, ohne sie hinter sich zuzumachen, hörte er, wie seine Mutter ihm hinterherrief.

»Hey, Ben!«

Er lief weiter und tat so, als hätte er sie nicht gehört, doch sie folgte ihm auf die Veranda und fing ihn ab, als er gerade auf sein Fahrrad stieg.

»Ich möchte dich bitten, das Fliegengitter hinter dir zuzumachen«, sagte seine Mutter. Ihr Tonfall deutete darauf hin, daß sie es leid war, um solche grundlegenden Dinge bitten zu müssen.

»Klar, Ma«, erwiderte Ben.

»Und noch was«, sagte sie. »Bekomme ich von dir kein

guten Morgen mehr zu hören? Sogar dein Bruder sagte auf Wiedersehen.«

Ben schwang das Bein über sein Fahrrad und stieß sich in Richtung Hausecke kräftig ab.

»Guten Morgen, Mama!« schrie er über die Schulter und setzte sich in Bewegung.

Eine Minute später hatte er die Hauptstraße vor dem Haus erreicht, und das Rasseln seines alten Fahrrades ging im Lärm unter, der hier zur Hauptverkehrszeit herrschte.

Obwohl er ein sehr intelligenter junger Mann war, haßte Wolfgang Muller die Schule mehr als alles andere, ja er ordnete sie, was die pure Abneigung anging, noch vor Rosenkohl und Steckrüben ein. Er konnte einfach nicht verstehen, warum man den Schülern nicht das Pensum für ein Jahr zuteilte und ihnen gestattete, nach 365 Tagen mit ihren fertigen Projekten zur Benotung wiederzukommen. Er liebte es, für sich allein in der Abgeschiedenheit seines Elternhauses zu arbeiten. Wenn das Schulsystem ihm das erlaubt hätte, wäre er nicht gezwungen gewesen, tonnenweise Bücher hin und her zu schleppen und dabei einzelne Papiere und gelegentlich ganze Bände zu verlieren. Jetzt, da er nicht weniger als zehn Bücher hochstemmte, dachte er an die Zeit und die Energie, die damit verschwendet wurde, zur Schule zu gehen und wieder nach Hause. Würde man diese Zeit auf nützlichere Arbeit verwenden . . .

Aber was hatte es für einen Sinn, überhaupt darüber nachzudenken? Das System und Wolfgang paßten einfach nicht zueinander. Die Morgensonne leuchtete hell und schien durch die Bäume, die in diesem hübschen Stadtteil die Straße säumten; die Blätter waren bunt, braun und orangefarben, die Luft klar und frisch, aber Wolfgang kam sich dennoch wie ein Gefangener vor. In was für eine peinliche oder ärgerliche Situation er heute wohl wieder geraten würde? Jeden Morgen schleppte er sich im immer gleichen Zustand stiller Verzweiflung zur Schule wie ein Pechvogel, der nur darauf wartet, daß ihm die nächste Leiter, der nächste Baum oder der nächste Tresor auf den Kopf fällt. Sein störrisches Haar fiel ihm ins Gesicht, seine Augen starrten finster geradeaus, und sein

Gesicht glich einer geballten Faust, während er sich wie in Trance auf seinen Tempel des Schicksals zubewegte.

Die anderen Schüler – Zwangsverpflichtete nannte Wolfgang sie – schienen die Schule längst nicht so schlimm zu finden. Jetzt rannten sie oder strampelten auf ihren Fahrrädern an ihm vorbei und rempelten ihn auf dem Weg in ihre Klassenzimmer rücksichtslos an. Sie schrien und lachten sogar und schienen ihre unfreiwillige Knechtschaft beinahe zu genießen.

Als die Schule bereits in Sicht war, ereignete sich der erste Vorfall des Tages, ganz wie Wolfgang es vorausgesehen hatte. Einer seiner Hauptplagegeister, in der Schule wie in der Freizeit, war Steve Jackson, ein stämmiger, dümmlicher Fünfzehnjähriger, der obendrein für sein Alter sehr groß war. Die erste Erniedrigung, die Steve ihm zugefügt hatte, lag schon so weit zurück, daß Wolfgang sich nicht einmal mehr an sie erinnern konnte. Von jenem schwarzen Tag an hatte es Steve normalerweise immer geschafft, zumindest einen körperlichen oder seelischen Treffer bei ihm anzubringen, obwohl Wolfgang ihm aus dem Weg ging und den viel größeren Jungen mied. Nun hörte er, daß hinter ihm Schritte näherkamen, gleich darauf gefolgt von der wohlbekannten schnarrenden Stimme Steves.

»Daß einer nicht ganz richtig ist, kann man immer daran erkennen, daß ihm die Hosen bis an die Ellenbogen reichen.«

Wolfgang spürte, wie sich seine Nackenmuskeln versteiften. Es war passiert. Aber vielleicht war diese wenig schmeichelhafte Bemerkung alles, was ihm bei dieser Gelegenheit blühte. Er mußte sogar zugeben, daß der ekelhafte kleine Jackson recht hatte; seine Hosen *waren* zu kurz.

»Hey, Muller, erwartest du vielleicht Hochwasser?« forderte Steve ihn heraus, was anerkennendes Gekicher bei zwei Kriechern hervorrief, die ihm zur Seite standen.

Wolfgang gab keine Antwort. Was hätte er denn sagen sollen?

»Hier haben wir es mit einem Kerl zu tun, der aussieht, als würde er versuchen, in einem Armeebekleidungsladen einen Smoking zu kaufen«, fuhr Steve fort. Seine Kameraden schrien vor Heiterkeit.

Gar nicht komisch, dachte Wolfgang.

»Man würde ihn in jeder Nudistenkolonie zum schlechtgekleidetsten Mann wählen, darauf möchte ich wetten«, fügte Steve hinzu.

Schwach, dachte Wolfgang und registrierte zufrieden, daß sie inzwischen wenigstens dicht bei der Schule waren. Solange er bloß Beschimpfungen ausgesetzt war, konnte es nicht so schlimm werden. Er klemmte sich seinen Bücherstapel fester unter den Arm und beschleunigte seine Schritte gerade so weit, daß es nicht aussah, als würde er davonlaufen.

Die Unterhaltung hinter ihm war jetzt gedämpft und daher unheilvoll, begleitet von gelegentlichem unterdrücktem Gekicher, was Wolfgang zu der pessimistischen Schlußfolgerung veranlaßte, daß Steve und seine Kumpane nun doch einen Plan ausheckten, wie sie ihn überfallen konnten. Andererseits . . .

Jeglicher Gedanke zuversichtlicher Natur wurde durch das Geräusch rasch näherkommender Schritte vereitelt. Wolfgang blieb kaum Zeit, sich umzusehen, ehe die heranstürmenden Gestalten an ihm vorbeikamen, Arme und Hände ausgestreckt, um ihm die Bücher aus der Hand zu stoßen. Einen endlos scheinenden Augenblick lang hingen sie wie ein Stapel Pfannkuchen in der Luft. Wolfgang griff zu, berührte das oberste Buch und hielt es fest, während die übrigen zu Boden fielen und sich in alle Himmelsrichtungen auf dem Bürgersteig und auf der Fahrbahn verstreuten.

»Sieh zu, daß du nächstes Mal nicht so unordentlich bist!« rief Steve Jackson über seine Schulter und trottete davon. Einer seiner Kameraden hob den Finger und grinste Wolfgang zu.

»Mistkerle«, murmelte Wolfgang.

Er war gerade dabei, seine Bücher wieder einzusammeln, als Ben Crandall auf seinem Fahrrad herankam. Da er über Wolfgangs ständigen Kampf mit Steve Jackson Bescheid wußte, war ihm sofort klar, was hier passiert war.

»Hast du was abbekommen?« fragte Ben.

Wolfgang schüttelte finster den Kopf.

»Ich nehme nicht an, daß du sie einfach hingeschmissen hast«, lautete Bens nächstes hoffnungsvolles Angebot.

»Nein. Das waren wiedermal dieser Cromagnon-Mensch Steve Jackson und seine Freunde.«

Ben entdeckte eins der Bücher seines Freundes unter einem Rosenstrauch und überreichte es ihm. »War's das?« fragte er. »Sieht aus, als hätten wir alle beisammen.«

»Ich denke schon«, murmelte Wolfgang. Während er sich wieder auf den Weg zur Schule machte, fügte er hinzu: »An manchen Tagen hat man schon Glück, wenn man die Schule überhaupt *erreicht*.«

Ben gab keine Antwort. Nachdem er ein Dutzend Schritte gegangen war, ohne die Geräusche des quietschenden Fahrrads zu hören, blieb Wolfgang stehen und sah sich um. Ben hatte aufgehört, bei ihm zu sein, sowohl körperlich als auch geistig, und hatte den Blick fest auf das große weiße Eckhaus gerichtet. Um es genauer zu sagen, seine Augen visierten geradewegs das Schlafzimmerfenster im ersten Stock an, hinter dem Kopf und Schultern eines attraktiven halbwüchsigen Mädchens zu erkennen waren. Ohne die seelenvollen Blicke zu bemerken, die Ben von der Straße aus zu ihr hinaufsandte, bürstete sie sich sehr bedächtig das lange, goldene Haar. Wolfgang fand Bens Verliebtheit in das Mädchen ziemlich abstoßend und war peinlich berührt, daß sein Freund bereit war, einen Narren aus sich zu machen, indem er in aller Öffentlichkeit dastand und praktisch nach ihr geiferte.

»Komm schon«, rief er Ben zu.

Der rührte sich nicht. » Wenn ich bloß mal in ihr Zimmer sehen könnte, nur einmal«, sagte er.

»Ist ja wohl nicht möglich«, seufzte Wolfgang. »Und was hättest du davon?«

»Bist du denn gar nicht neugierig, wie es darin aussieht?« fragte Ben.

»Ich weiß, wie es aussieht«, entgegnete Wolfgang. »Es hat einen Boden, eine Decke und vier Wände. Vermutlich noch einen Schrank und ein Bett und einen Bettvorleger.«

»Aber willst du denn gar nicht wissen, was sie liest, was für Platten sie sich anhört . . .«

»Nein.«

»Was sie nach der Schule macht?«

»Ganz bestimmt nicht.«

Er ging den Weg zurück und packte Bens Arm. »Komm schon«, drängte er. »Dein Speichel läuft ja schon über den ganzen Gehsteig. Widerlich.«

Ben war durch diese Bemerkung nicht im mindesten verärgert. In der Tat schien er sie beinahe als eine Art verdrehtes Kompliment aufzufassen. »Gott, wie schön sie ist«, seufzte er. »Wenn ich nur könnte, würde ich . . .«

». . . ihre Zahnbürste benutzen«, sagte Wolfgang. »Komm endlich, es wird spät.«

Immer noch nicht bereit, seine Blicke abzuwenden, solange das Mädchen sich frisierte, schüttelte Ben den Kopf. »Denkst du eigentlich jemals an etwas wirklich Lohnendes?« fragte er.

»Wenn das, woran du denkst, lohnend ist, muß die Antwort wohl oder übel Nein lauten.«

»Du tust mir ehrlich leid.«

Wolfgang schnaubte verdrossen.

Das Mädchen verschwand vom Fenster, und Ben kletterte wieder auf sein Fahrrad und begann in die Pedale zu treten. Er hatte erst ein paar Meter zurückgelegt, als er plötzlich erneut anhielt, da ihm sein Traum aus der vergangenen Nacht wieder eingefallen war. Er steckte die Hand in die Jackentasche und holte die Schemazeichnung hervor.

»Da ist das Diagramm von letzter Nacht«, sagte er und reichte seinem Freund das Blatt.

Wolfgang runzelte die Stirn. Verärgert über die Aussicht, noch einen Schultag überstehen zu müssen, eine Verärgerung, die durch Steve Jacksons Überfall auf seine Bücher erst richtig gesteigert wurde, war er nicht in der Stimmung, sich konstruktive Gedanken zu machen.

»Bitte, Ben«, murmelte er. »Später, ja? Ich kann damit jetzt nichts anfangen.«

Ben zuckte die Achseln. »Wie du willst«, sagte er und streckte die Hand nach der Zeichnung aus.

Als er sie gerade zurückgeben wollte, entdeckte Wolfgang etwas höchst Interessantes. »Hmmm«, sagte er und hielt das Blatt fest. »Standardzubehör. Hier läßt es sich an einen Computer anschließen. Ich könnte meinen Apple dafür hernehmen. Und das sieht wie eine Art Antenne aus.«

Ben lächelte, als er merkte, daß sein Freund bereits völlig in das Puzzle vertieft war. Er deutete auf einen Abschnitt des Diagramms und sagte: »Davon gab es drei, die alle gleich aussahen. Sie waren um die Zentralvorrichtung herum untereinander verbunden. Das Ganze sah aus, als wäre genug Platz für ein viertes Anschlußteil, aber es war keins da. Wenigstens habe ich keins gesehen.«

Irgendwo in der Ferne klingelte es, das erste Warnsignal der Schule, aber keiner der Jungen setzte sich in Bewegung.

»Was für eine interessante Outputstufe«, bemerkte Wolfgang und spitzte nachdenklich die Lippen. »Ich wußte gar nicht, daß du was von Elektronik verstehst.«

»Gelernt habe ich es nie«, erwiderte Ben.

»Aber das hier ist so fachmännisch.«

Ben zuckte die Achseln, von sich tief beeindruckt und erfreut, daß Wolfgang sich so interessiert zeigte. »Vielleicht habe ich es doch gelernt, ohne was davon zu merken«, schlug er vor.

»Na ja«, sagte Wolfgang. »Die behaupten, daß Einstein sich in eine Art Traumzustand versetzt hat, als er seine Theorien aufgestellt hat. Vielleicht ist dir ja das Gleiche passiert.«

Ben war noch nie im gleichen Atemzug mit diesem hervorragenden Wissenschaftler genannt worden. Er fand es sehr erfreulich. »Jaah«, lächelte er. »Kann schon sein.«

Nachdem er seinen Freund nun mit dem größten Denker aller Zeiten in Verbindung gebracht hatte, unternahm Wolfgang sogleich einen Rückzieher. »Ach, ich weiß nicht, wenn ich es mir so recht überlege«, sagte er. »Das hier sieht zwar ganz ordentlich aus, aber mir fällt dabei ein, wie du mir einmal weiszumachen versucht hast, der Stein in eurem Garten wäre ein Meteorit.«

Ben verdrehte verzweifelt die Augen. »Verschone mich«, bat er. »Damals waren wir beide noch kleine Kinder.«

»Einige Leute halten uns nach wie vor für kleine Kinder«, bemerkte Wolfgang weise.

»Ja, aber wir wissen es besser.«

»Gewöhnlich ja. Aber wenn du so dastehst und irgend so ein blödes Mädchen beim Haarekämmen angaffst, bin ich mir nicht so ganz sicher.«

»Komm, wir gehen«, sagte Ben und schob sein Fahrrad in Richtung Schule.

Die bedrohliche Fassade der Charles M. Jones Junior High School ragte kurze Zeit später vor ihnen auf. Es handelte sich um ein dreistöckiges Gebäude mit einem Minimum an Verzierungen und noch weniger eigenem Gepräge. Die üblichen Charakteristika waren vorhanden – ein langer betonierter Weg, in dessen Mitte ein Fahnenmast eingepflanzt war, eine dreiteilige Eingangstür an der Vorderfront, ein Gedenkstein an der Nordwestecke und ein lächerlich kleines Zierpaneel über der Mitteltür. Was die Identität von Charles M. Jones anging, nahmen die meisten Schüler an, er sei irgend so ein längst verstorbener Politiker oder Wohltäter der Gemeinde gewesen, und nur wenige machten sich die Mühe, genauer nachzufragen. Ben Crandall vertrat die Theorie, daß Charles M. Jones in Wahrheit nie existiert hatte, sondern nur ein wohlklingender Name war, den irgendein Komitee ausgesucht hatte.

Als Ben und Wolfgang den Eingang zur Schule erreicht hatten, kamen ein paar verspätete Kinder den Fußpfad entlanggerannt. Eines streckte die Hand aus und haschte nach dem Schildchen, das hinten aus Wolfgangs Hemd hervorsah.

»Schlamper! Schlamper!« schrie ein anderes. Im Vorbeilaufen zog der Junge Wolfgang am Hemdenzipfel, und der Stoff zerriß über dem Rücken.

»Jetzt reicht's«, murmelte Wolfgang erbost und starrte finster hinter seinen neuen Peinigern her, während sie lachend im Schulgebäude verschwanden.

Ben besah sich den Schaden. Er würde sich wohl reparieren lassen, wenn auch nicht auf der Stelle. »Kann deine Mutter nähen?« fragte er.

Wolfgang starrte zu Boden. Er schien über seine Lage nachzugrübeln.

»Vielleicht kann dir im Büro jemand behilflich sein«, schlug Ben unsicher vor.

»Weißt du was«, sagte Wolfgang, »aus irgendeinem Grund. habe ich heute keine Lust, zur Schule zu gehen.«

»Aber du bist doch schon mal da«, murmelte Ben. »Es wäre doch schade, den Weg umsonst gemacht zu haben.«

Wolfgang schüttelte den Kopf und hustete vernehmlich. »Ich werde zu Hause bleiben und mir einen Schnupfen zulegen«, sagte er.

Ben warf einen Blick auf das Bürofenster. »Vielleicht hat dich längst jemand gesehen. Wäre das nicht ziemlich verdächtig –?«

»Ich hab den Schnupfen gerade erst entdeckt«, entgegnete Wolfgang. »Es wäre nicht fair, ihn in die Klasse zu tragen und all diese netten Kinder damit anzustecken.«

Ben nickte. Plötzlich war er aufgeregt. Wenn Wolfgang zu Hause blieb, würde er über dem Diagramm brüten können und vielleicht sogar entschlüsseln, was es zu bedeuten hatte. Besser noch, vielleicht schaffte er es, aus seinem riesigen Lager an elektronischen Ersatzteilen ein grobes Arbeitsmodell zu bauen, damit sie feststellen konnten, welchem Zweck es diente.

Zu wissen, daß Wolfgang in seinem selbstgebauten Labor saß und an dem Problem arbeitete, würde Bens sonst eher langweiligen Schultag ein wenig aufregender machen.

»Meinst du, du könntest das nachbauen?« fragte er und hielt seinem Freund das Diagramm hin.

Wolfgang nahm das Blatt, gab jedoch keine Antwort. Ben hatte den Verdacht, daß er innerlich immer noch kochte, erbost über die Verletzungen seiner Würde, die er von Steve Jackson und seinen rüden Kumpanen hinnehmen mußte. Als hätte er seine Gedanken gelesen, rief Wolfgang ihn noch etwas über die Schulter zu, während er sich auf den Heimweg machte.

»Sieh dich vor wegen Jackson«, sagte er.

»Ich doch nicht«, konterte Ben. »Ich hab keine Angst vor diesem Idioten.« Dann, als wieder eine Schar Kinder auf die Schule zurannte, legte Ben den Kopf in den Nacken und brüllte, so laut er konnte.

»Steve Jacksons Ego hat Elefantiasis!«

Der Ruf hallte durch den Schulhof und erregte sogar die Aufmerksamkeit einiger Schüler in einem Klassenzimmer im Erdgeschoß. Die Kinder draußen auf dem Gehweg unterbrachen ihren Lauf und wiederholten lachend seinen Satz.

Ben empfand sowohl Triumph als auch Angst. Er wußte, daß sich noch am gleichen Morgen der Satz wie auch sein Urheber überall in der Schule herumgessprochen haben würde.

II

Es war kurz vor der Mittagspause, die Schulräume waren überheizt, und Mrs. Seebo hielt ihren Vortrag mit einer Stimme, die so anregend war wie ein Metronom. Neben einer Karte des Sonnensystems stehend, spulte sie ihn ab, und die einzige Bewegung in ihrer lehrreichen Demonstration bestand in der leichten Verlagerung ihres Zeigefingers von einem Planeten zum nächsten.

»Die Möglichkeit, daß es in unserem Sonnensystem noch andere intelligente Lebewesen geben könnte, ist natürlich inzwischen eindeutig widerlegt worden«, sagte sie. »Die Venus ist zu heiß . . . auf dem Mars gibt es zu wenig Wasser, der Jupiter hat zu hohe Schwerkraft und zu viele Oberflächenturbulenzen, und die weiter draußen befindlichen Planeten sind einfach zu kalt . . .«

Im Gegensatz zu mehreren anderen in Mrs. Seebos Klasse, die hinter ihren Heften oder vorgehaltenen Händen vor sich hin dösten, schien sich Ben einigermaßen für das zu interessieren, was die Lehrerin zu sagen hatte. Seine Augen waren weit geöffnet, seine Haltung aufrecht und sein Gesicht Mrs. Seebo zugewandt. Ihr Pech war es, daß er kein Wort von dem hörte, was sie vortrug. Statt dessen drehten sich seine Gedanken wieder einmal um den Traum, den er in der vergangenen Nacht gehabt hatte, und er gab sich alle Mühe, sich an die fehlenden Abschnitte der geheimnisvollen Schemazeichnung zu erinnern.

»Die Tatsache, daß es möglicherweise anderswo im Universum intelligentes Leben gibt, ist wegen der dazwischenliegenden Entfernungen von geringer Bedeutung«, fuhr Mrs. Seebo fort. »Wir werden nie in der Lage sein, seine Existenz zu beweisen, weil wir nie bis dorthin vordringen können. Mit Fug und Recht dürfen wir davon ausgehen, daß wir nicht nur in unserem Sonnensystem, sondern im gesamten Universum allein sind.«

Die wenigen Schüler, die von Anfang bis Ende richtig zugehört und die schicksalhafte Bedeutung ihrer Äußerung verstanden hatten, hatten allen Grund, ein wenig niedergeschlagen zu sein. Doch die überwältigende Mehrheit starrte nur vor sich hin oder döste, ohne irgendwelche sichtbaren Gefühle zu zeigen.

Kurz darauf läutete die Mittagsglocke und machte dem einschläfernden Vortrag gnädig ein Ende. Ben stand auf und holte seine Brottüte aus seinem Pult. Er beschloß, sich in den entferntesten Winkel des Spielplatzes zurückzuziehen und zu essen, während er weiterhin über seinen Traum nachdachte.

Er kam gar nicht so weit. Kaum war er aus der Tür, da legte sich schon eine klobige Hand auf seine Schulter.

»Hey, du«, sagte eine wohlbekannte Stimme.

Ben wußte bereits, daß es sich um Steve Jackson handeln mußte, noch ehe er sich umgedreht hatte, um ihm in die drohenden Augen zu blicken.

»Was ist?« sagte Ben so abweisend wie er nur konnte, fest entschlossen, sich durchzusetzen.

»Wie ich höre, hast du was Komisches über mich gesagt«, teilte Steve ihm mit. »Was war das denn Komisches?«

Ben hatte drei Möglichkeiten. Er konnte leugnen, irgend etwas über Steve Jackson gesagt zu haben, aber das würde vermutlich schiefgehen und diesen Raufbold nicht zufriedenstellen; er konnte ihn davon zu überzeugen versuchen, daß seine Äußerung gar nicht so schlimm oder eigentlich ein Kompliment gewesen war; und drittens konnte er zu dem stehen, was er gesagt hatte, und seine Strafe hinnehmen, falls sie ihn ereilte. Obwohl die letzte Alternative höchstwahrscheinlich mit Schmerzen und Schwierigkeiten verbunden sein würde, zog er sie den ersten beiden bei weitem vor.

Also hielt er die Stellung. »Ich habe gesagt, dein Ego hat Elefantiasis«, antwortete er er gelassen.

Einen Moment lang trübte sich Steve Jacksons Blick, so verwirrt war er. »Warum kannst du nicht reden wie alle anderen, Crandall?« sagte er.

»Tut ich doch, Kumpel« konterte Ben.

»Also, ich habe noch nie so ein Wort gehört. Ich mag es gar nicht, wenn die Leute mir irgendwelche Namen verpassen und ich weißt nicht, worum es geht.«

»Du könntest ja immer mit einem Wörterbuch rumlaufen«, meinte Ben. Lächelnd.

Steve reagierte so schnell, daß Ben kaum wußte, wie ihm geschah. Einen Augenblick später lag er auf dem Rücken, und Steve hockte auf einer Brust. Ein Brennen in der Augengegend sagte ihm, wo der entscheidende Schlag ihn getroffen hatte. Es dauerte nicht lange, da versammelten sich schon ein paar Kinder, die dem Kampf – oder vielmehr dem Menschenopfer, wie es der Klassenprimus später bezeichnete – zusehen wollten. Ben entdeckte einige bekannte Gesichter unter ihnen, darunter auch das von Lori Swenson, dem Mädchen seiner Träume, das ihn erst vor ein paar Stunden bestens unterhalten und erregt hatte, einfach indem es seine goldenen Haare bürstete.

Sie zu sehen, übte eine belebende Wirkung auf Ben aus, vor allem, da sie ihm ein mitfühlendes Lächeln schenkte. Er lag unten, das wußte er, aber er war keinesfalls der Unterlegene. Mit Lori sozusagen auf seiner Seite war es ihm genauso unmöglich, Angst oder Feigheit an den Tag zu legen, wie einem Soldaten, der sich anschickt, für die gerechte Sache zu sterben. Daher blieb ihm, als Steve Jackson seine Herausforderung anbrachte, gar nichts anderes übrig, als sie zu erwidern.

»Wage es nicht, mich noch einmal so zu nennen!« knurrte Steve.

»Aber gewiß doch. Ich habe gesagt, dein Ego hat Elefantiasis!« schoß Ben zurück. »Und will ich es dir auch erklären, weil du so beschränkt bist. Elefantiasis ist, wenn etwas ganz geschwollen und häßlich wird – wie dein Arsch!«

Die Zuschauer brachen in stürmisches Gelächter aus. Steve traute kaum seinen Ohren. Er holte mit der Rechten aus und schlug Ben auf die Nase, eine eisenharte Gerade, die klatschend ihr Ziel erreichte.

»Junge, du lernst wohl nie was dazu, oder?« sagte Steve.

»Es gibt nichts, was ich von dir lernen könnte«, brummte Ben, »außer wie man dumm ist.«

Mit einem Laut, der dem Geknurr eines Hundes sehr nahe kam, schlug Steve zu und versetzte Bens Gesicht einen Hieb nach dem anderen. Dann hörte er plötzlich auf, als irgendwer ihm mit dem Handrücken mitten zwischen die Augen schlug.

»Gott . . .« keuchte Steve.

Er sah hoch. Direkt vor ihm ragte die hochgeschossene Gestalt von Darren Woods auf und warf einen langen Schatten auf ihn und den am Boden liegenden Ben. Er trug Jeans, eine zerrissene Jacke und hatte sich Walkman-Kopfhörer über die

Ohren gestülpt. Das lange Haar fiel ihm in die Augen, während er Steve mit einem Ausdruck auf dem Gesicht betrachtete, der irgendwo zwischen einem Drohen und einem Grinsen angesiedelt war. Steve traute sich eigentlich nicht zu, es alleine mit diesem kräftigen Kerl aufzunehmen. Aber sein Ruf stand auf dem Spiel, daher warf er Darren seinen allerfeindseligsten Blick zu.

»Hau ab«, sagte er.

»Dann hör' damit auf, Jackson«, befahl Darren. »Steh auf und laß den Jungen los.«

»Wer soll mich dazu zwingen – du etwa?«

»Klar«, entgegnete Darren. »Klar, du Elefantiasis-Arsch.«

Einige der Versammelten klatschten, da sie sich eine angemessene Bestrafung für den Klassenschläger erhofften oder zu mindest einen Kampf zwischen ebenbürtigen Gegnern. Darren hob die Hand und schubste Steve rücksichtslos von Ben herunter, dann baute er sich sehr professionell vor ihm auf, zum Kampf bereit. Aber Steve Jackson hatte keine Lust, es mit dem starken Darren aufzunehmen. Hastig trat er einen Schritt zurück und winkte seinen drei stämmigen Kumpanen zu, von denen einer eine Fahrradkette dabeihatte.

»Holt ihn euch!« befahl er.

Darren zögerte. Zwei der Freunde traten vor und versetzten ihm einen harten Stoß in die Rippen. Der Walkman fiel aus Darrens Tasche, von den anderen Kindern unbemerkt, die inzwischen von der Dramatik der Situation völlig gefesselt waren. Einige beschimpften Steve wegen seiner feigen Haltung, aber niemand kam Darren zu Hilfe. Nachdem er noch einen Moment gezögert und das Für und Wider eines Kampfs gegen vier Gegner erwogen hatte, brach er plötzlich aus und rannte davon. Die Vier nahmen die Verfolgung auf und jagten die Haken schlagende Gestalt auf das andere Ende des Schulhofs zu.

Ben stand bedächtig auf und legte rasch den Kopf in den Nacken, als er merkte, daß seine Nase blutete. Dann entdeckte er den Walkman und bückte sich vorsichtig, um ihn aufzuheben. Das mindeste, womit er sich erkenntlich zeigen konnte, war diese Rettungsaktion für die Musik des Jungen.

Darren war ein guter Läufer, flink und beweglich genug, daß

er beim Football jederzeit Running-back hätte spielen können, aber vier potentielle Angreifer auszuschalten war doch eine knifflige Sache. Indem er abwechselnd kurze Spurts einlegte, fast zum Stillstand kam und geschickte Kehrtwendungen machte, bewahrte er sich davor, in der Ecke des Schulhofs in die Enge getrieben zu werden, und hastete nun zurück über die Wiese auf die Nebengebäude der Schule zu. Die beste Gewähr, zu überleben, schien ihm jetzt drinnen zu liegen, wo überfüllte Flure und die Lehrer ihm Schutz boten.

Er umrundete eine Ecke und probierte eine Seitentür der Schule aus. Sie war verschlossen. Er entzog sich dem Zugriff zweier Verfolger, indem er rasch herumwirbelte, entdeckte eine weitere Tür, die offenstand, und sauste ins Innere des Schulgebäudes. Der Flur war menschenleer und endete, was noch schlimmer war, vor der verschlossenen Turnhalle. Nun endgültig in die Enge getrieben, beobachtete Darren die vier grinsenden Strolche, wie sie ihre Schritte verlangsamten und sich instinktiv so verhielten, daß er von sämtlichen möglichen Fluchtwegen abgeschnitten war.

Darren atmete tief ein und ballte die Hände zu Fäusten. Es blieb ihm nichts anderes übrig, als den Kampf bis zum Äußersten . . . es sei denn . . .

Er bemerkte den Feuermelder an der Wand und hechtete darauf zu. Er stieß rückwärts mit dem Ellenbogen zu, spürte, wie das Glas zerbrach, und hatte gerade noch genügend Zeit, an dem Hebel zu ziehen, ehe Steve Jackson und der Strolch mit der Fahrradkette über ihn herfielen. Gleich darauf ertönte die Alarmglocke, und Darren war auf einmal frei. Ein beleibter Lehrer streckte seinen Glatzkopf aus der Tür eines nahegelegenen Klassenzimmers.

»Ich habe alles gesehen, du Schlaumeier«, brüllte er. »Du hast dir soeben einen Ausflug zum Büro des Konrektors eingehandelt.«

Er starrte Darren finster an, und der lächelte milde zurück.

»Später wirst du das gar nicht mehr so komisch finden«, versprach der Lehrer ihm.

Oh doch, dachte Darren.

Der Lehrer packte Darrens Arm und führte ihn weg von seinen vier Verfolgern, dem Büro zu. Als er sich den Flur entlang entfernte, konnte Darren der Versuchung nicht widerstehen, sich umzudrehen und Steve über die Schulter zuzulächeln.

Der restliche Tag war für ihn vergleichsweise ereignislos. Überraschenderweise nahm ihm Mr. Strauss, der Konrektor, seine Erklärung ab, warum er den Feuermelder betätigt hatte, so daß ihm nichts Schlimmeres passierte, als daß er sich einen Vortrag über sämtliche Möglichkeiten anhören mußte, wie man einer Schlägerei aus dem Weg geht. Andererseits versäumte er dadurch einen Teil seiner Algebrastunde, und das war ein entscheidendes Plus.

Als an diesem Tag die Schule zuende war, machte er sich auf den Weg zu seinem Motorrad, nicht ohne sehr genau aufzupassen, daß er nicht verfolgt wurde. Wie nicht anders zu erwarten, sprang die launenhafte Maschine wieder einmal nicht an, so daß er gezwungen war, Reparaturarbeiten durchzuführen, die ihm in den vergangenen paar Wochen längst zur Routine geworden waren. Das Motorrad war ein zusammengestückeltes Gefährt, aus Einzelteilen gebaut, die er von zahlreichen anderen Maschinen geplündert und höchstpersönlich zu einem Mini-Motorrad mit Spezialverkleidung und hochgezüchtetem Motor montiert hatte. Wenn es funktionierte, war es eine echte Schönheit.

Während er mit einem verstellbaren Schraubenschlüssel mehrere Bolzen nachzog, hielt er mit einem Auge Ausschau nach Steve Jacksons Bande, doch der einzige, der auch nur in seine Nähe kam, war Ben Crandall. Zunächst erkannte Darren ihn gar nicht.

»Alles in Ordnung?« fragte Ben und rutschte nach vorn aus dem Fahrradsattel.

»Aber ja.«

»Ich möchte mich nochmal bedanken.«

»Wofür denn?«

»Daß du mich vor dem Elefantiasis-Arsch gerettet hast.«

Darren sah von seiner Arbeit hoch und nickte. »Ach so«, murmelte er. »Das kostet nichts.«

»Also, für mich war es ganz toll«, fuhr Ben fort. »Er hat mich ziemlich böse erwischt. Tut mir leid, daß du Probleme hattest, nur weil du mir geholfen hast.«

»Wenn er das nochmal versucht, trete ich ihm in den Arsch«, sagte Darren mit zusammengebissenen Zähnen. »Ich trete ihnen allen in den Arsch. Ich sorge dafür, daß sie diese Fahrradkette auffressen.«

Ben betrachtete ihn einen Augenblick lang schweigend und bewunderte seine Stärke und Gelassenheit.

Nachdem er den letzten Bolzen festgezogen hatte, erhob Darren sich.

»Woran liegt's denn?« fragte Ben.

»An diesem verdammten Starter. Ich hab das verdammte Ding wohl schon hundertmal umgebaut.«

»Wie wär's, wenn du dir einen neuen kaufst?«

»Keine Lust. Das kann schließlich jeder.«

Er kletterte auf das Motorrad und bearbeitete den reparierten Starter. Er funktionierte.

»Also, bis dann, Kleiner«, sagte Darren.

»Heh, hast du Lust, mal bei mir vorbeizukommen?« lud Ben ihn ein. »Ich hab gerade eine Kassette von *Metaluna IV* da. Ein ziemlich toller Film. Mit diesem großartigen Mutanten, der zwei Gehirne hat und auch sonst irgendwie interessant . . .«

»Hört sich gut an«, sagte Darren sarkastisch. Er hatte für Science-fiction-Filme wenig übrig, im Grunde eigentlich für gar keine Filme.

»Ich hab noch andere –« fuhr Ben fort.

»Nein, danke.«

Mit einem lässigen Winken schob Darren sich hinaus auf den Schulparkplatz und reihte sich in den Verkehrsstrom ein. Ben schaute ihm einen Moment lang nach, ehe ihm aufging, daß er immer noch Darrens Walkman in der Tasche hatte. Er sprang wieder aufs Fahrrad und radelte finster entschlossen der Gestalt auf dem Motorrad hinterher, wobei er gerade so weit zurückblieb, um ihn nicht aus den Augen zu verlieren, allerdings auch so weit, daß seine Rufe nicht gehört werden würden.

Im Abstand von fünfhundert Metern fuhren die beiden die Straße am Fluß entlang, der die Stadt im Osten begrenzte. Glücklicherweise hatte Darren es nicht besonders eilig, nach Hause zu kommen, da er dort nur wenig Wärme oder Aufregung zu erwarten hatte, die ihn hingetrieben hätten. Gewöhnlich suchte er sogar nach einer Entschuldigung, um seine Ankunft zu Hause bis zum Abendessen hinauszuzögern, heute jedoch war er zu faul, um sich eine Ausrede auszudenken.

Er verlangsamte sein Motorrad, als er sich dem vertrauten blaßrosa Haus näherte, einem in einer langen Reihe identischer, heruntergekommener Siedlungshäuser mit verwahrlosten Vorgärten und verbeulten Autos, die in den Zufahrten oder am Straßenrand standen. Darrens Haus unterschied sich insofern ein wenig von den anderen, als in der Auffahrt ein großer Müllwagen geparkt war und die Hecke mehrere riesige Löcher aufwies. Er schob das Motorrad durch die breiteste Lücke und stieg ab. Einen Moment darauf hörte er vom anderen Ende der Häuserzeile her den Jungen seinen Namen rufen. Die Hände in den Hüften, wartete er ungeduldig, bis Ben das Haus der Woods erreicht hatte.

»Hör mal«, sagte Darren, noch ehe Ben auch nur ein Wort heraus hatte. »Warum haust du nicht einfach ab, okay? Ich hab dir einen Gefallen getan, aber da hab ich noch nicht gewußt, daß du vorhast, mich deswegen den Rest meines Lebens zu quälen und zu verfolgen.«

Schockiert und beleidigt schüttelte Ben den Kopf, griff in seine Tasche und holte den Walkman hervor. »Okay, Schwamm drüber«, sagte er. »Hier.«

Er überreichte Darren den Kassettenrecorder.

Als er sich schon abgewendet hatte, veranlaßten ihn Geschrei und zerbrechendes Glas, stehenzubleiben und sich noch einmal nach dem Haus umzusehen.

»Ich war pünktlich da!« brüllte eine Männerstimme. »Sag du mir nicht, wann ich nach Hause gekommen bin! Du warst ja nicht da!«

»Du hast selber gesagt, fünf nach!« brüllte eine Frau zurück. »Das war zu spät!«

»Scher' dich zum Teufel!« schimpfte der Mann.

Darren senkte den Blick auf das zertretene, unkrautübersähte Gras; er stieß mit der Fußspitze einen Stein beiseite.

»Mein Vater ist daheim«, sagte er einfach.

Ben gab keine Antwort, da seiner Meinung nach alles, was er dazu hätte sagen können, unangemessen war.

»Wahrscheinlich hat er den Auftrag nicht gekriegt«, murmelte Darren.

»Was macht er denn?«

»Sperrmüll abfahren.«

Ben überlegte sich die Sache hin und her, doch es fiel ihm nichts ein, was das Abfahren von Sperrmüll geadelt oder auch nur zu einem erträglichen Beruf gemacht hätte. Die Tatsache, daß die Stimme der Frau plötzlich noch lauter wurde, enthob ihn der Verpflichtung, einen Kommentar dazu abzugeben.

»Deine Mutter hat aber eine kräftige Stimme«, stellte Ben fest.

»Das ist nicht meine Mutter«, sagte Darren.

»Oh.«

»Das ist die Freundin meines Vaters. Mona. Die ist ganz in Ordnung, wenn sie nicht gerade schreit.«

Derzeit allerdings schrie sie ganz eindeutig und hatte dort drinnen zu einem verbalen Rundumschlag gegen den Mann ausgeholt, dessen Proteste nun immer schwächer und seltener wurden.

»Vielleicht komme ich doch mit zu dir«, meinte Darren. »Falls die Einladung noch gilt.«

Ben nickte. »Klar. Laß uns am Bach entlanggehen.«

»Kann man hinlaufen?«

»Ja. Wenn wir so rum gehen.«

Darren lehnte sein Motorrad gegen die Veranda. Er und Ben nahmen die Abkürzung über den Hinterhof hinab in ein enormes, zugewachsenes Bachbett, das hinter zahlreichen Häusern der Stadt entlanglief. Der Wasserlauf des Bachs war nicht breiter als drei Meter und selten tiefer als dreißig Zentimeter. Das Wasser war bräunlich grau und zu beiden Seiten gesäumt mit eingedrückten Bierdosen, Plastikflaschen und anderen Abfällen. Trotz seines verwahrlosten Erscheinungsbildes betrachtete Ben den Bach als einen angenehmen Aspekt seines Lebens, einen Ort, wo man allein sein, nachdenken oder sich einfach nur damit vergnügen konnte, daß man vorbeitreibende Papierfetzen mit Steinen bewarf.

Eine Weile gingen sie neben dem Bach her, dann überquerten sie ihn an der schmalsten Stelle in der Nähe von Bens Haus.

»Streiten deine Alten sich häufig?« fragte Ben endlich. »Ich meine, streitet sich dein Vater oft mit seiner Freundin?«

»Schon. Aber er ist ganz okay. Er hat bloß immer Pech. Dauernd zerbrechen ihm Sachen, oder er verliert sie. Egal, er hat mir gezeigt, wie man rennt. Inzwischen kann er mich nicht mehr einholen. Jemand anders übrigens auch nicht.«

»Ja, ich hab gesehen, wie schnell du bist«, lächelte Ben. »Wenn ich nur auch so rennen könnte.«

Darren lachte. »Das hat mir mehr als einmal aus der Patsche geholfen.«

Nachdem erneut längere Zeit Schweigen geherrscht hatte, fragte Ben: »Sind deine Alten geschieden?«

»Nein«, antwortete Darren. »Meine Ma ist gestorben, als ich noch klein war. Krebs.«

»Oh.«

Sie schwiegen, bis sie Wolfgangs Haus erreichten, ein ordentliches, zweistöckiges Gebäude, das halb zwischen den Bäumen verborgen lag, die am Ufer des Bachs standen.

»Wie steht's mit dir?« fragte Darren dann.

»Was?«

»Sind deine Mutter und dein Vater noch zusammen?«

»Ja«, erwiderte Ben. »Ich hab das Gefühl, die kommen gut miteinander aus. Die schreien sich nicht gegenseitig an. Die reden nur die ganze Zeit über die blödsinnigsten Sachen.«

»Wohnst du hier?«

Ben schüttelte den Kopf. »Hier wohnt mein bester Freund. Hast du was dagegen, wenn wir da kurz vorbeischauen?«

»Ich weiß nicht. Wie heißt er denn?«

»Wolfgang Muller. Ich finde, er ist ein brillanter Wissenschaftler.«

»Wolfgang? Willst du mich auf den Arm nehmen?«

»Nein.«

»Was ist denn das für ein Name? Hört sich an wie ein Witz.«

»Ich glaube, er kommt aus Deutschland«, erläuterte Ben. »Jedenfalls reden die Alten von Wolfgang mit so einem Akzent.«

»Also, ich würde an seiner Stelle schnellstens einen anderen Namen annehmen«, lächelte Darren.

»Kann er doch nicht. Das erlauben seine Eltern nicht. Du würdest ihn wahrscheinlich sowieso für komisch halten.«

»Hältst du ihn denn für komisch?«

»Manchmal. Aber nicht oft.«

»Okay.« Darren zuckte die Achseln. »Dann mal los.«

Sie trabten den steilen Hang zum Haus der Mullers hinauf und gingen zur Vordertür. Das Garagentor stand offen, so daß eine Ansammlung von Maschinen in sehr unterschiedlicher Verfassung sichtbar war. Das Inventar schloß Waschmaschinen, Radios, Fernsehgeräte, Kathodenstrahlröhren, Prüfgeräte für Vakuumröhren und sogar mehrere veraltete Rührgeräte ein.

»Wofür brauchen die denn diesen ganzen Müll?« fragte Darren. »Vielleicht sollte ich meinen Vater mit seinem Lastwagen erstmal hierherschicken.«

»Das würde Wolfgang nicht in den Kram passen«, sagte Ben. »Er behauptet, daß er jedes einzelne Stück davon gebrauchen kann.«

»In meinen Augen ist es immer noch Müll.«

»Es wäre besser, wenn du dich nicht über ihn lustig machst«, bat Ben ihn. »Er nimmt seine Arbeit sehr ernst. Übrigens arbeitet er gerade an einer wichtigen Sache und tut nur so, als wäre er krank. Ich möchte sehen, wie er damit vorankommt.«

»Jetzt, wo du das sagst, fällt mir auf, daß die hier ein paar ziemlich gute Ersatzteile rumliegen haben«, gab Darren zu. »Vielleicht kann ich was von dem Zeug gebrauchen.«

»Einiges gehört seinem Pa«, sagte Ben. »Da wir gerade von merkwürdigen Eltern reden. Warte, bis du seine kennenlernst. Die sind beide in der Forschung tätig. Aus Westdeutschland. Sie sind höflich und alles, aber irgendwie merkwürdig.«

»Wer seinem Jungen einen Namen wie Wolfgang verpaßt, muß schon ein bißchen seltsam sein.«

»So ist es.«

»Wenn ich einen Namen wie Wolfgang hätte, würde ich mich, glaube ich, umbringen.«

»Ich auch, aber sag das nicht, wenn seine Eltern dabei sind, okay, Darren?«

Darren nickte, und Ben betätigte die Türklingel.

Mrs. Muller erschien in der Tür. Sie war eine stämmige Frau

mit blasser Haut, einem unauffälligen Gesicht, dicker Brille und Haar, das zurückgekämmt und zu einem Dutt aufgesteckt war. Ihr Gesichtsausdruck war freundlich, wenn auch irgendwie zerstreut oder leer, als würde sie ununterbrochen an etwas ganz anderes denken.

Sie lächelte Ben zu. »Benjamin«, sagte sie. »Komm rein. Und das ist –«

»Darren«, sagte Darren.

»Darren«, wiederholte Mrs. Muller. »Mir muß man sowas nur einmal sagen. Ich vergesse nie etwas.«

»Wie schön«, murmelte Darren höflich.

Als Mrs. Muller sich umdrehte, rollte Ben zu Darren gewandt mit den Augen und marschierte ins Wohnzimmer. »Sieh dich vor wegen der Kartons und dem anderen Zeug«, warnte er mit gedämpfter Stimme.

Obwohl die Mullers schon seit mehreren Jahren in diesem Haus wohnten, sah es ganz danach aus, als würde jemand ein- oder ausziehen. Kartons, Koffer, zusammengeschnürte Bücherpakete langen überall herum und ließen nur in der Mitte des Fußbodens eine Stelle frei. In einer Ecke des Wohnzimmer stand eine Packkiste, die groß genug für einen ganzen Kühlschrank war. Darauf saß eine dicke grauweiße Katze und leckte sich gelassen den Bauch. Der Geräuschpegel im Innern des Hauses war ziemlich hoch, denn vier Kinder im Alter zwischen zwei und sechs Jahren waren gerade damit beschäftigt, schreiend und lachend von einem Zimmer ins andere zu rennen und wieder zurück. Mrs. Muller unternahm den halbherzigen Versuch, die Ordnung wiederherzustellen, aber es war deutlich zu erkennen, daß sie für Disziplin nicht viel übrig hatte.

»Ludwig!« schrie sie eins der Kinder an, als es ein anderes hänselte. »Hör sofort auf damit!«

Ludwig hörte etwa zehn Sekunden lang auf, seine Schwester an den Haaren zu ziehen, widmete sich jedoch sofort wieder dieser Tätigkeit, als seine Mutter nicht hinsah.

»Hier sieht's ja aus wie im Irrenhaus«, flüsterte Darren Ben zu.

»Die haben einfach keinen Sinn für Ordnung«, erläuterte Ben. »Die haben ihre Gedanken woanders.«

Mrs. Muller geleitete sie über den Dschungelpfad zwischen

den Kisten in die Küche und von da zur Kellertür, an der ein Schild befestigt war mit der Aufschrift: KEIN ZUTRITT: WICHTIGES FORSCHUNGSPROJEKT.

»Wolfgang ist drunten in seinem Labor«, lächelte sie. »Eine Sekunde. Ich werde ihn gleich anrufen.«

Sie drückte auf einen Knopf an der selbstgebastelten Gegensprechanlage, die aus Ersatzteilen von Radio, Fernseher und Telefon zusammengebaut war.

»Wolfgang«, sagte sie.

Die Stimme, die darauf antwortete, klang leise und blechern, als käme sie aus einem uralten Quarzempfänger.

»Hallo?« meldete sich Wolfgang.

»Benjamin ist da«, fuhr Mrs. Muller fort, »mit seinem Freund Derek.«

Darren sah zu Ben hinüber, und der zuckte die Achseln.

»Ist gut«, antwortete Wolfgang aus den Tiefen herauf. »Sag ihnen, ich hätte hier noch was zu erledigen, käme aber in ein, zwei Minuten rauf.«

»Habt ihr gehört?« fragte Mrs. Muller.

»Ja, Ma'am«, sagte Ben.

»Er sagt, er hat noch was zu erledigen, kommt aber in ein paar Minuten rauf.« Mrs. Muller lächelte.

Darren schüttelte den Kopf wie ein Hund, der gerade aus dem Wasser gestiegen ist, und sah aus dem Küchenfenster.

»Setzt euch doch, Jungs«, schlug Mrs. Muller vor. »Kann ich euch vielleicht was anbieten, während ihr wartet, daß Wolfgang fertig wird? Wie wär's mit einer ordentlichen Portion Bakhlava?«

Sie sah Darren fragend an.

»Was?« sagte er.

»Du hast noch nie Bakhlava probiert?«

»Nein.«

»Das ist griechisches Gebäck.«

Mit diesen Worten holte Mrs. Muller einige Teller hervor und teilte jedem der Jungen eine reichliche Portion diese Delikatesse zu. Darren beäugte sie mißtrauisch.

»Hat sie gesagt, das ist kriecherisches Gebäck?« flüsterte er Darren zu, als Wolfgang Muller gerade nicht hinsah.

»Nein«, sagte Ben lachend. »Griechisch.«

»Oh.«

»Und wie schmeckt es? Aussehen tut es fürchterlich. Das letzte Mal, als ich sowas gesehen habe, bin ich vorsichtig drübergestiegen.«

»Es wird dir schmecken«, versprach Ben ihm.

Ben hatte ein großes Stück abgebissen und Darren ein ganz kleines, als Wolfgang in die Küche gestürmt kam, ein besessenes Glitzern in den Augen. Dann, als er sich erinnerte, daß seine Mutter von ihm erwartete, daß er krank war, bedeckte er seinen Mund mit den Händen und hustete laut hinein.

»Wie geht's dir denn?« fragte seine Mutter.

»Ein bißchen besser«, antwortete Wolfgang und fügte dann hinzu: »Aber nicht sehr.«

»Du solltest dich nicht in diesen kalten Kellerräumen aufhalten.«

»So kalt ist es da gar nicht.«

»Kälter als im Bett.«

Wolfgang zuckte die Achseln. Dann sah er Darren an und fragte ohne Umschweife: »Wer bist du denn?«

»Derek«, sagte Darren.

»Darren«, korrigierte ihn Ben.

»Damon«, sagte Mrs. Muller.

Wolfgang, der nun völlig verwirrt war, blickte seinen Freund Ben hilfesuchend an.

»Er sieht aus wie ein Mensch«, sagte Ben ernsthaft und rezitierte Wolfgang zuliebe einen altbekannten Scienc-fiction-Dialog. »Aber wie du weißt, können die Fremden aus dem All jede Gestalt annehmen, die sie wollen.«

»Das heißt also, wir können niemandem trauen«, fügte Wolfgang hinzu und spann den Dialog fort.

»So ist es«, sagte Ben und gab sich große Mühe, die Tiefe Stimme des Filmschauspielers hinzubekommen, von dem die Worte stammten. »Selbst du und ich müssen einander mit Mißtrauen begegnen.«

»Du denkst doch nicht etwa –« deklamierte Wolfgang.

»Jungs, worüber redet ihr eigentlich?« fragte Mrs. Muller.

»Nichts«, antwortete Wolfgang brüsk. »Also, wie heißt du wirklich?«

»Darren«, sagte Darren.

»Hi. Kommt mit nach unten.«

Als sie die Kellertür hinter sich zugemacht hatten, fing Wolfgang wieder an zu strahlen. »Ich hab es fertig«, sagte er und klopfte Ben auf die Schulter. »Aber ich weiß nicht, wie es funktioniert. Ich hab mit dem Einschalten gewartet, bis du kommst.«

»Was ist ›es‹?« fragte Darren.

»Du wirst schon sehen.« Ben lächelte. Dann verfiel er in seine Version des schrillen, gespenstischen »Theramin«-Tons, wie er in den Science-fiction-Filmen der Vierziger und Fünfziger Jahre üblich war. Wolfgang steuerte seine eigene Version bei, um eine Terz höher angesetzt, was zu einem merkwürdigen, dissonaten Effekt führte.

Darren sah sie nacheinander an und runzelte die Stirn. Er begann sich zu fragen, ob es klug gewesen war, sich mit diesen beiden Typen einzulassen.

Gleich darauf, als sie in den Keller hinabgestiegen waren, hatte er noch mehr Grund, sich zu wundern. Der Raum sah genauso aus wie das Urbild des Labors eines verrückten Wissenschaftlers, wie es in Büchern und Filmen dargestellt wird. Das einzige, was noch fehlte, waren Retorten, die Rauch ausstießen, und elektrische Entladungen zwischen zwei Kondensatorpolen. Tatsächlich wäre Darren nicht erstaunt gewesen, ein riesiges, festgeschnalltes Monster auf einem mitten im Raum stehenden Tisch liegen zu sehen. Seine Schlußfolgerung ging dahin, daß das Ungeheuer wohl nur deswegen fehlte, weil einfach kein Platz dafür war. Beinahe jeder Zentimeter der ansehnlichen Fläche war mit den Gehäusen defekter Fernsehgeräte, alten Radioröhren, Schaltbrettern, Lötkolben und Werkzeug jeder nur denkbaren Art vollgestopft, vom Schraubenschlüssel bis hin zum Skalpell. Zur allgemeinen Unordnung trug ein Netz von Drähten bei, die quer durch den Raum gespannt waren und offenbar aus dem Kellergeschoß nach oben führten, wo sie mit den externen Leitungen in Verbindung standen. An den Wänden waren Regale aufgebaut, auf denen dicht an dich Comic-Hefte und Science-fiction-Taschenbücher standen. Darren fragte sich, wie ein angeblich brillanter Wissenschaftler in der Lage sein sollte, hier irgend etwas zu finden, woran er arbeiten konnte.

»Hier drüben«, sagte Wolfgang.

Er führte sie zu einer Werkbank, die gleichfalls mit elektronischen Bauteilen und Gerätschaften übersäht war. Daneben stand ein kleiner Käfig mit einer weißen Maus.

Ben, dem Wolfgangs wirre Welt offenbar nicht fremd war, ging zu dem Käfig hinüber und beugte sich darüber. »Das ist Heinlein«, sagte er zu Darren. Dann wandte er sich an die Maus und sagte: »Hallo, Heinlein.«

Heinlein, ein Veteran aus den Urzeiten von Wolfgangs wissenschaftlicher Hexenkunst, trat auf einen großen Hebel, der im Innern seines Käfigs angebracht und an einen Stimmen-Synthesizer angeschlossen war. Den Bruchteil einer Sekunde später antwortete eine mechanisch klingende, aber durchaus verständliche Männerstimme.

»Hallo«, sagte sie.

Ben sah Darren an. »Na, was hältst du davon?« sagte er lächelnd. »Heinlein macht das in siebzig Prozent aller Fälle richtig. Wenn er so weitermacht, ist er eines Tages perfekt.«

Heinlein merkte, daß er jemandes Aufmerksamkeit auf sich gezogen hatte, und drückte auf einen anderen Hebel.

»Ich hätte gerne . . .«, sagte der Stimmen-Synthesizer.

Heinlein verlagerte das Gewicht auf einen weiteren Hebel.

». . . ein bißchen Käse«, fuhr der Stimmen-Synthesizer fort.

»Gut gemacht.« Ben lachte. Er holte ein Stück Käse aus einer danebenstehenden Schüssel und steckte es der Maus durch die Gitterstäbe ihres Käfigs hindurch zu.

»Reichlich seltsam«, murmelte Darren.

Während die Jungen zusahen, wie Heinlein sich dem Käse widmete, sprang eine große Katze auf den Tisch in der Nähe des Käfigs und starrte die Maus wie gebannt an. Einige Zeit ließ Heinlein seine Blicke zwischen dem Käse und dem angespannten Gesicht der Katze hin und her wandern; dann ließ er seine Mahlzeit im Stich, um erneut auf einen Hebel zu drücken.

Der Stimmen-Synthesizer schaltete sich ein. »Hilfe«, sagte er mit einer Präzision und einem Gleichmut, der den Inhalt des Wortes Lügen strafte, »Die Katze giert schon wieder nach mir.«

Darren sah Ben überrascht an.

»Ich habe eine ganze Reihe von Sätzen in seinen Stimmen-Synthesizer eingespeichert«, erläuterte Ben. »Manchmal ergibt es einen Sinn.«

Die Katze hörte nicht auf, Heinlein anzustarren.

»Runter, Erhart« ordnete Wolfgang an und kam auf den Käfig und die Katze zu.

Erhart, die Katze, warf noch einen langen, bösartigen Blick auf den Käfig, ehe sie sich davonschlich, für den Moment geschlagen. Sie setzte sich am anderen Ende der Werkbank in Positur und beobachtete Heinlein noch ein paar Minuten lang ganz genau, dann machte sie die Augen zu und schlief ein.

»Was sagt er denn noch?« fragte Darren.

»Hab ich vergessen«, antwortete Ben. »Einiges davon ist ziemlich albern.«

Wolfgang nickte vielsagend. Er stand an seinem Apple-Computer und fütterte ihn mit Daten.

Darren schlenderte durch den Kellerraum, hob gelegentlich einen verstaubten Gegenstand auf, betrachtete ihn kurz und legte ihn wieder hin. »Hier unten stinkt's«, sagte er.

»Die ganzen alten Comics und so gehören mir«, sagte Ben. »Mein Papa hatte es satt, sie bei uns zu Hause rumliegen zu sehen, und hat gesagt, ich soll sie rausschmeißen. Aber Wolfgang hat gemeint, ich kann sie hier aufheben. Kann schon sein, daß mein Papa recht hatte. Es ist eine ziemliche Menge Zeug.«

Darren nahm ein Comic-Buch auf, eine Version von H. G. Wells' *Kampf der Welten* aus der Serie *Illustrierte Klassiker*. Auf dem Titelblatt prangte eine künstlerisch brillante Darstellung des Tripoden vom Mars. Im Hintergrund stand natürlich die Stadt in Flammen, und Leute rannten um ihr Leben.

»Das ist eine von meinen Lieblingsgeschichten.« Ben lächelte. »Der Film ist gestern abend gelaufen. Hast du ihn gesehen?«

»Nein«, erwiderte Darren. Er hob noch ein Science-fiction-Comic auf, diesmal ging es um Mutanten aus dem Weltraum, aber er warf nur einen flüchtigen Blick auf den Titel, ehe er es wieder auf den Stapel fallen ließ.

»Ganz schön seltsam«, sagte er.

»Mir gefällt's«, antwortete Ben ein wenig verteidigend. Er war es gewöhnt, daß die Leute die Science-fiction angriffen. Es war ihm klar, daß sich ältere Leute mit ihren festgefahrenen Ansichten nicht durch Argumente, die dafür sprachen, von ihrer Meinung abbringen ließen, aber bei Gleichaltrigen hatte er immer noch die Hoffnung, daß sie in der Lage sein würden, Logik zu akzeptieren.

»Ich habe diesem Zeug nie was abgewinnen können«, sagte Darren und zog die Nase hoch. »Es ist einfach zu abwegig.«

»Hey, früher haben die Leute geglaubt, wir würden es nie bis zum Mond schaffen«, sagte Ben.

»Das ist was ganz anderes«, entgegnete Darren.

»Inwiefern ist das was anderes?«

»Da geht es um etwas, das wir getan haben. In den Comics geht es immer um andere Leute oder Lebewesen, die was tun. Das ist zu abwegig. Was hat das mit uns zu tun?«

»Hast du dich noch nie gefragt, was da droben los ist?« fragte Ben. »Draußen im Universum, auf anderen Planeten?«

Darren lachte. »Das meine ich doch gerade«, sagte er. »Da draußen ist niemand.«

»Kannst du das beweisen?«

»Ich muß das nicht beweisen«, konterte Darren. »Es ist deine Angelegenheit, zu beweisen, daß es da droben tatsächlich andere Leute oder Lebewesen gibt.«

Ben runzelte die Stirn, da er erkannte, daß diesmal die Logik auf Seiten seines Kontrahenten war. »Na gut«, sagte er schließlich und nahm zu einem seiner Lieblingsargumente Zuflucht, »alle Wahrscheinlichkeit spricht dafür, daß es auf einem von Milliarden Planeten und Sternen dort draußen Leben gibt.«

»Und alle Wahrscheinlichkeit spricht auch dafür, daß unter Milliarden von Sandkörnern am Strand eins aus Gold ist«, parierte Darren. »Aber ich sehe nicht, daß die Leute den Strand auf der Suche nach Gold umgraben.«

»Das ist doch albern«, brummte Wolfgang vom anderen Ende des Raumes herüber. »Warum laßt ihr Kerle es nicht gutsein?«

»Von mir aus«, sagte Darren, denn er hatte das Gefühl, aus der Diskussion als Sieger hervorgegangen zu sein. »Ich meine ja bloß, man darf nicht alles glauben, was man in den Comics liest oder im Kino zu sehen bekommt.«

Ben zuckte die Achseln.

»Wie dem auch sei«, sagte Wolfgang, und seine Miene erhellte sich. »Es ist soweit. Wir können uns jetzt an die Arbeit machen.«

Darren und Ben eilten zum Computer. Inmitten der Unordnung und des Staubes der Kellerlabor-Abstellkammer machte der Apple Special einen sauberen und kompakten Eindruck, als sei er aus einer anderen, höher entwickelten Welt herabgefallen. Das Gerät hatte eine graue Grundfarbe und war vorn mit Bedienungselmenten versehen, einschließlich eines kleinen Bildschirms. Das Heimcomputerteil war hinten zugeschaltet und besaß zwei angeschlossene Diskettenlaufwerke. Derzeit war der Schirm leer bis auf ein kleines blinkendes Quadrat in der linken unteren Ecke. Ein kompliziertes schematisches Diagramm lag auf dem Tisch neben dem Gerät.

»Hast du damit viel Probleme gehabt?« fragte Ben.

»Schon«, antwortete Wolfgang. »Bis ich ihn dann über das Modem an den Computer von meinem Vater angeschlossen habe.«

Darren blinzelte. »Modem?« sagte er.

»Kümmere dich nicht darum«, erwiderte Ben knapp. Er war jetzt erpicht daruf, zu sehen, was die Zeichnung aus seinem Traum, wenn überhaupt etwas, zu bedeuten hatte.

Gefesselt von seinen eigenen Erläuterungen sprudelte Wolfgang einen Schwall von Worten hervor.

»Ich mußte erst ein paar Details auf deiner Zeichnung ergänzen«, sagte er. »Perfekt sind sie möglicherweise nicht, aber ich nehme doch an, daß sie dem Original nahekommen. Jedenfalls sind sie stimmig, und das ist das Wichtigste. Es gibt nur eine begrenzte Zahl von Möglichkeiten, wie ein Schema aufgebaut sein kann, damit es noch funktioniert, wißt ihr, und wir müssen einfach davon ausgehen, daß es funktioniert. Wenn nicht, ist ohnehin alles zwecklos und idiotisch. Dieses Gehäuse beherbergt also deine Schalttafel, und an dieser Stelle war ein Terminal gefragt, also hab ich meinen Computer genommen, obwohl er nur 128 K hat, aber das müßte genügen, um rauszufinden, wie es funktioniert, wenn es überhaupt funktioniert, was es vermutlich nicht tun wird. Mitgekommen?«

»Ich hab's schon verstanden«, nickte Ben.

»Ich nicht«, murmelte Darren. »Worum geht's denn eigentlich?«

»Wart's doch ab«, sagte Ben.

Etwas an seinem Tonfall irritierte Darren. Er war es nicht gewöhnt, weder von einem Vierzehnjährigen herablassend behandelt zu werden noch von sonst jemandem.

»Moment mal«, sagte er, eindeutige Schärfe in der Stimme. »Vielleicht will ich nicht abwarten, bis alles vorbei ist. Vielleicht möchte ich vorher Bescheid wissen, was passiert, ja? Dann hab ich nämlich mehr davon.«

»Es dauert zu lange, das alles zu erklären«, erwiderte Ben. »Und möglicherweise führt es zu nichts, und in dem Fall hätte ich den langen Vortrag umsonst abgelassen.«

»Es hat wirklich keinen Sinn, noch länger zu warten«, fügte Wolfgang hinzu und streckte die Hand nach dem Hauptschalter aus. »Seid ihr soweit?«

»Nein«, unterbrach Darren. »Ich will wissen, was hier eigentlich vorgeht. Es könnte ja sein, daß du hier alles in die Luft fliegen läßt, während ich dabei bin.«

Wolfgang rollte die Augen nach oben und seufzte.

Aber Darren ließ sich nicht abschrecken. »Sieh dir nur diese Drähte an«, fuhr er fort. »Ich möchte wetten, es gibt in diesem Keller genug Saft, um uns alle zehnmal zu braten. Ich mache keine Witze. Entweder du sagst mir, was du da machst, oder ich gehe. Gib mir nur zwei Minuten Vorsprung, damit ich von diesem Haus weit genug weg komme.«

Wolfgang wäre es recht gewesen, wenn Darren gegangen wäre, aber Ben fühlte sich gewissermaßen dafür verantwortlich, Darren ins Labor mitgebracht zu haben, und wollte verhindern, daß er einfach wieder hinausmarschierte. Außerdem wollte er, daß sein neuer Freund und Wohltäter dabei war, falls etwas Interessantes bei der Sache herauskam.

»Augenblick, Wolfgang«, sagte er. »Ich werde Darren kurz das Notwendigste erklären, und dann wird er Bescheid wissen, okay?« Wolfgang zuckte die Achseln. »Wenn du darauf bestehst«, antwortete er. »Aber es besteht keinerlei Gefahr. Das Schlimmste, was passieren könnte, wäre, daß wir den Computer überlasten.«

»Es dauert nur eine Minute«, sagte Ben.

Dann begann er mit der Schilderung seines Traums und erzählte, daß Wolfgang die Schemazeichnung überprüfen werde, um herauszufinden, was sie zu bedeuten hatte. Darrens Augen sagten Ben, daß er im Grunde nicht alles verstand, aber er verlor im Verlauf der Erklärung etwas von seiner Hochnäsigkeit.

»Verstanden?« fragte Ben.

Darren nickte.

Wolfgang lächelte ungläubig. »Dann laß uns einfach den Schalter betätigen und sehen, was passiert.«

Er legte den Schalter um.

Nichts passierte. Der Schirm blieb leer.

»Na ja«, sagte Wolfgang geduldig. »Es dauert gewöhnlich Jahre, bis diese Sorte Zeug sich herausbildet und über die Schaltungen läuft . . .«

Ben seufzte und runzelte die Stirn. Es war wesentlich enttäuschender, als er es für möglich gehalten hatte. Als Wolfgang das Gerät aufgebaut hatte, war Ben davon ausgegangen, daß ihr Vorhaben nicht ungeheuer zeitaufwendig und mühevoll sein würde; vor allem betrachtete er diese Interpretation via Computer als eine Art Ulk. Schließlich ging hier keine ausgefeilte Theorie den Bach hinunter, kein kostspieliges Material, keine peinlich genauen Berechnungen. Und wenn das den Tatsachen entsprach, warum war er dann so entsetzlich enttäuscht?

»Ich glaube, ich hätte lieber im Bett bleiben sollen«, sagte er laut und zwang sich zu einem Lächeln.

Wolfgang starrte nur weiter den leeren Bildschirm an. Darren zuckte die Achseln, schob die Hände in die Taschen und tat einen Schritt auf die Treppe zu.

»Es ist noch nicht vorbei«, flüsterte Wolfgang.

»Was?« sagte Ben.

»Ich sagte, es ist noch nicht vorbei. Hör mal.«

Aus dem Computer drang ein merkwürdiges Geräusch, erst ganz leise, dann immer lauter, bis es zu etwas irgendwie Schönem und Geheimnisvollem angewachsen war. Es hatte einen Klang wie von einer Glocke, war ein langgezogener einzelner Ton, als würde jemand mit dem Finger über den Rand eines Trinkglases fahren. Mit wachsender Lautstärke bewegte sich der Laut die Tonleiter hinauf, in sanften, gespenstischen Stufen.

»Hast du je sowas gehört?« fragte Ben.

Wolfgang schüttelte den Kopf.

Darren, der von alledem sehr verwirrt war, trat wieder an den Tisch und starrte auf den Computer.

Jetzt passierte dort etwas. Der Bildschirm war nicht mehr leer. Allerdings liefen die Informationen und Daten so rasch über ihn hinweg, daß es unmöglich war, mit ihnen Schritt zu halten oder gar ihre Bedeutung zu interpretieren. In der Düsternis des Kellerraums tauchte das Flackern des Bildschirms die Gesichter der drei Jungen in ein glühendes Licht.

»Was geht da vor?« flüsterte Ben.

Wolfgang beugte sich tiefer über den Schirm und warf einen Blick auf die summenden, klickenden Diskettenlaufwerke.

»Er . . . äh . . . er programmiert sich selbst«, murmelte Wolfgang.

»Kann er das denn?«

»Wenn er es tut, dann kann er es wohl auch.«

Während sie sich unterhielten, flackerten die Daten weiter über den Schirm, riesige Blöcke aus Zahlen und Gleichungen und Formeln mit eingestreuten Anmerkungen. Zeile um Zeile, Block um Block wurden sie immer schneller, bis plötzlich alles zum Stillstand kam. Eine einzelne Zahlenreihe blieb auf dem Bildschirm stehen, und der Cursor blinkte unter ihr, als hätte er endlich den Schlüssel zu einem bestimmten Problem entdeckt.

Wolfgang besah sich die Zahlen, und der Mund stand ihm vor lauter Ungläubigkeit offen.

»Was ist?« fragte Ben.

Wolfgang leckte sich die Lippen. »Ich kann es einfach nicht glauben«, sagte er endlich. »Er fragte nach den Koordinaten auf den Achsen X, Y und Z, damit er die relative Position eines bestimmten Punkts im Weltraum zum Terminal orten kann. Wie bist du nur . . .?«

Er sah Ben mißtrauisch an.

»An mir liegt's nicht«, sagte Ben.

»Bist du da sicher?«

Ben nickte.

»Du hast nicht nur einen ziemlich ausgeklügelten Traum

gehabt, die Folgen sind auch ganz beachtlich«, sagte Wolfgang. »Ich glaube, sogar Einstein wäre beeindruckt gewesen.«

»Wovon redet ihr Kerle eigentlich?« wollte Darren wissen. Sein Erstaunen und seine Verwunderung hatten sich gelegt, und er war jetzt nur noch verwirrt und ärgerlich.

»Ich verstehe nicht, wie es möglich ist, daß in der Schemazeichnung soviel Wissen drinsteckt«, erläuterte Wolfgang. »Es kommt mir zu gut durchdacht vor, als daß es zu einem Traum gehören könnte.«

Ben starrte das Gerät an. Er glaubte allmählich selber, daß er doch ein verkanntes Genie sein könnte. »Vielleicht bin ich ja aus dem gleichen Holz geschnitzt wie Einstein«, sagte er.

»Also, dann wollen wir ihm die Daten geben, nach denen er verlangt, und sehen, was dann passiert«, schlug Wolfgang vor. Strinrunzelnd tippte er einige Zahlen in den Terminal ein.

»Was machst du da? fragte Darren.

»Ich gebe ihm was zu kauen«, erwiderte Wolfgang. »Etwas auf dem Regal dort drüben.«

Er deutete auf ein Bücherregal auf der gegenüberliegenden Seite des Raums.

Einen Augenblick darauf sahen die drei Jungen, wie in die Bücher auf einem der Regalbretter eine leichte Bewegung kam, beinahe so, als seien sie von einer unsichtbaren Hand ganz leicht berührt worden. Wie gebannt starrte Wolfgang das Phänomen einen Moment lang an und kehrte dann an die Tastatur zurück. »Ich werde sie mal nach rechts verschieben«, sagte er.

Er gab weitere Instruktionen ein. Sogleich fingen die Bücher an, sich zum einen Ende des Regalbretts hin zu verschieben, bis sie dicht aneinandergequetscht dastanden.

»Jetzt«, sagte Wolfgang.

Er drückte noch eine Taste.

Ein heftiges, explosives Geräusch folgte seinen Worten – eine Art doppelter Entladung. Ein Schlag ertönte vom Gerät her, als dort die Bücher zu Boden fielen und das Regal seitwärts gegen die Wand prallte.

Alle drei Jungen fuhren erschreckt auf und sahen sich an, die Augen weit geöffnet vor Entsetzen und Aufregung.

»Nun seht euch das an«, sagte Ben.

Er deutete auf den Computer, der immer noch summte,

während Rauch aus seinen Innereien aufstieg. Eine halbe Minute später verstummte das Summen, und im Raum wurde es still.

»Was ist passiert?« fragte Ben.

Wolfgang zuckte die Achseln. »Ich hab' keine Ahnung«, antwortete er, und sein Gesicht war ziemlich blaß.

Die Jungen gingen zum Bücherregal hinüber und untersuchten es vorsichtig. Ein Loch von der Größe einer Münze war in seinem Seitenteil entstanden. Als sie das Regal von der Wand gerückt hatten, sah Ben, daß sich das gleiche, glatte Loch bis in die Wand fortsetzte. Er berührte es.

»Es ist warm«, sagte er.

Er steckte den Finger in die Wand und stellte fest, daß das Loch offenbar bis auf die andere Seite ging.

»Seht euch das an«, sagte Wolfgang.

Er hielt ein halbes Dutzend Bücher hoch. Jedes einzelne war mit dem gleichen, sauberen Loch in der Mitte durchbohrt.

Ben hatte keine Ahnung, was hier vor sich ging, aber er wußte sehr genau, daß der Ursprung dieses ungeheuer aufregenden Erlebnisses sein Traum war. Irgendwie paßte alles zueinander – das Gerät, das sich selbst programmiert und dann nach Koordinaten fragt, die Verschiebung der Bücher und jetzt diese Explosion.

»Wie habt ihr das gemacht?« fragte Darren unverblümt und sah Wolfgang und Ben nacheinander durchdringend an.

»Das waren wir nicht«, sagte Wolfgang.

»Wer denn dann?«

»Das hat mit meinem Traum zu tun«, erläuterte Ben. »Mein Traum hat das ausgelöst.«

»Nein«, sagte Wolfgang mit Nachdruck. »Dein Traum hat das nicht ausgelöst. Dein Traum hat uns lediglich mit den grundlegenden Informationen über dieses Etwas versorgt. Wir haben sie angewandt und damit eine elektrische Energiequelle gebaut.«

»Aber der Traum –« warf Ben ein.

»Also, Ben, nun reg dich mal ab«, forderte Wolfgang ihn auf. »Es muß eine logische Erklärung für das alles geben, einen wissenschaftlichen Grund, und Träume gehören nunmal nicht in diese Kategorie.«

»Wovon redet ihr Kerle überhaupt?« fragte Darren drängend. »Das war doch ein Trick, stimmt's?«

»Nein«, antwortete Ben.

Wolfgang schüttelte entschieden den Kopf. »Nichts dergleichen«, sagte er. »Hört mal, wir müssen strikte Geheimhaltung schwören . . .«

Darren schlug die Augen gen Himmel. »Warum sollte ich das Bedürfnis haben, irgendwem davon zu erzählen?« sagte er mit einem Auflachen. »Sowas Blödsinniges.«

Wolfgang fuhr fort, als hätte er Darren nicht gehört. »Ich weiß nicht, was das ist«, verkündete er feierlich, »aber ich will vermeiden, daß man es uns wegnimmt oder uns sagt, was wir damit anfangen sollen.« Er sah Ben an, und seine Augen blitzten ungestüm. »Weil du es geträumt hast, weil ich es gebaut habe und weil es unser Geheimnis ist.«

Darren sah Wolfgang an, als wenn der verrückt geworden wäre. Er nahm eine Ausgabe von *Kampf der Welten* zur Hand und noch ein anderes Comic-Buch, und beide hatten identische Löcher.

»Hört mal, ihr Kerle«, sagte er. »Ich weiß, das ist ein Trick. Ihr zieht ihn bei jedem Einfaltspinsel ab, der hier vorbeikommt, stimmt's? Ein gelungener Scherz, aber ich kaufe ihn euch nicht ab.«

»Nein«, protestierte Ben. »Das ist nicht wahr, Darren. Ehrlich. Du mußt mir glauben.«

»Laß ihn doch denken, was er will«, brummte Wolfgang. »Mir ist das egal.«

»Wolfgang!«

Eine tiefe Stimme am oberen Ende der Kellertreppe unterbrach ihre Diskussion. Es handelte sich um Mr. Muller.

»Wolfgang«, sagte er, während er die Treppe herunterkam. »Hast du in letzter Zeit hier drunten irgendwelches Ungeziefer gesehen?«

Wolfgang breitete hastig eine Zeitung über den schwelenden Computer. »Nein, Vater«, sagte er.

»Na ja, umsehen kann ich mich ja mal.«

Als er die letzten beiden Stufen herunterkam, warf Darren Ben und Wolfgang einen angeekelten Blick zu und stieg die Treppe hoch, wobei er Mr. Muller mit einem kaum wahrnehmbaren Nicken bedachte. Er hatte offensichtlich genug und wollte bloß machen, daß er aus dem Mullerschen Irrenhaus herauskam. Während sein Vater durch Darren abgelenkt war, schaffte es Wolfgang, eine große Plane über das Gerät zu werfen.

»Bei näherer Überlegung fällt mir ein«, sagte er, immer noch in Sorge, sein Vater könne den Computer doch bemerken, »daß ich dort drüben in der Ecke ein paar Insektenspuren gesehen habe.«

Mr. Muller nickte und begab sich in die Kellerecke, in die sein Sohn zeigte. Sobald er außer Hörweite war, flüsterte Wolfgang Ben zu: »Ich muß es sowieso erst wieder in Gang bringen. Ich ruf dich am späteren Abend an.«

»Okay«, flüsterte Ben zurück. »Was meinst du, was wir da zustande gebracht haben?«

»Ich glaube, wir haben was zustande gebracht, das noch nie jemand anders geschafft hat«, sagte Wolfgang. »Ich glaube, wir haben irgendwie mit einer Energiequelle außerhalb unseres Universums Kontakt aufgenommen.«

Ben lief ein kalter Schauer die Wirbelsäule herab. Dann rannte er hinter Darren her die Treppe hinauf.

III

»Also, jetzt ist es offiziell. Ich hab heute mit ein paar Leuten gesprochen, und ich glaube, ich hab ziemlich gute Chancen, zum ersten Schulsprecher gewählt zu werden.«

Seit fast einer halben Stunde hatte Bill am Abendbrottisch nun schon von sich selbst gesprochen und damit seine Eltern beeindruckt und Ben wütend gemacht.

»Das ist ja ausgezeichnt«, sagte Mrs. Crandall enthusiastisch und klatschte in die Hände.

»Gratuliere«, sagte Mr. Crandall lächelnd.

Ben sagte gar nichts.

»Aus dem Footballteam werde ich der einzige Kandidat sein, und die Arbeit, die ich im Schulsprecherkomitee geleistet habe, kann mir sicher nicht schaden«, fuhr Bill fort.

Seine Eltern lächelten liebenswürdig. Für Ben sahen sie aus

wie zwei Seehunde im Zirkus. So ging es beim Abendessen meistens zu. Bill war derjenige in der Familie, der die größten Erfolge errang, und er gab sich wenig Mühe, seine Unbescheidenheit zu zügeln. Jeden Abend saß Ben da und versuchte sich etwas einfallen zu lassen, was Bills neueste Errungenschaften überbieten konnte, aber gewöhnlich hielt er den Mund, weil es unmöglich war, das zu schaffen. Heute abend allerdings gab es einen Schocker, mit dem er die anderen umhauen konnte.

»Ich bin heute massakriert worden«, sagte er, als Bill endlich einmal innehielt, um Luft zu holen.

Zwei Dinge gingen ihm auf, direkt nachdem er diesen Satz von sich gegeben hatte. Erstens, daß er ihn vermutlich besser ungesagt gelassen hätte; zweitens, daß er froh war, ihn gesagt zu haben. Bills Litanei über die eigenen Leistungen und Bestrebungen hörte auf, und die Aufmerksamkeit der ganzen Familie richtete sich auf Ben. Mrs. Crandalls Augen weiteten sich, als sie besorgt und mißbilligend zu ihrem jüngeren Sohn hinübersah. Bens Vater dagegen schien beinahe erfreut darüber zu sein, denn die Andeutung eines Lächelns überflog sein Gesicht. Nur Bill blieb, vermutlich um sich für Bens wortkargen, gefühlsmäßigen Boykott seiner eigenen Geschichten zu rächen, recht ungerührt.

»Was bist du?« keucht Mrs Crandall.

»Ich bin massakriert worden«, sagte Ben.

»Massakriert bedeutet umgebracht«, sagte Bill belehrend, denn er konnte der Versuchung nicht wiederstehen, seinen Bruder zu verbessern.

Ben war gezwungen, einen Teil seiner Aussage zurückzunehmen. »Dann halt nicht gerade massakriert«, sagte er. »Aber es hätte nicht mehr viel gefehlt. Eigentlich war das eher eine Auseinandersetzung . . .«

»Oh«, sagte seine Mutter irgendwie erleichtert.

»Eine Auseinandersetzung mit den Fäusten«, fuhr Ben fort.

Die Mißbilligung trat wieder in ihre Augen.

»Hattest wohl 'ne Rauferei, wie?«, sagte Mr. Crandall gelassen, genauso ruhig, wie er möglicherweise auf eine Drei-minus von Ben beim Turnen reagiert hätte. Mrs. Crandall ließ ihren mißbilligenden Blick von Ben zu ihrem Mann wandern. Er schien Bens Neuigkeiten nicht mit der angemessenen Besorgnis oder zumindest dem angebrachten Ernst zu begegnen. Raufende kleine Jungen machten sie nervös. Als Bill vor mehreren Jahren eine Periode durchgemacht hatte, in der es beinahe täglich zu Kämpfen kam, hatte sie deswegen Gewicht und reichlich Schlaf verloren. Sie hatte nicht den Wunsch, mit Ben diese Phase zu wiederholen, denn er war zarter als Bill und lief Gefahr, schließlich in regelmäßigen Abständen »massakriert« zu werden.

Aber ehe sie dazu kam, ihren Mann zur Ordnung zu rufen, nutzte Bill das Vakuum zu einer Fortsetzung seiner Geschichte über die Wahlkampagne zum Schulsprecher. »Also, jedenfalls«, sagte er laut, »morgen werden die Kandidaten aufgestellt –«

»Wie groß war denn der andere?« fragte Mrs. Crandall und ignorierte Bill zugunsten von Ben.

»Riesengroß«, antwortete Ben und genoß es, zur Abwechslung auch einmal im Zentrum des allgemeinen Interesses zu stehen. »Sehr groß. Und er hatte drei Kumpane, die ihm geholfen haben. Einer hatte sogar eine Fahrradkette dabei –«

»Gott steh uns bei«, stöhnte Mrs. Crandall.

Bill stieß einen schweren Seufzer aus und sah aus dem Eßzimmerfenster. Es gab nichts zu sehen als ein paar Straßenlaternen, aber er schaffte es, so zu tun, als interessiere er sich für sie.

»Und wie hat es angefangen?« fragte Mr. Crandall.

»Na ja, der eine hat Wolfgang die Bücher aus der Hand geschlagen, also hab ich gesagt, sein Ego hätte Elefantiasis. Er hat gesagt, ich soll das zurücknehmen, aber ich hab mich geweigert.«

»Gut gemacht!«

»Ich seh nicht ein, warum man ihn noch ermutigen soll«, warf Mrs. Crandall ein.

»Ich ermutige ihn doch gar nicht«, widersprach Mr. Crandall. »Ich finde bloß, daß es langsam Zeit wird, daß Ben –« hier zeigte er auf Ben im Gegensatz zu Bill – »an der wirklichen Welt dort draußen Geschmack findet.«

»Indem er sich zusammenschlagen läßt?«

»Nein. Indem er lernt einzustecken und auszuteilen. Darum geht's nun mal in Leben, Liebes. Da draußen gibt es eine

Menge gemeine Kerle, und manchmal muß man sich mit ihnen auf die eine Art und Weise auseinandersetzen, die sie kapieren – mit einem Faustschlag aufs Kinn.«

Mrs. Crandall schüttelte den Kopf. »Was für eine Neandertalerphilosophie«, murmelte sie.

»Hey«, protestierte ihr Mann. »Du hältst mich doch wohl nicht für einen Affen, wie?«

»Das frage ich mich manchmal auch.«

»Also, ich bin keiner. Ich bin ein völlig normaler Kerl. Und als Kind war ich in jede Menge Raufereien verwickelt. Das hatte vor allem mit Herbie Bell zu tun, einem Jungen aus meiner Straße. Riesengroß für sein Alter, weißt du, ungefähr Einsachtzig groß, als er zwölf war. Einmal mußte ich mich mit ihm prügeln, und ich bin froh, daß ich es getan habe. Auf dem einen Auge konnte ich danach vierzehn Tage nicht richtig sehen, aber ich glaube, das ganze hat mir wesentlich tiefere Einsichten in mich selbst ermöglicht.«

»Hast du den Kampf gewonnen?« fragte Ben und fand seinen Vater plötzlich sehr sympathisch.

»Nein. Ich bin massakriert worden.« Mr. Crandall lachte.

»Laßt uns nicht mehr über dieses Thema sprechen«, sagte Mrs. Crandall, stand auf und fing an, das Geschirr abzuräumen. »Es ist deprimierend.«

Ben war nur zu gern bereit, das Thema fallen zu lassen. Er hatte erreicht, was er wollte, und als Bonus eine gewisse Vertrautheit mit seinem Vater erzielt. Und da er ihn jetzt gerade bei Laune antraf, fand er, nun sei die Zeit gekommen, eine andere Angelegenheit zur Sprache zu bringen, die ihm schon einige Zeit am Herzen lag.

»Hey, Pap?« sagte er.

»Jaaa?«

»Bist du vielleicht schon dazu gekommen, zu lesen, was ich dir heute morgen gegeben habe?«

Mr. Crandall räusperte sich, weil ihm einfiel, daß er die Broschüre unter die Schreibauflage auf seinem Tisch geschoben und nicht wieder darauf zurückgekommen war.

»Tut mir leid«, brummte er. »Ich hatte es vor, aber im Büro geht es zur Zeit ein bißchen . . . hektisch zu. Wir haben gerade viel zu tun . . .«

Ben war zutiefst verletzt. Das Werk, um das es ihm ging, war bestimmt nicht schwer zu lesen, nur ein paar Abschnitte lang mit ein paar Abbildungen, die man sich ansehen mußte. War es etwa nicht wichtig genug? Diese Gedanken gingen ihm durch den Kopf, doch nun wußte er schon genug, um den Versuch zu wagen, seinem Vater Schuldgefühle anzuhängen. Deshalb zuckte er bloß die Achseln und wandte den Blick ab.

»Oh«, sagte er. »Na gut.«

Mr. Crandall bekam Gewissenbisse. Im Lauf des Tages hatte er mehrfach das Papier zur Hand genommen, das Ben ihm überreicht hatte; aber er war jedesmal wieder abgelenkt worden. Nun, da er Bens enttäuschtes Gesicht sah, verfluchte er sich insgeheim, sich dafür nicht Zeit genommen zu haben.

»Könntest du mir sagen, was drinsteht? fragte er.

Ben war noch nicht zum Nachgeben bereit. »Also«, murmelte er, »wenn du so beschäftigt bist . . .«

»Jetzt bin ich nicht mehr beschäftigt«, antwortete sein Vater »Und ich möchte hören, worum's geht. Ehrlich.«

Der ernsthafte Tonfall seines Vaters beeindruckte Ben. In ihm regte sich eine ganz neue Spannung, so daß er sich nur einen Augenblick zurückhalten konnte, bevor er seinen Herzenswunsch hervorsprudelte.

»Also«, sagte er, »es geht um eine Sache, die sich Raumfahrt-Camp nennt. Es dauert eine Woche, und man geht dafür ins Raumfahrt- und Raketencenter Alabama. Die sorgen dafür, daß man das ganze Schwerelosigkeitstraining durchläuft und die Tests, die die Astronauten machen müssen, und am Ende gibt's einen richtigen Simulationsflug zu einem anderen Planeten, und einige von den Kindern dürfen die Flugkontrolle übernehmen, und *einige* von den Kindern dürfen sogar die Astronauten sein.«

Bill grunzte mißbilligend. »Hört sich an wie noch so eine Disneyland-Imitation«, sagte er.

Mr. Crandall war weniger sarkastisch als Bill, aber ebenso unfähig, dem Gedanken ungezügelten Enthusiasmus entgegenzubringen. »Also, das klingt ja toll.« Er nickte. »Vom erzieherischen Standpunkt her sehr wertvoll und unterhaltsam. Wir werden uns das mal ernsthaft uberlegen mussen.«

»Ich würde gern in diesem Sommer daran teilnehmen«, sagte Ben.

»Oh. Also, dann wollen wir die Sache mal realistisch betrachten. Ich meine, es hört sich an, als wäre es nicht gerade billig.«

»Vermutlich kostet es ein Vermögen«, fügte Bill listig hinzu.

»Bitte, Pa«, drängte Ben.

»Vielleicht«, sagte Mr. Crandall. »Mal sehen.«

Ben hatte schon allzu viele Träume in den Nebeln des Landes Mal-sehen verblassen und verschwinden sehen. Jetzt, solange das Eisen noch heiß war, beschloß er die Sache weiter zu verfolgen. »Wenn ich bis zum Sommer ganz viel spare«, sagte er, »dann kann ich die Hälfte selber bezahlen. Und wenn ich mir einen Teilzeitjob suche, kann ich sogar noch mehr bezahlen.«

»Und wenn dir jemand eine Million Dollar vererbt, hast du sogar noch eine Menge übrig.« Bill lächelte hämisch. »Na ja, vielleicht nicht gerade eine Menge, aber ein bißchen.«

Inzwischen fielen Mr. Crandall, der trotz seiner Beteuerungen, in seiner Jugend eine rechte Kämpfernatur gewesen zu sein, kein sonderlich entscheidungsfreudiger Mensch war, alle möglichen Gegenargumente ein. Vor allem aber wollte er Zeit gewinnen, um über den Vorschlag nachzudenken, und in der Zwischenzeit konnte es durchaus sein, daß Ben die ganze Idee zugunsten einer anderen fallen ließ.

Im Moment war Ben allerdings nicht bereit, sie fallen zu lassen. »Ich hab mir was überlegt, Papa«, fuhr er fort. »Erinnerst du dich noch an die Wertpapiere, die Oma mir geschenkt hat, als ich neun oder zehn war –«

»Die sind für deine schulische Weiterbildung da«, sagte Mr. Crandall, einen Hauch von Verärgerung in der Stimme.

»Aber mal angenommen, ich werde Astronaut?« Ben lächelte. »Dann würde es doch zu meiner Ausbildung gehören, daß ich diese Reise mache – stimmt's?«

»Falsch«, erwiderte sein Vater.

»Aber –«

Mr. Crandall hatte plötzlich das Gefühl, sich bei diesem Gespräch verrannt zu haben, nicht vernünftig argumentieren oder als Vermittler fungieren zu können. »Hör mal«, sagte er scharf, »da du mich nun mal so hart bedrängt hast, muß ich dir sagen, daß ich keinen rechten Sinn hinter dieser Reise sehe. Ich meine, ›ein anderer Planet‹. Was soll das eigentlich? Du kannst doch nicht den Rest deines Lebens darauf aufbauen, andere Planeten aufzusuchen. Das ist, als wolltest du auf dem Rummelplatz leben. Das ist eine Welt, die nicht existiert.«

»Andere Planeten existieren nicht?« fragte Ben ungläubig. »Hab ich dich da richtig verstanden, Papa?«

In die Enge getrieben fing Mr. Crandall an, noch streitsüchtiger zu werden. »Nein, das hab ich damit nicht sagen wollten, und das weißt du genau«, entgegnete er. »Ich hab gesagt, es ist albern, sich darauf zu versteifen, andere Planeten zu besuchen. Ich weiß auch nicht, vielleicht bist du doch noch nicht so erwachsen, wie ich dachte.«

Ben seufzte und ließ die Gabel auf seinen Teller fallen. Die Schlacht war verloren, und er wußte es.

»Ich halte es für besser, wenn du in diesem Sommer etwas mehr Zeit hier drunten auf der Erde verbringst«, sagte sein Vater. »Hattest du nicht vor, die Garage zu streichen? Und was ist mit dem Dreckhaufen, der seit drei Monaten hinten im Hof rumliegt? Du hast mir gesagt, du schaffst ihn weg, wenn ich dir was dafür gebe. Also, bezahlt hab ich dich, und er ist immer noch da.«

»Aber Papa –« murmelte Ben.

»Es tut mir leid, Ben«, unterbrach ihn Mr. Crandall kalt. »Ende der Debatte.«

Ben senkte den Blick auf seinen Teller. Einige Zeit schwiegen alle. Sogar Bill hielt es für angebracht, den Mund zu halten und seinen jüngeren Bruder nicht noch mehr zu ärgern.

Wenigstens hab ich mich nicht zum Narren gemacht, indem ich ihnen von meinem Traum erzählt habe, dachte Ben.

Es war einige Zeit später am gleichen Abend. Er lag auf seinem Bett, ohne Licht, und starrte auf die Science-fiction-Poster und Drachenmodelle, die im Mondlicht besonders drohend aussahen. Die Wut auf seinen Vater hatte sich inzwischen einigermaßen gelegt und tiefe Enttäuschung zurückgelassen. Jetzt wurde ihm klar, daß er mit der Reise nach Alabama fest gerechnet hatte.

»Ben?«

Seine Mutter spähte zur Tür herein.

»Ja, Mama?«

Sie betrat das Zimmer, ohne Licht anzumachen. Sie kam leise an sein Bett. Ben spürte ihr Gewicht neben sich, wandte jedoch den Blick nicht von der Wand ab.

»Ben?« sagte sie sanft.

»Was?«

»Ich möchte mich für deinen Vater entschuldigen«, sagte sie. »Er hat seit einiger Zeit bei der Arbeit ziemliche Sorgen, und manchmal reagiert er empfindlich. Er meint es nicht so.«

Ben gab keine Antwort. Es hatte nichts damit zu tun, daß er schmollte; er wußte bloß nicht, was er sagen sollte. Was hatten Sorgen bei der Arbeit damit zu tun, daß man ernsthaft über eine vernünftige und lehrreiche Sache nachdachte? Das hörte sich an wie eine Ausrede, um ja kein Zugeständnis machen und ein paar Dollar ausgeben zu müssen. Und wenn sein Vater sich entschuldigen wollte, warum machte er das nicht selber? Diese und noch andere böse Gedanken drängten sich Ben auf, aber er entschied, daß es sinnlos war, sie auch nur zu äußern.

»Ich glaube, dir ist furchtbar viel daran gelegen, an diesem Raumfahrtlager teilzunehmen«, sagte seine Mutter. Ihre Augen waren voller Sympathie, wenn nicht gar Begeisterung.

Ben nickte und sah sie angestrengt an.

»Nichts ist wichtiger, als den Rest des Universums zu erforschen, Ma«, sagte er. »Da will ich, glaube ich, dabei sein.«

»Du möchtest Entdecker sein, stimmt's? Ein moderner Christoph Kolumbus . . .«

»Klar. Warum auch nicht? Es ist schon aufregend, daß wir auch nur daran denken können, neuen Welten zu entdecken. Da draussen muß etwas sein, Mama. Neues Leben, Planeten, Leute. Und wenn sie da sind, dann können sie uns vemutlich helfen. Vielleicht wissen sie, wie man unsere Krankheiten heilt und den Krieg abschafft und den Hunger –«

Sein Mutter lächelte und freute sich über seine Leidenschaft für etwas, das er für eine gute Sache hielt. Aber andererseits war sie praktisch veranlagt. Weder ein Erwachsener noch ein kleiner Junge konnten ihr Leben darauf aufbauen, daß es irgendwo draußen im Weltraum gütige Fremdwesen gab, die nur darauf warteten, daß man sich mit ihnen anfreundete und ihnen Kultur beibrachte. Er mußte dazu gebracht werden, sich über das Leben hier auf der Erde Gedanken zu machen, nach Zielen Ausschau zu halten, die in seiner Heimatstadt oder in seinem Land verfolgt werden konnten. Eines Tages würde Bens Leidenschaft vergehen, und er würde amüsiert auf diesen Abschnitt seines Lebens zurückblicken, auch wenn er es im Augenblick völlig ernst nahm. Seine Mutter hatte den Wunsch, ihm Mut zuzusprechen. Allerdings wollte sie ihn nicht noch weiter auf Abwege geraten lassen.

»Wo um Himmels willen hast du das nur her?« fragte sie und ließ ihre Blicke über den im ganzen Raum verstreuten Science-Fiction-Krimskrams schweifen, der an den Wänden hing und von der Decke herabbaumelte. »Von deinem Vater und mir hast du es bestimmt nicht. Wir sind beide in den Naturwissenschaften alles andere als bewandert.«

»Ich weiß«, sagte Ben.

Sie seufzte und berührte seine Wange. »Ben, Liebling«, sagte sie. »Es ist prima, daß du mehr über das Universum und all das erfahren möchtest. Du interessierst dich für eine Sache, und wir sind stolz auf dich . . . und selbst, wenn wir nicht immer wissen, wovon du eigentlich redest, weiß ich doch, daß es wichtig für dich ist, weiterzumachen und zu tun, was du tun willst.«

Sie stand auf und ging zum Fenster. »Manchmal wünsche ich mir, das eine oder andere selber getan zu haben«, sagte sie mit einer Stimme, die so leise war, daß sie beinahe flüsterte.

Ben wartete. Gab sie ihm nun die Erlaubnis, am Raumfahrtlager teilzunehmen, oder nicht?

»Also«, sagte seine Mutter abschließend. »Ich hoffe nur, du verstehst mich richtig.«

»Daß ich nicht ins Raumfahrtlager darf?« fragte Ben, fest entschlossen, die Sache so oder so zu beenden.

Seine Mutter runzelte die Stirn. »Ich wüßte nicht, wie das diesen Sommer möglich sein sollte«, antwortete sie. »Es gibt zu viele Unsicherheitsfaktoren . . . aber wir sollten nicht gleich aufgeben. Schlaf gut.«

Sie gab ihm einen leichten Kuß auf die Wange und machte sich dann auf den Weg zur Tür, als wolle sie ihre unerfreuliche Aufgabe so schnell wie möglich abschließen.

»Nacht«, sagte Ben.

Wieder allein, starrte er aus dem Fenster auf die Sterne und die Welten dahinter. Plötzlich fühlte er sich in seinem Zimmer unangenehm beengt, da er ihm nur ein winziges Viereck zu bieten hatte, durch das er den Himmel beobachten konnte. Er brauchte Platz, einen besseren Ausblick, einen ganzen Himmel zum Beobachten. Er kletterte aus dem Bett, nahm sein Walkie-talkie, stieg die Leiter hoch, die von seinem Zimmer aus aufs Dach führte, und genoß die kühle Nachtluft auf seinem Gesicht, als er es jener grenzenlosen Weite dort oben zuwandte. So jung er auch war, wußte er doch, daß es zwar nur wenig im Leben gab, auf das man sich verlassen konnte, daß aber das Universum als Ganzes im Einklang war. Es bot denen Aufregung, Geheimnisse, Wissen und Möglichkeiten, die kühn genug waren, danach zu suchen. Ben war entschlossen, jetzt noch mehr als je zuvor, seine Ziele zu verfolgen. Er hatte das Gefühl, endlich wieder in seinem Element zu sein, ließ sich auf den Schlafsack fallen, den er auf dem Dach aufbewahrte, und blickte in den Himmel.

Es war eine kristallklare Nacht. Direkt über ihm bewegte sich ein Flugzeug mit blinkenden Lichtern von Norden nach Süden. Die Sternenwolke der Milchstraße war deutlich zu sehen, die größte aller Attraktionen am Himmel, bis ganz plötzlich eine Sternschnuppe heruntersauste. Ben machte die Augen zu und stellte sich ein sofortiges Replay in Großaufnahme vor. Jetzt kam die wallende, brodelnde feurige Masse auf ihn zu geschlingert, kein zarter, schöner, weit entfernter Lichtstreif mehr, sondern eine unglaublich mächtige, zerstörerische Kraft, hundertmal größer als die Sonne das Universum durchwirbelnd. Er fragte sich, wie es wohl wäre, sich während dieses Vorfalls dort draußen aufzuhalten.

Ein Summton unterbrach seinen Tagtraum. Es war sein Walkie-talkie. Rasch hob er es auf und drückte den Sprechknopf.

»Ja?« sagte er.

»Er funktioniert wieder«, sagte Wolfgang schlicht.

»Du machst Witze!«

»Traust du mir zu, um Mitternacht mit sowas Witze zu machen?« wollte Wolfgang wissen.

»Ich glaube nicht. Wie kam's denn dazu? Hat er von allein wieder zu laufen angefangen?«

»Vielleicht kommst du besser rüber.«

»Klar. Ich bin gleich bei dir.«

»Gib mir ungefähr zehn Minuten. Ich denke, mein Vater wird noch eine Tour durchs Haus machen und nach dem Ungeziefer sehen. Dann geht er ins Bett.«

»Ist gut.«

»Und sei leise.«

»Na klar. Dann bis gleich.«

Bens Stimmung war nun völlig umgeschlagen. Er war nicht mehr deprimiert über den Mangel an Einbildungskraft und Verständnis auf Seiten seines Vaters. Was in der vergangenen Nacht aus seinem Traum entstanden war, stand kurz davor, neue Enthüllungen zu gewähren. Ben konnte es kaum abwarten, daß der nächste Akt eingeleitet wurde.

Normalerweise konnte Darren gut schlafen, obwohl er in einem Haus lebte, das alles andere als friedlich war. Heute abend jedoch lagen die Dinge anders. Mona und sein Vater hatten ihren Streit vom vergangenen Tag fortgesetzt, ein ständiger Austausch von Beschimpfungen, Drohungen und Gegendrohungen, die ihn eigentlich in den Schlaf hätten wiegen sollen. Zumindest war das in der Vergangenheit so gewesen.

Nun war es jedoch nach Mitternacht, und Darren rollte und warf sich in seinem Bett herum, als wäre er gerade aus einem Vierundzwanzig-Stunden-Schlaf aufgewacht. Vor einigen Minuten waren Mona und sein Vater verstummt, was Darrens hellwachen Zustand noch deutlicher hervortreten ließ. Verzweifelt stieg er aus dem Bett und machte seine Hausaufgaben, aber selbst das konnte ihn nicht beruhigen.

»Was ist verdammt nochmal los?« flüsterte er.

Ein Großteil des Problems, das wußte er, ließ sich auf Ereignisse zurückführen, die am späten Nachmittag im Haus der Mullers stattgefunden hatten. Darren wiederholte sie in Gedanken immer wieder, auch wenn er gar keine Lust hatte, sie noch einmal vor sich zu sehen. Ihn quälte die Befürchtung, mit einem schlauen Trick hereingelegt worden zu sein, der so geschickt ausgeführt worden war, daß er absolut keine Ahnung hatte, was da passiert war. Da er eher praktisch als philosophisch veranlagt war, machte Darren sich weniger darüber Gedanken, warum Ben und Wolfgang diesen Trick bei ihm abgezogen hatten, als darüber, *wie* sie es gemacht hatten. Die kreisrunden Löcher in den Büchern und im Holz und in der Wand waren so glatt und eben! Wie hatten sie das geschafft? Mehrere Minuten lang lag er im Bett und fragte sich, was wohl für Geräte erforderlich waren, um so ein Glanzstück fertigzukriegen. Als ihm schließlich heftiges Schnarchen verriet, daß sein Vater eingeschlafen war, stand er auf, zog sich ein Hemd über und ging auf Zehenspitzen zur Tür.

Die Nachtluft war erfrischend kühl, die Sterne ungewöhnlich hell. Darren blieb einen Augenblick auf der rückwärtigen Veranda stehen und sah sich um, genoß diesen Moment des Alleinseins sehr. Dann erinnerte er sich, warum er aufgestanden war, und stolperte über den Hinterhof zu einem kleinen, baufälligen Geräteschuppen an der Rückseite des Grundstücks. Er war mit einem Vorhängeschloß gesichert, dessen Schlüssel er unter dem Fundament aus Schlackenstein versteckt hatte. Als er den Schlüssel gefunden hatte, verschaffte Darren sich Zutritt und schaltete in seinem geheimen Reich das Deckenlicht an.

Es war kein besonderes Reich, oder zumindest kein besonders elegantes. Der einzige, drei mal drei Meter große Raum enthielt im Grunde bloß drei Werkbänke, auf denen eine Vielzahl von Gegenständen gelagert war. Diese Gegenstände waren alte Benzinmotoren, gebrauchte Werkzeuge, Drehladen, Achsen, Behälter mit Maschinenteilen, die in Motorenöl schwammen, und Schrauben und Muttern jeder nur denkbaren Größe und Form. Die Wände des Raums ware kahl, bis auf einen zwei Jahre alten Kalender und mehrere Notizen, die Darren zum Eigengebrauch geschrieben hatte.

Irgendwo in diesem Raum befand sich ein altes Taschenbuch. Er hatte es gerade gestern entdeckt und sich überlegt, es wegzuwerfen. Jetzt war er froh, es nicht getan zu haben, obwohl das Buch nirgendwo zu sehen war. Endlich fand er es in einer alten Lagerkiste, betrachtete es einen Moment lang und legte es dann auf eine freie Stelle auf einer der Werkbänke.

»So«, sagte er leise. »Mal sehen, wie man das macht.«

In der gleichen Lagerkiste entdeckte er ein Gerät, mit dem

man Metall durchbohren konnte und das etwa den gleichen Durchmesser hatte wie das Loch, das »wie durch ein Wunder« in den Büchern und im Holz in Wolfgangs Haus erschienen war. Er überprüfte seine Kanten, um sicherzugehen, daß sie scharf waren. Zufrieden stellte er den Locher auf das Buch, suchte sich einen Zwei-Kilo-Hammer, schwang ihn hoch über seinen Kopf und schlug mit aller Macht zu.

Als er den Locher hochhob, war er erstaunt und enttäuscht zugleich, feststellen zu müssen, daß das Gerät gerade das Titelblatt durchstoßen hatte. Auf Seite drei des Buchs war nicht einmal mehr der Umriß des Bohrstiftes zu sehen. Als er das Buch sorgfältig untersuchte, sah er, daß das entstandene Loch an den Rändern eher gezackt als glatt war, wie es bei Wolfgang der Fall gewesen war.

»Ich komme nicht drauf«, sagte Darren leise. »Selbst wenn sie so ein Gerät benutzt haben, würde es Wochen dauern, das Loch durch alle Bücher durchzubohren.«

Er runzelte die Stirn, schlug ein zweites und ein drittes Mal auf das Buch ein, um festzustellen, ob es leichter gehen würde, sobald das Deckblatt durchstoßen war. Es war tatsächlich etwas weniger schwierig, und jeder Schlag durchschnitt etwa ein Dutzend Seiten. Aber als er versuchte, den gelochten Papierkreis zu entfernen, rissen seine Ränder ein oder teilten sich in kleine, gezackte Schnipsel.

»Zur Hölle damit«, sagte er. »Ich würde einen Zehner hinlegen, um zu erfahren, wie sie das gemacht haben.«

Er sah auf die Uhr. Es war viel zu spät, um Ben oder Wolfgang anzurufen, aber er war inzwischen wacher als je zuvor. Er streifte seine Jacke über, verschloß den Geräteschuppen und ging wieder ins Haus.

An der Tür blieb er stehen und dachte nach, einen Fuß auf die Schwelle gestützt.

»Ach was«, sagte er schließlich. »Einschlafen kann ich sowieso nicht. Ich werde statt dessen spazierengehen.«

Zehn Minuten später, als er an einem schwach erleuchteten Haus nach dem anderen vorbeitrottete, entdeckte er in einem der Hinterhöfe eine Bewegung. Eine Gestalt hockte auf einem Holzzaun, ließ auf jeder Seite ein Bein herabhängen. Sie blieb den Bruchteil einer Sekunde in dieser Haltung, ehe sie das rechte Bein hinüberschwang und sich leise fallen ließ. Darren beobachtete sie gespannt. Worum konnte es sich handeln, wenn nicht um einen Einbrecher? Obwohl er nicht die Absicht hatte, den Mann abzufangen, überlegte Darren sich, daß er zumindest nach verdächtigem Verhalten Ausschau halten und es vielleicht der Polizei melden konnte. Ein aufgeregtes Kribbeln durchfuhr sein Rückgrat, als er diagonal über den Hinterhof schlich und versuchte, die Silhouette des Mannes im Auge zu behalten. Dann begannen vertraute Gegenstände aufzutauchen – ein geborstener Fernseher, eine Waschmaschine, der das Oberteil fehlte, eine Kathodenstrahlröhre und dahinter eine weit geöffnete Garagentür.

»Eine Sekunde«, flüsterte Darren. »Das ist doch das Haus von diesem Kerl.«

Es handelte sich in der Tat um das Haus der Mullers. Nun, aus einem besseren Blickwinkel, konnte Darren erkennen, daß die dunkle Gestalt kein anderer als Ben Crandall war.

»Gut«, sagte er sich. »Vielleicht finde ich ja jetzt heraus, was diese Kerle vorhaben.«

Er kroch näher ans Haus heran und spähte durch das Kellerfenster. Drinnen fand er, umgeben von seinen komplizierten Geräten, seinem Schrott und seiner sprechenden Maus, Wolfgang vor, der offenbar soweit war, sein Experiment von vorhin durch eine bizarre Ergänzung zu bereichern.

Sobald sein Vater im Bett war, schaltete Wolfgang sämtliche Lichter im Kellerbereich an, damit Ben Bescheid wußte, daß er ab sofort durch die Hintertür hereinkommen durfte. Einige Minuten später, nach einem irgendwie gruseligen Lauf durch den Wald am Bachbett entlang, kletterte Ben über den Zaun hinter dem Haus und klopfte zunächst leise an die Tür, ehe er hereinkam. Wolfgang stand neben dem Apple-Computer, starrte zu ihm herab, das Gesicht verfärbt vom bläulichen Leuchten des Geräts.

»Also«, sagte Ben, von seinem Lauf immer noch ein wenig außer Atem. »Worum geht's?«

Wolfgang gab keine Antwort. Statt dessen blickte er in die Richtung, aus der ein dumpfer Laut zu hören war, und starrte finster auf Erhart, die Katze, die gerade von der Werkbank sprang. Die Katze hatte mit dem Riegel zu Heinleins Käfig herumgespielt, es jedoch nicht geschafft, ihn zu öffnen.

»Worum geht's denn nun?« wiederholte Ben.

Wolfgang antwortete, indem er den Finger auf die Lippen legte. »Du redest zu laut«, sagte er.

»Ich hab nicht gemerkt –«

»Schhht.«

Wolfgang sah nach oben und zuckte zusammen. »Leiser«, sagte er. »Man darf nicht überschwenglich werden, wenn man vorhat, eine Sache wissenschaftlich zu untersuchen.«

»Tut mir leid. War meine Stimme denn so laut?«

»Irgendwie schrill war sie«, erwiderte Wolfgang. »Die Aufregung hat bei dir durchgeschlagen.«

»Vielleicht liegt das daran, daß ich aufgeregt bin.«

»Na, dann laß es. Wir müssen in dieser Angelegenheit ganz kühl und gefaßt bleiben. Es handelt sich um etwas Neuartiges und nie Dagewesenes, aber wir dürfen uns nicht erlauben, uns davon umwerfen zu lassen.«

»Verstehe«, nickte Ben. Er atmete tief aus und zwang sich, sich zu entspannen.

Als wolle er das Alltägliche des Experiments unterstreichen und sich selber davon abhalten, sich hinreißen zu lassen, begann Wolfgang im Kellerraum auf und ab zu gehen und in sehr professoralem Ton zu sprechen. Man konnte sich nur allzu leicht ein Auditorium wissenschaftlicher Kollegen vorstellen, das sich während seines Vortrags eifrig Notizen machte.

»Wir haben hier«, sagte er, »soweit ich das zu beurteilen imstande bin, eine Energiequelle auf der Basis von Elektrizität vorliegen.«

»Das hast du schon mal gesagt«, unterbrach Ben ihn. »Aber ich hab nicht ganz verstanden, was du damit gemeint hast.«

»Einfach gesagt, handelt es sich um eine Kraft, die sich auf elektrische Impulse reagierend fortbewegt. Stell sie dir als eine Art Laser vor oder als Energiekugel, die wir hin- und herstoßen können.« Er trat an den Computer. »Indem ich nun Koordinaten eingebe, kann ich diese Energiequelle veranlassen, sich im dreidimensionalen Raum irgendwo hinzubewegen, und zwar in dem Maße, daß sie ein paar Bücher und eine Stützmauer aus

Beton durchschlägt. Nun werde ich demonstrieren, wie die Energiequelle funktioniert.«

Er schaltete das Gerät ein, das sofort die nun schon vertrauten Geräusche von sich zu geben begann, und tippte einige Instruktionen ein. »So«, sagte er schließlich und starrte in die Luft vor der Werkbank.

»Wo denn?« fragte Ben.

»Direkt über der Werkbank«, antwortete Wolfgang, und in seiner Stimme lag leichte Verärgerung.

»Warum kann ich sie dann nicht sehen?«

»Weil's hier zu hell ist.«

Mit diesen Worten streckte Wolfgang die Hand aus, um das Deckenlicht auszuschalten. Im Kellerraum herrschte nun beinahe völlige Finsternis, denn der Computerschirm war die einzige Lichtquelle. Als sich ihre Augen an die Dunkelheit gewöhnt hatten, konnten Wolfgang und Ben die Umrisse einer winzigen Seifenblase in der Nähe der Werkbank ausmachen. Sie hing unbeweglich in der Luft und strahlte ein bläuliches Glühen ab. Sie starrten sie mit offenen Mündern an, als würden sie ein Ding aus einer anderen Welt ansehen.

»Mein Gott«, sagten sie gleichzeitig.

Trotz seiner äußerlichen Ruhe, wenn nicht gar Blasiertheit, war Wolfgang mindestens genauso eingeschüchtert wie Ben. Sein Hals fühlte sich an, als würde ihn ein harter, heißer Klumpen am Atmen hindern, und alles in seinem Blickfeld schien ein wenig zu wackeln. Er gab sich große Mühe, wieder ein bißchen objektiver zu werden, und begann wie vorhin in didaktisch überlegtem Tonfall zu sprechen.

»So«, murmelte er. »Jetzt werde ich die Energiequelle mit dieser Rasterzeichnung von meinem Zimmer in Beziehung setzen, die ich mit Hilfe meines Graphikprogramms angefertigt habe.«

Wieder bediente er die Tastatur, und auf dem Bildschirm erschien eine einfache Grundrißskizze des Kellergeschosses. Als er daraufhin weitere Daten eingab, wurde in einer Ecke ein kleines X sichtbar.

»Ist sie das?« fragte Ben.

Wolfgang nickte.

»Laß sie doch mal fliegen«, lächelte Ben.

»Mach ich.«

Wolfgang tippte sorgfältig einige Informationen ein und beobachtete dabei die Lichtblase. Langsam, zunächst kaum wahrnehmbar, fing sie an, sich zu bewegen und eine kurze horizontale Spur oberhalb der Werkbank zu hinterlassen.

Ben war plötzlich sehr aufgeregt. Wenn das schonmal jemand geschafft hatte, dann hatte er zumindest nie davon gehört.

Während die beiden Jungen dastanden und die bewegliche Blase beobachteten, kroch Darren näher an das Haus der Mullers heran. Vor einigen Minuten hatte er gesehen, wie zunächst das Licht im Keller anging und dann nur wenig später wieder verlosch. Jetzt sah er eine merkwürdig flackernde Lichterscheinung im Innern des Kellerraums, und er wollte wissen, was das war. Er schob sich langsam über das Rasenstück und schaute durch das Fenster nach drinnen. Wolfgang und Ben standen wie in Trance da und starrten auf eine Stelle dicht vor ihnen in der Luft. Der Computer war eingeschltet, sein Schirm zeigte ein hell leuchtendes Diagramm.

Darren schüttelte den Kopf und runzelte die Stirn. Das sah ganz danach aus, als wären die beiden eigenartigen Typen hypnotisiert. Einen Augenblick erfaßte ihn Panik. Im Grunde war er ein harter und beherzter junger Mann, aber hier lag etwas vor, das er nicht verstand. Falls Ben und Wolfgang so eine Art Voodoo per Computer erfunden hatten und jetzt in seinem Bann standen, dann hatte er nichts dagegen. Sie konnten ruhig damit spielen, sich davon fesseln lassen, damit anstellen, was sie wollten, solange Darren dabei aus dem Spiel blieb. Und dennoch, trotz all seiner Nervosität, blieb Darren wie angewurzelt an seinem Platz, so fasziniert war er.

Drinnen beobachteten Ben und Wolfgang noch eine Minute lang weiter die Blase und waren zufrieden damit, die Koordinaten immer wieder leicht zu variieren und die Reaktion ihrer Neuentdeckung zu beobachten. Schließlich brach Wolfgang doch ihr Schweigen.

»Hast du Lust, noch was zu sehen?« schlug er vor.

»Klar.«

»Ich glaube, ich kann ihre Größe verändern.«

»Na gut!« flüsterte Ben.

»Diese Variable dürfte es bringen«, sagte Wolfgang und gab neue Daten in das Gerät ein.

Noch während er das tat, wurde die Blase ein wenig größer, und ihr Durchmesser erweiterte sich auf etwa acht Zentimeter. Sie sah wie ein in der Luft schwebender Baseball aus.

»Toll«, sagte Ben atemlos. »Wie weit, meinst du, kannst du damit gehen?«

»Praktisch unbegrenzt«, gab Wolfgang zurück. »Ich nehme an, wir könnten sie so groß wie die Erdkugel machen, wenn wir wollten.«

»Lieber nicht«, warnt Ben, den das schwebende Objekt plötzlich sehr ängstigte.

»Keine Sorge.«

Während sie weiter die Kugel beobachteten, ließ sie ein unvermitteltes Geräusch auffahren. Es war Heinlein, der sich kratzte und beinahe unmittelbar danach den Stimmensynthesizer betätigte.

»Ich hätte gerne . . .«, begann er.

Die Jungen warteten auf die übliche Bitte um Käse.

Statt dessen fuhr der Synthesizer fort: ». . . ein wenig Auslauf.«

Wolfgang schüttelte den Kopf, wandte sich wieder dem Computer zu, bediente diverse Tasten und sah zu, wie die größer gewordene Kugel sich auf und ab bewegte.

Ben dachte allerdings an etwas ganz anderes. Heinlein hatte ihn auf eine Idee gebracht.

»Klar«, sagte er. »Warum auch nicht?«

Er ging zum Käfig, holte die Maus hervor und ließ sie bis zur Spitze eines Besenstiels krabbeln, den er an die Werkbank gelehnt vorfand.

»Was zum Teufel machst du da?« schimpfte Wolfgang. »Warum spielst du ausgerechnet jetzt mit ihm?«

Ben grinste und hob den Besenstiel auf die schwebende Blase zu.

»Was machst du denn?« verlangte Wolfgang zu wissen.

»Unser allererster Raumfahrer«, sagte Ben lächelnd.

»Was?«

»Schalt mal ab.«

Immer noch ein wenig ratlos schaltete Wolfgang das Kraftfeld aus. Ben hob die Maus noch höher, bis sie an der Stelle angelangt war, die zuletzt die Blase eingenommen hatte.

Wolfgang lächelte. Jetzt hatte er kapiert. Was für eine ausgezeichnete Idee – zu ergründen, ob die Blase Objekte festhalten würde, die man hineinsteckte, oder ob sie lediglich durch die Haut hindurchfallen würden. Heinlein hing mitten in der Luft, blieb ohne weiteres in der Blase hängen. Doch einen Augenblick darauf runzelte Wolfgang die Stirn.

»Was ist los?« fragte Ben, der Wolfgangs Zögern bemerkt hatte.

»Nein . . .«, murmelte er.

Er drückte auf einige Tasten und sah zu Ben hinüber. »Fang ihn auf«, sagte er. »Ich lasse ihn frei.«

»Aber wieso denn?« fragte Ben, als Heinlein ihm auch schon in die ausgebreiteten Hände fiel.

In Wolfgang Kopf wirbelten Pro und Kontra der Situation ducheinander. Einerseits war es sinnvoll, Heinlein als »allerersten Raumfahrer« in ihrem neuen Gefährt einzusetzen. Die Wahrscheinlichkeit, daß er dabei getötet oder auch nur verletzt werden konnte, war gering, vor allem im Hinblick auf die Tatsache, daß Wolfgang ihn, falls etwas auch nur dem Anschein nach Unvorhergesehenes passierte, jederzeit ganz einfach befreien konnte. Aber andererseits, wenn die Blase in ihrem Innern etwas Tödliches barg, ein Gas oder eine unsichtbare Substanz, die Lebewesen vernichtete? Wolfgang war im wahrsten Sinn des Wortes Wissenschaftler, aber er war dagegen, mit Tieren zu experimentieren, es sei denn, für den Versuch lag ein sehr guter Grund vor und die Versuchsbedingungen waren eindeutig kontrolliert. Diese Situation gehörte zu keiner dieser beiden Kategorien.

»Wieso?« erwiderte er. »Weil wir ihm wehtun könnten, deswegen. Wir wissen ja nicht mal, ob diese Blase sein Gewicht aushält.«

»Ein paar Sekunden lang hat sie's ausgehalten.«

»Und wir wissen nicht, was für eine Atmosphäre im Innern dieser Kugel herrscht.«

»Okay.« Ben zuckte die Achseln und setzte Heinlein zurück in seinen Käfig.

Draußen vor dem Haus starrte Darren baß erstaunt auf die

schwebende Maus, und er hielt den Blick weiter auf die Blase gerichtet, als Ben die Maus längst wieder in ihren Käfig gesteckt hatte. Er schüttelte voller Ergriffenheit den Kopf und war völlig gefesselt von dieser Erscheinung, die der Schwerkraft und jeglicher Logik trotzte. Worauf hatten sich diese Kerle nur eingelassen? Auf schwarze Magie, oder bloß auf gewöhnliche Zauberei? Er erinnerte sich, im Fernsehen einmal ein Programm gesehen zu haben, in dem ein Zauberer große Tiere »verschwinden« ließ, aber noch nie hatte er etwas gesehen, was an diese Sache heranreichte.

»Zur Hölle damit«, flüsterte er endlich. »Und wenn die mich kaltmachen, ich muß rausfinden, was diese Kerle vorhaben.«

Er streckte den Arm aus, klopfte ans Fenster und ging mit dem Gesicht noch näher an das Glas heran.

»Was war das?« sagte Wolfgang, wandte den Blick von der Blase ab und sah sich im Kellerraum um.

»Da ist jemand am Fenster«, sagte Ben erschreckt.

Wolfgangs erster Gedanke war, daß es sich um seinen Vater handeln müsse. Sobald der nämlich ins Bett gegangen war, hatte Wolfgang die Kellertür abgeschlossen, um während des Experiments völlige Ruhe zu haben. War es möglich, daß sein Vater so neugierig geworden war, daß er nach draußen gegangen war, nur um ihnen nachzuspionieren? Das hatte er noch nie gemacht – zumindest nicht, soweit Wolfgang wußte.

Gleich darauf zerstreute Ben seine Befürchtungen, was Wolfgangs Vater betraf, indem er sagte: »Es ist Darren.«

»Welcher Darren?«

»Der, der heute nachmittag da war.«

»Oh.«

Wolfgang war nicht ganz sicher, ob er nicht seinen Vater als Eindringling vorgezogen hätte. Wenigstens konnte er darauf vertrauten, daß der nichts nach außen durchsickern lassen würde. Darren dagegen war ein unbekannter Faktor. Falls er sofort in die Schule rannte und mit jedermann darüber schwatzte –

Als habe er Wolfgangs Vorstellungen erahnt, sagte Ben rasch: »Der ist okay. Er hat mir praktisch das Leben gerettet, und er ist ein Einzelgänger. Er wird keinem was sagen.«

»Bestimmt?«

»ja. Und wenn wir ihn einweihen, wird er noch verläßlicher sein, darauf wette ich.«

»Okay«, murrte Wolfgang.

Ben entriegelte das Kellerfenster, und Darren zwängte sich durch.

»Was geht hier vor?« fragte er.

»Wir experimentieren mit einer Sache«, erläterte Ben. »Und wieso bist du so spät noch unterwegs?«

»Ich konnte nicht schlafen. Deshalb bin ich spazierengegangen. Als ich jemanden hinten über den Zaun klettern sah, dachte ich, das wäre vielleicht ein Einbrecher, deswegen bin ich hinterher.«

»Das war ich«, sagte Ben.

Wolfgang betätigte einige Tasten am Computer und veranlaßte die Blase, auf und ab zu hüpfen, ganz wie er es wollte.

»Glaubst du mir jetzt?« fragte Ben und versetzte Darren einen Rippenstoß.

»Was soll ich dir denn glauben? Ich weiß, hier drunten geht irgendwas Verrücktes vor, aber was gibt es daran zu glauben oder nicht zu glauben?«

»Glaubst du jetzt, daß wir an einer enormen wissenschaftlichen Sache arbeiten?« fragte Wolfgang. »Wie ich schon sagte, haben wir eine Kraftquelle geschaffen, die sich bewegen läßt, indem man neue Koordinaten in den Computer eingibt. Das war es, was die Löcher in die Bücher gebohrt hat, nicht irgendein Trick, den wir abgezogen haben.«

»Okay.« Darren nickte. »Ich glaube, ihr Kerle habt keine Tricks vor. Reicht das?«

»Wir nehmen deine Entschuldigung an«, sagte Wolfgang.

»Wie bleibt denn nun die Blase in der Luft?« fragte Darren.

»Eine Kraftquelle unterliegt nicht den normalen Gesetzen der Schwerkraft«, erläuterte Ben. »Stimmt's, Wolfgang?«

»Stimmt.«

»Kannst du sie ein bißchen rumfliegen lassen?« fragte Darren lächelnd.

»Klar!«

Damit wandte Wolfgang sich erneut dem Computer zu und fütterte das Gerät mit weiteren Daten. Als er damit fertig war, hüpfte die kleine durchsichtige Kugel erst auf der Stelle, dann begann sie in der Luft über der Werkbank langsame, anmutige Bögen zu ziehen. Darren und Ben konnten sich das Lachen nicht verkneifen, der Anblick war allzu absurd. Sogar Wolfgang grinste und kicherte, während er das Objekt tanzen ließ.

»Siehst du?« sagte er. »Sie ist ganz einfach zu steuern, und man kann sie überall hinschicken.«

Weil er hoffte, Ben ein wenig erschrecken zu können, gab Wolfgang nun Koordinaten ein, die die Blase veranlassen sollten, geradewegs auf seinen Kopf zuzufliegen und erst in letzter Sekunde auszuweichen. Das Manöver klappte jedoch allzu perfekt. Als er das Objekt auf sich zu wirbeln sah, stieß Ben einen leisen Entsetzensschrei aus und machte einen Satz rückwärts. Er prallte gegen Wolfgang, der wiederum gegen den Computer prallte. Noch ehe er die Balance wiedergewonnen hatte, traf Wolfgangs Hand die Tastatur und programmierte das Gerät mit einer ganzen Reihe von Zufallsdaten.

»Aufgepaßt!« schrie er.

Die Warnung war angebracht. Als habe die Blase plötzlich einen eigenen Willen entwickelt, begann sie auf einmal die merkwürdigsten zusammenhanglosesten Flugfiguren abzuspulen und Turns von 180 Grand auf Turns von 270 Grad folgen zu lassen. Auf und ab flog sie und wieder zurück und stieß auf allen Seiten Dosen und Werkzeuge um. Die drei Jungen waren gezwungen, sich zu Boden fallen zu lassen oder beinahe einen Salto rückwärts zu machen, um dem Objekt auszuweichen, wenn es im Sturzflug herunterkam. Wolfgang, der sich nach wie vor Sorgen machte, seine Eltern könnten aufwachen, mühte sich redlich, so viele fallende Gegenstände wie möglich aufzufangen, und meist gelang ihm das auch. Am Ende lagen sie alle drei ausgestreckt auf dem Kellerboden und verrenkten sich die Hälse, um die Flugschau über ihnen beobachten zu können.

»Heiliger Strohsack«, keuchte Darren. »Wenn uns das Ding trifft, wird es dann viel Schaden anrichten?«

»Du spinnst wohl«, konterte Wolfgang. »Hast du nicht gesehen, was heute nachmittag mit den Büchern passiert ist?«

Noch während er das sagte, sauste das Kraftfeld wie der Blitz auf den Kühlschrank zu, prallte mit einem heftigen Knall wie von einem Gewehrschuß darauf, kam dann auf der gegenüberliegenden Seite wieder heraus, wobei mehrere zischende Limonadendosen hinterhergewirbelt kamen.

»Heiliger –« keuchte Darren und duckte sich so hastig, daß er mit dem Gesicht auf dem Boden aufschlug und nicht mehr dazu kam, zu sagen, was er hatte sagen wollen.

»Wie lange –?« brüllte Ben zu Wolfgang hinüber.

Die Blase brauste über ihre Köpfe hinweg, flog eine enge Kehre und raste dann direkt auf Erhart die Katze zu. Sie hatte sich in einen Winkel gekauert, den Schwanz so aufgeplustert, daß er beinahe so groß war wie das ganze Tier, die Augen weit aufgerissen und die Schnurrhaare gesträubt, als das Kraftfeld auf sie zuraste. Mit einem Fauchen und einem Entsetzensschrei drehte sie jetzt völlig durch, schlug einen Purzelbaum, taumelte davon und prallte gegen alle möglichen Einrichtungsgegenstände, während die Blase sie durch den ganzen Raum verfolgte.

Wolfgang hob gerade weit genug den Kopf, um einen Blick auf den Computerschirm werfen zu können. Das X schwirrte auf der Grundrißskizze des Raums hin und her, und die bildlich dargestellten Zusammenstöße trafen zeitlich zusammen mit Geräuschen außerhalb der Bildschirmzone, wann immer die Blase mit echten Gegenständen im Raum zusammenkrachte. Wolfgang duckte sich gerade rechtzeitig, um dem Kraftfeld auszuweichen, sah aber noch, wie es einen Vorratsschrank traf und seine Tür aufriß, hinter der ein ganzes Regalbrett voller teurer Kristallgläser und Karaffen zum Vorschein kam. Die Blase beschrieb direkt vor dem Schrank einen engen Kreis, der die Gläser an der Brettkante zum Wackeln brachte, wobei ihre Ränder aneinanderstießen und eine klirrende Geräuschsymphonie auslösten.

»Nein!« keuchte Wolfgang.

Er warf sich auf dem Boden liegend nach vorn und erreichte den Vorratsschrank gerade, als die empfindlichen Gläser über die Kante kippten. Indem er bemerkenswerte Geschicklichkeit und Koordinationsgabe an den Tag legte, schaffte Wolfgang es, jedes einzelne aufzufangen, bevor es den Boden erreicht hatte.

Kaum hatte er das letzte Glas abgesetzt, als wieder ein Knall wie von einem Gewehrschuß durch den Kellerraum dröhnte. Im Aufblicken konnte Wolfgang gerade noch Betontrümmer zu

Boden fallen sehen, und zwar aus dem Loch, durch das das Kraftfeld soeben das Mullersche Haus verlassen hatte. Einen Moment lang herrschte gespenstisches Schweigen, dann plötzlich das Quietschen von Autobremsen, das Gebell eines Hundes und ein Krachen. Wolfgang richtete sich hastig auf. Ben tat es ihm nach, und beide eilten sie ans Kellerfenster, um nachzusehen, was draußen vor sich ging.

»Vorsicht!« brüllte Ben.

Die Blase, die inzwischen noch schneller geworden war, befand sich auf dem Rückweg zum Haus, und zwar über das Fenster, durch das sie gerade nach draußen spähten.

Rumms! Klirr!

Wolfgang und Ben blieb kaum Zeit, die Köpfe einzuziehen, bevor das Kraftfeld durch das Kellerfenster gerast kam und die Scherben überall verstreute.

»Abschalten!« brüllte Ben.

Wolfgang hastete wieder ans Gerät. Während sich seine Finger der Tastatur näherten, kam ihm der Gedanke, wie es gekommen sein mochte, daß das Zufallsmuster, welches durch den Vorfall ausgelöst worden war, eine so lange Sequenz von Flugmanövern und zerstörerischen Aktionen hervorgerufen hatte. Dann wurde dieser Gedanke beiseite gedrängt, als er sich darauf konzentrierte, die Daten einzugeben, die das Kraftfeld zum Stillstand bringen würden.

Nachdem er auf eine Reihe Knöpfe gedrückt hatte, sah er die Blase ein paar letzte Verwüstungen anrichten, ehe sie schließlich in der Luft über der Werkbank zur Ruhe kam.

Die nun folgende Stille wurde nur durch drei lange, ineinander übergehende Seufzer der Erleichterung durchbrochen.

»Natürlich«, sagte Wolfgang nach einer Weile. »Ich muß ein paar Tasten gedrückt haben, die dazu geführt haben, daß das Kraftfeld ein Wiederholungsmuster abfliegt oder eine Reihe kleinerer Variationen. Sonst –«

Das Geräusch von Schritten im Erdgeschoß veranlaßte Wolfgang gespannt zur Kellertür zu sehen. Das Kellergeschoß glich einem Schlachtfeld, als wäre eine Bombe oder ein Wirbelsturm darüber hergefallen. Er hatte nicht die leiseste Ahnung, wie er das erklären sollte, falls seine Eltern herunterkamen, um nachzusehen, was den ganzen Krach verursacht hatte.

»Wolfgang?« rief eine Frauenstimme.

»Oh, toll, das ist meine Ma.« Wolfgang seufzte. »Mein Gott, nie darf ich meinen Spaß haben.«

»Was soll der ganze Lärm?« fragte seine Mutter.

»Nichts.«

»Nichts? Ich werde mal runterkommen und mir ansehen, was das für ein Nichts ist, das sich eindeutig nach Etwas angehört hat.«

Wolfgang Gesicht wurde blaß. »Komm nicht runter«, rief er die Treppe herauf. »Ich komme gleich.«

»Was ist los?« Seine Mutter blieb hartnäckig. »Bist du da unten allein?«

»Klar, Ma. Einen Augenblick noch.«

Wolfgang ging auf Zehenspitzen zu Darren und Ben hinüber und flüsterte ihnen zu: »Wartet, bis ich weg bin, und schleicht euch dann durch die Hintertür raus, okay?«

Ben nickte.

»Wolfgang!«

»Ich komme, Mutter!«

Wolfgang raste die Treppe hoch. Seine Mutter stand oben auf dem Treppenabsatz, in einen Hausmantel gehüllt, das Haar zerzaust und schrecklich unattraktiv.

»Was in Gottes Namen ist da drunten los gewesen?« fragte sie mit Nachdruck. »Angehört hat es sich wie ein Autounfall.«

»Ich hab doch bloß versucht, die Beziehung zwischen der Größe eines Objekts und der Lautstärke festzustellen, mit der es auf den Boden fällt . . .«

»Um ein Uhr nachts«?

»Das ist doch die einzige Zeit, in der es still genug ist«, improvisierte Wolfgang. »Sonst sind immer zuviel Hintergrundgeräusche von Lastwagen und Autos dabei.«

»Ich glaube, du hast den Verstand verloren.«

»Die Forschungsergebnisse könnten sehr wertvoll sein, Ma«, sagte Wolfgang. »Aber wenn du möchtest, daß ich damit aufhöre, dann höre ich auf.«

»Warum willst du nicht, daß ich runterkomme?«

»Weil ich eine ziemliche Unordnung hinterlassen habe. Aber wenn du mir eine Viertelstunde Zeit läßt, hab ich alles wieder aufgeräumt.«

»Du hast doch nichts Wertvolles kaputtgemacht, oder?« fragte seine Mutter, und ihre Augen verengten sich mißtrauisch.

»Nein, Ma'am«, sagte Wolfgang wahrheitsgetreu. »Die Kristallgläser sind alle okay.«

»Komm doch mal kurz hier herauf.«

Wolfgang verschwand die Treppe hinauf. Darren und Ben sahen sich an. Ben tätschelte geistesabwesend den Computer.

»Na, wie fandest du es?« fragte er mit gedämpfter Stimme.

»Interessant.«

»Ist das alles?«

»Okay. Es war umwerfend.«

»Da hast du verdammt recht.«

»Aber wozu ist das gut?« fragte Darren. »Was wollte ihr jetzt damit anfangen?«

»Experimentieren«, erwiderte Ben, ein mutwilliges Glitzern in den Augen.

IV

»Experimentieren, womit denn?« fragte Darren, während er und Ben auf dem Nachhauseweg waren. »Oder mit wem?«

Abgesehen von fünf oder sechs weit entfernten Autos auf der Fernstraße herrschte auf den Straßen keinerlei Verkehr, und Fußgänger waren auch nirgends zu entdecken. Ein leichter Wind wehte tiefhängende Wolkenmassen herbei, die einen Großteil der Sterne verdeckten. Ben atmete in der kalten Nachtluft einmal tief ein, bevor er die Frage beantwortete, zum Teil deswegen, weil das angenehm war, und zum Teil, weil er sich diese Antwort erst noch überlegen mußte. Die für ihn verlockendste Nutzanwendung des Kraftfelds war nämlich weder wissenschaftlich begründet, noch nutzte sie der Menschheit als Ganzes.

Er war von dem Wunsch beseelt, das Innere von Lori Swensons Zimmer zu sehen.

Die Idee war ihm gekommen, während er bei Wolfgang

daheim auf dem Kellerfußboden gelegen hatte und dem Sturzflug der Blase ausgewichen war. Was es auch sein mochte, das dieses energiegeladene Objekt über ihre Köpfe hinweg, durch einen Kühlschrank und durch Beton trieb, es handelte sich dabei um das perfekte durchsichtige Raumschiff. Man konnte damit überall hinfliegen und alles mögliche sehen. Als Wissenschaftler waren sie natürlich verpflichtet, nur noble Zielsetzungen zu verfolgen, aber quasi zum Aufwärmen . . .

Er sah Darren an und zuckte die Achseln, während er beschloß, die eigennützigen, aber höchst aufregenden Pläne für sich zu behalten, die er mit ihrer Entdeckung vorhatte. Statt dessen sagte er: »Also, wir wissen doch noch gar nicht, was dieses Ding wirklich kann, wie groß es werden kann, wieviel Gewicht es aushält, wie schnell es fliegen kann. Es gibt noch so vieles, woran man denken muß. Wir werden langsam anfangen und herausfinden, was wir da vorliegen haben.«

»Na klar.«

Insgeheim stelle Darren sich vor, im Innern der Blase zu sitzen und die Mädchen beim Umziehen zur Turnstunde und beim anschließenden Duschen zu beobachten. Dieses Bild ließ unvermutet ein Lächeln über sein Gesicht huschen, und dann kicherte er.

»Was ist?« fragte Ben.

»Nichts.«

»Du hast doch an was Komisches gedacht.«

Darren nickte. Natürlich mußte er das zugeben, aber er mußte nicht sagen, warum er sich so amüsierte. »Ich hab mir bloß vorgestellt«, sagte er, »wie albern wir ausgesehen haben müssen, als wir bei Wolfgang auf dem Boden rumlagen und versuchten, diesem Ding auszuweichen.«

Ben lachte. Dann setzten sie ihren Heimweg zügig fort, und seine Gedanken kehrten erneut zu Lori zurück.

Die tägliche Verpflichtung, zur Schule zu gehen, wurde nun, auch wenn sie noch nie ausgesprochen erfreulich gewesen war, für die drei Jungen zu einer schweren Last. Sie hatten jetzt kaum einen anderen Gedanken als den an die nächste Testsitzung mit dem Kraftfeld. Statt sich auf den Unterricht zu konzentrieren, träumten sie mit offenen Augen von dem, was sich vielleicht noch ergeben würde, oder grübelten darüber nach, was bereits passiert war. Sie verbrachten noch zwei Tage mit Tests an der Schaltung und am Computer in Wolfgangs Keller. Sie hatten die Blase erweitert und wieder zusammenschrumpfen lassen, hatten sie hin und her geschoben, bis ihnen klar wurde, daß sie mehr Platz brauchten. Daraufhin machte sich Wolfgang daran, den Computer-Monitor zu einer tragbaren Einheit zu machen, indem er einen Transportbehälter und ein Antriebsaggregat herrichtete, damit sie ihr Kraftfeld (oder vielmehr »das Ding«, wie sie es nannten) überall hin mitnehmen konnten.

Heute, am Mittwoch, wollten sie zum ersten Mal damit ins Freie, und Ben war so nervös und aufgeregt, daß er kaum stillsitzen konnte. Zwei Lehrer machten eine Bemerkung über seine Zappelei, und ein dritter drohte ihm an, ihn zum Büro des Rektors zu schicken, wenn er nicht sofort aufhöre, auf seinem Stuhl hin und her zu rutschen. Irgendwie schaffte er es, den Tag zu überstehen, obwohl er nicht genau wußte wie.

Eine Stunde nach Schulschluß konnte man die drei Jungen über ein Feld und einen Hügel hinauf rennen sehen, von dem aus man die Stadt überblicken konnte. Ben und Wolfgang eilten voraus, jeder mit einem Walkie-talkie, ein paar Werkzeugen und einem Notizblock in der Hand. Hinterher kam das Packpferd ihres Teams, Darren, dessen Bizeps unter der Last des schweren Transportbehälters anschwoll, in dem sich der Computer, der Monitor und die Energieversorgung befanden. Hin und wieder zog er eine Grimasse und machte eine sarkastische Bemerkung über ihre sogenannte »tragbare« Einheit.

»Tragbar ist das ganze nur, wenn man ein Packesel ist«, sagte er gerade, als sie sich der Hügelkuppe näherten.

Wolfgang nickte. »Ich sehe durchhaus ein, daß es schwer ist«, stimmte er ihm zu, »Aber wir müssen alles beisammen haben. Mir ist nicht eingefallen, wie sich das sonst arrangieren ließe.«

»Du hättest das Aggregat in eine Kiste tun können und den Computer in eine andere«, schlug Darren vor.

»Dann hätten wir eine Tonne Kabel kaufen müssen. Von der schweren Sorte. Furchtbar teuer.«

»Nicht halb so teuer wie eine Leistenbruchoperation«, entgegnete Darren.

»Vielleicht könnten wir Räder dranmachen«, regte Ben an.

»Mit Rädern kämen wir auf diesem Boden nicht weit«, sagte Darren, während er über die tiefen Furchen stolperte und mehreren größeren Felsbrocken am Hang auswich.

»Nun, wir sollten versuchen, das Beste draus zu machen«, sagte Wolfgang, um diese Debatte zu beenden.

Auf der Hügelkuppe angekommen, blieben sie stehen und sahen sich um. Die Luft war frostig, der Himmel hing voller schwerer Kumuluswolken, die unter der niedrigstehenden Sonne geheimnisvolle Schatten warfen. Aus dieser ungewöhnlichen Perspektive betrachtet, boten die Häuser und andere Wahrzeichen der Stadt am Fuß des Hügels kaum noch einen vertrauten Anblick. Ben stellte fest, daß Lori Swensons Haus deutlich zu erkennen war, weiß und makellos.

»Also, laßt uns anfangen«, sagte Ben.

Zu seiner Verärgerung machte Wolfgang keinerlei Anstalten, den Computer aufzustellen und die Dinge in Gang zu bringen. Statt dessen nahm er Papier und Filzschreiber zur Hand und fing an zu zeichnen.

»Was soll das?« fragte Darren.

»Ich fertige zum Zwecke der Referenz eine Grobskizze des Geländes im Graphikmodus an«, gab Wolfgang zurück.

»Ach so«, sagte Darren. »Du machst eine Zeichnung.«

»Sag ich doch.«

»Was machen wir, wenn du damit fertig bist?«

»Das steht im Moment noch nicht an. Aber ich werde mir was ausdenken, womit wir experimentieren können.«

Wolfgang stellte die Zeichnung fertig, gab sie in den Computer ein und wandte sich ab, um über die Situation nachzudenken. Als er merkte, daß Ben beabsichtigte, die Tastatur zu berühren, hob er rasch die Hand.

»Nicht anfassen«, warnte er.

Ben fühlte Verärgerung in sich aufsteigen. Seit er die Entdeckung gemacht hatte, war Wolfgang ihm gegenüber immer diktatorischer geworden. Er schien beinahe vergessen zu haben, daß Ben es gewesen war, der den Ball ins Rollen gebracht hatte. Ben konnte durchaus den Computer bedienen, wenn auch nicht so geschickt wie Wolfgang. Aber das lag bloß daran, daß Wolfgang mit dem Gerät besser vertraut war und mehr Stunden daran geübt hatte.

»Nun hör dir den Professor an«, sagte Ben leise zu Darren, während Wolfgang sich entfernte. »Das war mein Traum, und ich darf ihn anfassen, wenn ich das will. Und das werde ich –«

Er streckte die Hand aus und schaltete den Computer ein.

»Komm, hör auf, daran rumzupfuschen«, forderte Darren ihn auf.

»Ich hab nicht vor, irgendwelche wichtigen Entscheidungen vorwegzunehmen«, sagte Ben. »Ich will bloß alles vorbereiten.«

Er betätigte die Tastatur, bis der Bildschirm ein kreisförmiges Objekt zeigte, das über der groben Geländeskizze schwebte, die Wolfgang angefertigt hatte.

»Das ist die Stelle, wo das Ding sein wird, wenn es eingeschaltet wird«, erläuterte Ben, sehr mit sich zufrieden.

Darren war beeindruckt. »Toll«, sagte er. »Aber größer als das wird es schon sein, ja? Wolfgang wird es größer machen, wenn er zurückkommt.«

»Was meinst du damit – Wolfgang?« wollte Ben wissen. »Das kann ich genauso gut wie er.«

Er rief sich Wolfgangs Vorgehen ins Gedächtnis, drückte auf diverse Knöpfe und war erfreut – und überrascht, obwohl er das niemals zugegeben hätte –, zu sehen, daß die Kugel sich vergrößerte.

»Spitze«, sagte Darren mit einem Lächeln.

»Komm schon, Wolfgang«, sagte Ben mehr zu sich selbst als an seinen Kollegen gewandt, der immer noch das Gelände studierte. Jetzt war er auf dem Bildschirm zu erkennen, eine einsame Gestalt direkt unterhalb der Blase.

»Das Ding ist doch noch nicht an, richtig?« fragte Darren.

»Richtig.«

»Und wie macht man es an?«

»Ganz einfach«, sagte Ben. »So.«

Er betätigte einen Schalter.

Mit einem lauten Knistern dehnte sich das Kraftfeld nach unten aus, wobei sein unterer Rand Wolfgang auf dem Bildschirm erfaßte und die Gestalt zur Seite kippte.

»Oh Gott!« brüllte Darren.

Sie schauten zu der Stelle hinüber, wo eben noch der echte Wolfgang gestanden hatte. Jetzt sahen sie nur noch eine Computerdarstellung seines Körpers, im Winkel von dreißig Grad schräggelegt, die Füße einige Zentimeter über dem Boden. Weil das Kraftfeld schalldicht war, konnten Ben und Darren ihren Freund nicht hören, aber sie konnten sich sehr gut vorstellen, mit was für Worten und Lautäußerungen die entsetzte und verängstigte Gestalt auf die Situation reagierte.

»Du hast ihn darin gefangen!« schrie Darren. »Wie kommst du dazu, sowas zu machen?«

»Das wollte ich doch nicht!« keuchte Ben.

Er starrte benommen auf den Kontrollschirm, der eine Vektordarstellung von Wolfgang im Innern des Kraftfeldes zeigte. Er hatte keine Ahnung, wie er ihm helfen sollte.

»Tu doch was!« brüllte Darren.

Ben sah auf die Tastatur, dann wieder auf die Graphik, die Wolfgang darstellte und sich spiralförmig bewegte. Was hatte er nur falsch gemacht? Was konnte er unternehmen, um seinen Fehler zu korrigieren?

»Mein Gott, ich wußte gar nicht, daß das Ding so groß werden kann!« brüllte Darren.

»Ich auch nicht«, antwortete Ben völlig eingeschüchtert.

Dann entdeckte er, daß die Unterseite des Kraftfeldes immer wieder gegen Wolfgangs Schuhsohlen stieß, und fügte hinzu: »Ich hätte ihm die Zehen oder sonstwas abschneiden können!«

»Schalte das Ding aus, Mann«, drängte ihn Darren. »Hol ihn da raus! Er ist in Schwierigkeiten!«

»Ja«, murmelte Ben. »Das seh ich ja.«

Weil er selber nicht weit davon entfernt war, in Panik auszubrechen, hatte er nicht den Wunsch, Darren Anlaß zum Durchdrehen zu geben, also tat er sein Bestes, Ruhe vorzutäuschen. Auch wenn er äußerlich gelassen wirkte, innerlich stand er kurz davor, den Verstand zu verlieren; sein Gehirn hatte aufgehört, richtig zu arbeiten; es blieb ihm nichts anderes übrig, als wahllos die Tastatur zu betätigen und zu hoffen, daß er damit irgendeine magische Kombination auslöste, die seinen Freund befreien würde.

Die Tastenkombination hatte tatsächlich magische Wirkung, allerdings nicht von der Sorte, die Ben oder Wolfgang brauchen konnten. Anstatt zu verschwinden, setzte sich das Kraftfeld wie der Blitz in Bewegung und streifte dabei so halsbrecherisch über das Gras, daß es einen grünen Schauer hinter sich herzog, der wie ein Vorhang in der nachmittäglichen Luft hängen blieb. Im Innern der sich drehenden Kugel wurde Wolfgang mit dem Kopf nach unten gekippt, dann zur Seite, dann wieder mit dem Kopf nach unten.

»Hol ihn doch da raus!« schrie Darren und hüpfte aufgeregt auf der Stelle.

»Okay! Okay!« brüllte Ben zurück, aber seine Hände zögerten über der Tastatur. Jetzt war sein Kopf von düsteren Gedanken erfüllt. Mal angenommen, er brachte die Blase durch Zufall zum Platzen, während Wolfgang noch in ihr steckte? Mal angenommen, er schickte sie irgendwo hin, von wo man sie nicht zurückholen konnte? Es gab Dutzende von Möglichkeiten, seinen Freund noch weiter zu gefährden. Warum war er nur so blöd gewesen, ein Gerät zu bedienen, über das er vergleichsweise wenig wußte?

»Nun mach schon!« drängte Darren.

»Ich weiß nicht, was ich machen soll«, gab Ben zu.

»Also, irgendwas mußt du unternehmen.«

Ben wußte, daß Darren recht hatte. Er nahm hastig Wolfgangs Notizblock zur Hand, blätterte ihn durch und versuchte eine Lösung zu finden, wie er ihn befreien konnte. Inzwischen trug das Kraftfeld Wolfgang mit annähernd hundert Stundenkilometern über den Boden, wobei es Steine und große Holzstücke beiseite stieß, während es von einer Seite des Hügels zur anderen raste.

Ben traf eine Entscheidung und fütterte den Computer mit einem kurzen Code.

Prompt verschwand Wolfgang ganz, da er und das Kraftfeld eine enge Kurve flogen und sich dann geradewegs in die Erde bohrten.

»Oh Gott!« schrie Darren.

Er rannte zu der Stelle, wo die Blase soeben in den Boden eingedrungen war. Die Öffnung war zwei Meter breit und an den Rändern so glatt wie Glas. Eine dünne Staubwolke erhob sich aus dem Krater, als Darren hineinspähte. Er guckte sich die Augen aus, konnte jedoch kein Anzeichen von Wolfgang entdecken. Es war, als würde man in einen Bergwerksschacht oder einen sehr tiefen Brunnen hinunterschauen. Nur ein weit entferntes, mahlendes Geräusch in den tiefsten Tiefen der Erde verriet, daß dort noch etwas passierte.

»Wo ist er?« schrie Darren verzweifelt.

»Weiß ich nicht«, antwortete Ben und rang über der Tastatur des Computers die Hände. Er versuchte es mit einer weiteren Zahlenkombination, obwohl er inzwischen kaum noch die Finger bewegen konnte, so entsetzt und verängstigt war er.

»Ich versuche, ihn wieder hochzuholen!« brüllte er. »Das ist ja wie die *Reise zum Mittelpunkt der Erde* oder so!«

»Komm wieder auf den Boden, ja?« brüllte Darren zurück. »Er ist schon auf dem Weg nach China!«

Ben spürte ein Brennen in seinen Augen, als der Schweiß von seiner Stirn hineinlief. Was war das Ergebnis seiner letzten Dateneingabe? Jetzt hatte sogar das tiefe Rumpeln unter ihnen aufgehört. Bohrte sich Wolfgang etwa immer noch abwärts auf den geschmolzenen Erdmittelpunkt zu? Oder bestand immer noch die leise Möglichkeit, ihn aus dem Vertigoexpress zu befreien, in den Ben ihn aus Versehen verfrachtet hatte? Jetzt hatte Ben wenigstens den Ansatz eines Plans. Sobald das Kraftfeld und Wolfgang auch nur für einen Augenblick auftauchen würden, wollte er die Stromleitung des Computers herausziehen. Dann mußte alles wieder beim Alten sein – wie er hoffte. Allerdings kam ihm, noch während er den Gedanken entwickelte und sich dazu beglückwünschte, eine ganz neue Befürchtung. Im Innern des Kraftfeldes konnte es nur eine begrenzte Menge Luft geben. Falls Wolfgang nicht bald dort herauskam, lief er Gefahr, grauenvoll zu ersticken.

»Komm schon«, hauchte er. »Komm zurück, verdammt nochmal, nur eine Sekunde!«

Als er das sagte, rutschte ihm der Finger aus und berührte eine Zahl auf der Computertastatur. Darren, der sich nun doch in seinen Befürchtungen bestätigt sah, daß Ben am Computer nicht gerade ein Experte war, starrte mit angsterfüllten Augen vor sich hin. Er kannte Wolfgang erst seit wenigen Tagen, und doch hatten sich seine Gefühlte für den intelligenten kleinen Kerl in dieser kurzen Zeitspanne völlig gewandelt. Zunächst hatte er wenig für ihn übrig gehabt, und er fühlte sich deswegen irgendwie schuldig. Jetzt erst merkte er, was Wolfgang wert war, als junger Wissenschaftler wie auch als Mensch. Es war eine echte Tragödie, daß ihm jetzt genommen werden sollte, was ein sehr produktives Leben zu werden versprach.

»Fällt dir denn gar nichts ein?« fragte Darren in die plötzlich eingetretene Stille hinein.

»Nur eines«, murmelte Ben. »Aber wir müssen warten.«

Plötzlich legte er den Kopf zur Seite, spitzte die Ohren. Kam das Dröhnen wieder auf sie zu? Darren, der seine Gedanken erriet, tat es ihm nach und wurde damit belohnt, daß er das tiefe, mahlende Geräusch mit jeder Sekunde lauter werden hörte.

»Er kommt!« brüllte er. »Er kommt zurück! Was anderes kann das nicht sein!«

»Nicht abbiegen«, betete Ben laut. Er richtete den Blick auf den Computer und umklammerte das Stromkabel fester.

Das Rumpeln war jetzt ziemlich laut und wurde mit der Zeit geradezu ohrenbetäubend. Darren und Ben hielten sich die Ohren zu, während sie warteten.

Gleich darauf spürten sie, daß die Erde unter ihnen bebte und anfing, sich hochzuwölben, während sich in einigen Metern Entfernung riesige Risse auftaten und sich nach außen zu einem kreisförmigen Muster ausbreiteten. Darren wollte zur Seite springen, wußte jedoch nicht, wohin; Ben geriet ebenfalls in Panik, aber er wußte, daß er die Hand nicht vom Stromkabel nehmen durfte. Er hatte gar keine andere Wahl. Er hatte durch seine Blödheit dieses schreckliche Problem erst herbeigeführt. Er konnte seinen Fehler nur dadurch wiedergutmachen, daß er durchhielt und Wolfgang eine zweite Chance zum Leben gab.

Plötzlich bäumte sich die Erde unter ihnen auf und explodierte! Als er das Kraftfeld erspähte, während es nur wenige Zentimeter von seinem Ohr entfernt vorbeisauste, riß Ben das Stromkabel aus dem Computer. Im nächsten Augenblick lag er auf dem Boden und starrte den Himmel und die Wolken an. Das Dröhnen hatte aufgehört, und er hörte nichts als die normalen Geräusche der Zivilisation – Verkehrslärm von der Fernstraße her und aus der Stadt.

»Wolfgang!« brüllte er, sprang auf und sah sich um.

Doch sein Freund oder die Blase waren nirgends zu entdecken!

»Was ist verdammt nochmal passiert?« flüsterte Ben.

Darren stand nur ein paar Meter weiter weg, und sein Gesichtsausdruck war genauso entsetzt wie der von Ben, während er den Kopf hin und her und dann nach oben wandte, um das Kraftfeld vielleicht doch noch zu entdecken.

»Er ist wieder weg«, sagte Darren leise.

»Nein!« schrie Ben und es war nicht zu erkennen, ob er lachte oder keuchte. »Da ist er doch!«

Er deutete nach rechts auf eine knorrige Eiche. Wolfgang war deutlich zu sehen, wie er über einem der oberen Zweige baumelte und mit weit offenem Mund unbändig lachte. Es war das erste Mal, daß Ben ihn so unbeherrscht sah; der Anblick brachte ihn nun ebenfalls zum Lachen, und das Entsetzen, das er noch vor kurzem empfunden hatte, verflog.

Er und Darren rannten zu dem Baum hinüber und blieben unter der baumelnden Gestalt stehen.

»Alles in Ordnung mit dir?« brüllte Ben.

Kichernd schaffte Wolfgang es, zu nicken. Er machte den Eindruck, als sei er unversehrt, zumindest physisch, obwohl Ben einige Zweifel hatte, was seinen Geisteszustand anging.

»Wie war's?« fragte Ben.

»Hey, erst sollten wir ihn mal runterholen«, schlug Darren vor. »So zu hängen, tut nach einer Weile ziemlich weh.«

»Er sieht nicht aus, als tut ihm was weh«, lächelte Ben.

»Mir geht's gut«, rief Wolfgang herab.

Er griff hinter sich, befreite sich von einem kleinen Zweig, zog sich hoch in die Astgabel und blieb dort einen Moment lang sitzen, um Atem zu holen.

»Beeil dich«, sagte Ben. »Ich halte das nicht aus, daß ich nicht weiß, wie's war.«

Wolfgang unterdrückte die letzten Heiterkeitsausbrüche und ließ sich zu Boden fallen. Sein Gesicht war ein bißchen zerkratzt und sein Haar zerzaust, aber sonst sah er kaum mitgenommen aus.

»Die meiste Zeit hat es Spaß gemacht.« Er lächelte. »Besonders, als ich unter der Erde war. Ich konnte sehen, wie sich das Ding durch Sand und Gestein und alles gebohrt hat. Ich glaube, wir sind sogar bei jemandem durch den Komposthaufen geflogen.«

Darren und Ben schmunzelten.

»Aber gegen Ende hatte ich Probleme mit dem Atmen«, fuhr Wolfgang fort. »Das Ding ist luftdicht. Das haben wir jetzt wenigstens rausgefunden, auf die harte Tour. Deshalb bin ich beinahe in Ohnmacht gefallen.«

»Was war denn, als es dich mit dem Kopf nach unten gedreht hat?« fragte Ben. »Ist dir davon schwindlig geworden?«

Wolfgang schüttelte den Kopf. »Das war ganz komisch«, sagte er. »Ich wußte, daß ich auf dem Kopf stehe, weil alles danach aussah, aber ich hatte keinerlei Schwindelgefühl. Ich hab nicht einmal mitbekommen, ob ich schneller oder langsamer werde.«

»Was?« stieß Darren hervor. »Das ist ja unglaublich! Du hast in etwa zwei Sekunden von Null auf Hundert beschleunigt.«

»Mir ist es wie nichts vorgekommen«, sagte Wolfgang. Dann packte er Ben am Hemdkragen. »Ist dir klar, was das bedeutet?« schrie er, die Augen weit aufgerissen und das Gesicht hart am Rande des Wahnsinns.

»Sag du's«, antwortete Ben.

»*Trägheitslosigkeit*«, sagte Wolfgang auf Deutsch.

»Was?« fragte Darren.

Wolfgang wiederholte das Wort in englischer Phonetik. »*Traykites-low-zick-kite*«, sagte er lächelnd.

»Nochmal«, murmelte Ben.

»Trauerarbeit?« lautete Darrens Interpretation.

»Nein, Leute. *Trägheitslosigkeit*. Das ist das deutsche Wort für ›fehlende Inertialkräfte‹.«

»Fehlende Inertialkräfte«, wiederholte Darren. »Toll. Ich weiß nichtmal genau, was Inertialkräfte sind.«

»Inertialkräfte sorgen dafür, daß alles bleibt, wie es ist«, erläuterte Wolfgang. »Stehende Objekte neigen dazu stehenzubleiben, und bewegliche Objekte neigen dazu, sich in die gleiche Richtung weiterzubewegen . . .«

»Wie bei mir zu Hause«, sagte Darren.

». . . es sei denn, sie werden durch äußere Einwirkung verändert«, fuhr Wolfgang fort.

»Was meinst du damit?« fragte Ben.

»Daß dieses Kraftfeld nicht den Gesetzen der Trägheit unterliegt«, sagte Wolfgang. »Wenn man in einem Auto sitzt, das plötzlich anhält, ist es die Trägheit, die einen nach vorn durch die Windschutzscheibe fliegen läßt. Wenn man in einem Auto sitzt, das plötzlich vorwärts saust, ist es die Trägheit, die einem den Kopf in den Nacken drückt. Kapiert? Im Innern dieser Blase bin ich aber um und um gedreht worden, und zwar mit allen möglichen Geschwindigkeiten, ohne irgendwas zu spüren. Also – keine Trägkeit, die einem im Wege wäre. Dadurch wird das Reisen mit diesem Ding so einfach.«

Darren lächelte. »Ja klar«, sagte er. »Wenn wir was zum Drinsitzen hätten, könnten wir alle drei mit dem Ding rumfliegen, richtig?«

Wolfgang nickte.

»Wir könnten von oben in die Umkleiderräume der Mädchen reinschauen.«

Wolfgang warf Darren einen angewiderten Blick zu, aber Ben war mit Darrens Bemerkung sehr einverstanden. Zum einen wußte er, daß Darren ein erstklassiger Mechaniker und Konstrukteur war; wenn er sich so für das Projekt interessierte, konnte er ihnen noch sehr nützlich sein. Außerdem war das Reinschauen in die Umkleideräume der Mädchen nicht so weit entfernt von seinem Bedürfnis, einen Blick in Lori Swensons Zimmer zu werfen.

»Toll«, sagte er. »Ich meine, es wäre doch toll, wenn wir gemeinsam rumfliegen könnten, wohin wir wollen.«

Darrens Gedanken waren bereits vorausgeeilt und hatten die Mittel und Wege erforscht, ein praktisches Raumschiff zu konstruieren, das sie alle drei benutzen konnten. Während der Plan in allen Einzelheiten Gestalt annahm, platzte er auch schon damit heraus.

»Das Schiff müßte auf einem Gestell ruhen, damit das Feld nicht jedesmal Stücke rausbricht, wenn wir es einschalten«, sagte er, und seine Augen leuchteten vor Aufregung. »Und natürlich müßten wir da drin atmen können.«

»Mein Vater hat eine Sauerstofflasche«, bot Wolfgang ihm an.

»Wieviel Luft enthält die?«

»Ich glaube, für ungefähr fünfundvierzig Minuten.«

»Wenn wir also drei Masken anschließen würden, hieße das fünfzehn Minuten Luft für jeden.«

»Fünfzehn Minuten«, sagte Ben. »Besonders reichlich kommt mir das nicht vor. Ich frage mich, wie lange man so Luft kriegt.«

Er sah Wolfgang an.

»Frag nicht mich«, sagte sein Freund. »Ich hab nicht unbedingt die ganze Zeit auf die Uhr gesehen, die ich in dem Ding verbracht habe.«

»Ich auch nicht.«

Ben starrte zum Fuß des Hügels hinüber, auf das wohlbekannte Haus, das er noch nie betreten hatte. In seinem findigen Kopf nahm ein Plan Gestalt an.

»Warum versuchen wir nicht, das rauszukriegen?« schlug er vor.

»Was rauszukriegen?« fragte Wolfgang.

»Wieviel Zeit wir ohne Lufttanks haben – bloß so in der Blase.«

»Warum denn?«

»Weil wir dann, wenn irgendwas schiefgeht, wenn beispielsweise der Sauerstofftank in die Luft geht, genau wissen, wie viele Minuten wir noch haben –«

«Ehe was passiert – ehe wir sterben?«

»Nein. Dann wissen wir, wie lange uns Zeit bleibt, irgendwelche Maßnahmen für den Notfall zu ergreifen.«

»Na gut«, gab Wolfgang zu. »Ich glaube, das ist einigermaßen sinnvoll.«

»Und schließlich kannst du besser mit dem Computer umgehen als ich, deshalb –« begann Ben.

Darren brach in Gelächter aus, ein lautes, verächtliches Gebrüll.

Ben wurde rot. »Schließlich kannst du besser mit dem Computer umgehen als ich«, wiederholte er. »Deshalb werde ich die Testperson sein, und du spielst die Bodenüberwachung.«

»Okay«, sagte Wolfgang. »Wir machen das morgen.«

»Wieso nicht gleich?« fragte Ben.

»Es wird schon dunkel.«

»Umso besser. Dann sieht uns keiner.«

»Ja, aber es macht die Sache kniffliger.«

»Wieso? Der Computer gibt genug Licht ab, um die Tastatur zu erkennen, oder etwa nicht?«

Wolfgang sah Ben mißtrauisch an. »Was soll denn die Eile?«

»Keine Eile«, antwortete Ben gelassen, aber ihm war längst klar, daß seine Haltung ihn verraten hatte.

»Wetten, er möchte in die Umkleideräume der Mädchen sehen«, stichelte Darren.

»Was soll ich denn da sehen?« konterte Ben. »Da ist niemand drin, und zwar seit mindestens zwei Stunden.«

Wolfgang Augen flackerten auf.

»Jetzt hab ich's«, sagte er lächelnd.

Ben sah in die andere Richtung.

»Was hat er denn vor?« fragte Darren.

»Er will in Loris Fenster reinschauen.«

»Und sie ohne Kleider sehen. was?«

»Nein«, warf Ben ein. »Ich will bloß mehr über sie erfahren, das ist alles.«

»Na ja, eine bessere Methode, Erfahrungen zu sammeln, gibt's nicht«, lachte Darren.

»Er sagte, er will sich ihre Platten ansehen und feststellen, was sie liest und all sowas.«

Darren lachte nur.

»Okay«, sagte Wolfgang. »Wenn das dazu führt, daß du aufhörst, dich wie ein Idiot zu benehmen, sobald du an ihrem Haus vorbeikommst, dann wollen wir es versuchen.«

Ben zuckte die Achseln und gab sich Mühe, nicht ausgesprochen zufrieden auszusehen. »Okay«, sagte er. »Ihr habt mich überredet.«

Zehn Minuten später hatte Wolfgang den Computer fertig programmiert. Ben stand auf einem etwa dreißig Zentimeter hohen Erdhügel und wartete darauf, von der Blase aufgenommen zu werden. Er atmete tief durch und pfiff mit trokkenen Lippen eine nicht identifizierbare Melodie, atemloser Tribut an seine Nervosität. Wolfgang hatte vor, den unteren Rand des Kraftfeldes so unter Bens Füßen zu plazieren, daß es beim Einschalten den Erdhügel durchschnitt, anstatt Bens Füßen zu nahe zu kommen. Man hatte sich auf ein Signal geeinigt, mit dem Ben, sobald ihm vom Mangel an Atemluft schwindlig wurde, sofort veranlassen konnte, daß die Blase entfernt wurde.

»Also los. Okay?« rief er Wolfgang zu. Sein Freund nickte, gab einige Daten in das Gerät ein, und kurz darauf steckte Ben im Innern des Kraftfeldes.

Das Experiment zur Feststellung der in der Kugel enthaltenen Luftmenge verlief reibungslos – unter den gegebenen Umständen konnte gar nicht viel schiefgehen. Wolfgang ließ die Blase auf der Stelle schweben, während Ben ganz normal atmete und seine Armbanduhr konsultierte. Als ein paar Minuten vergangen waren, wurde er auf ein Ansteigen der Temperatur aufmerksam, und kurze Zeit später wurde ihm ganz leicht im Kopf. Seine Uhr zeigte an, daß gerade fünf Minuten vergangen waren. Ben gab Wolfgang das verabredete Zeichen und seufzte erleichtert und wonnig auf, als das Kraftfeld verschwand und kühle, frische Luft hereinströmte.

»Wie geht's dir?« fragte Wolfgang.

»Prima.«

»Atme ein paarmal tief durch, dann schicken wir dich los.«

Ben nickte. Er war begierig, loszufliegen und seine geliebte Lori zu sehen, aber er war auch ganz schön ängstlich. Er war zu weit gegangen, um jetzt noch auszusteigen, daher häufte er unter seinen Füßen den Dreck zusammen, stellte sich oben drauf und winkte Wolfgang zu.

»Fertig«, sagte er.

Das Kraftfeld hüllte ihn ein, zerstörte dabei den Erdhügel und hätte Ben damit beinahe zu Fall gebracht. Doch er rappelte sich gleich wieder hoch und signalisierte, daß er zum Abflug bereit war. Einen Augenblick später sah er den Boden unter sich zurückweichen, während er in Richtung auf Loris Haus davonflog. Der Kurs stimmte nicht ganz, deshalb nahm er das Walkie-talkie zur Hand, das er für solche Zwecke dabei hatte, und begann Wolfgang Instruktionen zu übermitteln.

»Ein bißchen mehr nach rechts«, sagte er, als sich die Blase Loris Fenster näherte. »Okay, das wär's. Ich kann schon fast reinsehen. Gut. Jetzt geradeaus.«

In etwa zweihundert Metern Entfernung beobachtete Darren drunten am Boden, wie Wolfgang die Blase lenkte, indem er neue Befehle in den Computer eingab. Es versetzte ihn in

Erstaunen, daß jemand, der so jung war, so geschickt sein konnte.

»Toll«, sagte er. »Aber er wird eine Enttäuschung erleben.«

»Wieso?« fragte Wolfgang.

»Es ist zu früh für sie zum Ausziehen.«

Wolfgang warf Darren einen empörten blick zu. Es war völlig in Ordnung, wenn Wolfgang selbst Ben deswegen hänselte; schließlich waren sie alte Freunde. Daß Darren Ben derart niedere Motive unterstellte, war dagegen nicht sehr nett.

»Er will doch nur sehen, wie ihr Zimmer aussieht«, sagte Wolfgang entschuldigend.

»Klar«, lachte Darren.

Im Innern der Blase geriet Ben in helle Aufregung, als *sie* plötzlich in sein Blickfeld geriet. Sie saß an ihrem Tisch neben dem Bett, telefonierte und aß nebenbei ihren Nachtisch.

»Oh mein Gott, da ist sie«, seufzte er.

Er war sehr froh darüber, daß Lori nicht mit Blick auf das Fenster Platz genommen hatte. So konnte er sie betrachten, ohne daß die Gefahr bestand, selber gesehen zu werden. Er hob das Walkie-talkie an und sprach mit ruhiger, beinahe gleichmütiger Stimme hinein.

»Sie telefoniert«, berichtete er. »Und ißt dabei . . . sieht aus wie Boston Cream Pie.«

»Mensch, was für ein Knüller«, antwortete Darren über sein eigenes Walkie-talkie.

Ben war zu hingerissen, um seinen Sarkasmus zu bemerken. Er fuhr fort, indem er mit Erfurcht und Bewunderung ihr Zimmer und die darin befindlichen Objekte beschrieb.

»Sie hat ein paar Stofftiere auf ihrem Bett liegen, und was da neben ihrer Stereoanlage liegt, sieht aus wie Platten von Duran Duran«, berichtete er weiter.

»Was noch?« fragte Darren. »Das sind ja erstklassige Neuigkeiten. Ich bin schon ganz aufgeregt.«

»An der Wand hängt ein Bild von zwei Pferden, die über ein Gatter springen.«

»Irre!«

»Sie hat auch einen eigenen Fernseher. Einen tragbaren, gleich neben ihrem Bett.«

Darren legte die Hand über sein Walkie-talkie, wandte sich

an Wolfgang und verdrehte die Augen. »Junge, den hat's vielleicht erwischt«, sagte er.

»Idiotisch«, sagte Wolfgang zustimmend, denn die ausführliche Beschreibung hatte auch ihn genervt.

»Oh-oh!« unterbrach sie Bens Stimme.

»Was ist?« fragte Darren.

»Beinahe hätte sie mich gesehen«, antwortete Ben. »Sie hat sich umgedreht und den Hörer aufgelegt – ich dachte, sie sieht mich direkt an, hat sie aber wohl doch nicht.«

»Reicht's dir nicht langsam?« brummte Wolfgang. »Was um Himmels willen gibt's denn da noch zu sehen?«

»Soll ich ihm sagen, daß wir ihn jetzt wieder runterholen?« fragte Darren.

»Nein, wir geben ihm noch eine Minute zum Geifern.«

»Sie schreibt in ein kleines braunes Buch«, berichtete Ben. »Sieht aus wie ein Tagebuch.«

Er beugte sich im Innern des Kraftfeldes vor in der Hoffnung, über Loris Schulter einen Blick darauf zu erhaschen, was sie schrieb. Es war bereits ziemlich warm in der Blase, und ihm wurde ganz leicht im Kopf. Aber er konnte jetzt noch nicht zurück, nicht solange er dicht davor stand, etwas wirklich Persönliches über Lori zu erfahren. Vielleicht schrieb sie ja etwas über seinen Kampf mit Steve?

»Sorgt dafür, daß ich näher rankomme!« brüllte er ins Walkie-talkie.

Wolfgang tat ihm den Gefallen. Das Kraftfeld machte einen plötzlichen Ruck nach vorn, brach dabei einen Zweig von dem Baum vor Loris Fenster und stieß ans Fensterbrett.

Ben keuchte. Jetzt war alles verdorben! In der Aufregung bei der Planung dieser Spionagemission hatte er nicht daran gedacht, was passieren könnte, wenn Lori das Kraftfeld vor ihrem Fenster in der Luft schweben sah. Erst jetzt, da ihm die Entdeckung drohte, wurde ihm klar, was für eine Geschmacklosigkeit er da beging. Panik ergriff von ihm Besitz, während er sich hastig vom Fenster zurückzog.

»Abschalten!« brüllte er. »Abschalten!«

Das Entsetzen in Bens Stimme veranlaßte Wolfgang zu einer heftigen Reaktion. Anstatt das Kraftfeld sanft auf dem Boden aufsetzen zu lassen, wiederholte er einfach Bens Verzweiflungstat von vor einer Viertelstunde – er zog das Stromkabel aus dem Computer. Als er das tat, verschwand die Blase.

Ben hing, wie es schien, eine Ewigkeit mitten in der Luft, den Körper beinahe wie ein Fötus zusammengerollt, und glotzte unverwandt Lori an. Und eine Mikrosekunde bevor er abstürzte und in ein Gebüsch in der Nähe von Loris Hauswand fiel, sah Lori doch noch in Bens Richtung. Sie sprang vom Bett, rannte zum Fenster und blickte auf die gefallene Gestalt herab.

»Wer ist da?« rief sie.

Ben rollte sich zu Seite und befreite sein Gesicht aus dem Gestrüpp.

»Ben?« schrie Lori. »Bist du das?«

Natürlich hatte er keine andere Möglichkeit, als alles zuzugeben. Ben schluckte schwer und versuchte verzweifelt, sich einen triftigen Grund für seine Anwesenheit einfallen zu lassen. Aber etwas logisch Stichhaltiges fand er nicht, also beschloß er, ein paar Ausflüchte zu machen.

»Ja«, sagte er leise. »Ich bin's wohl.«

Verständlicherweise kam Lori gleich zur Sache. »Was machst du da drunten?«

»Eigentlich nichts.«

»Nichts!« Ihr Tonfall machte deutlich, daß sie nicht bereit war, eine derart ausweichende Antwort zu akzeptieren.

»Also«, rechtfertigte sich Ben. »Ich hab eine Katze in deinem Baum gesehen, und ich dachte, ich könnte ihr runterhelfen.«

»Und, hast du's geschafft?«

»Äh, ja.«

Ihr Gesicht wurde ein bißchen weniger streng. »Hilfst du immer Katzen von den Bäumen runter?« fragte sie.

»Nicht dauernd«, antwortete er. »Aber die war was Besonderes, weil sie vor deinem Fenster gesessen hat. Du weißt doch, Hexen nehmen manchmal die Gestalt von Katzen an. Na ja, mir ist der Gedanke gekommen, daß die Katze eine Hexe sein könnte. Und weil ich dich beschützen wollte, bin ich auf den Baum geklettert . . .«

Sie lächelte, aber Ben war sich gar nicht sicher, ob das ein erfreutes oder ein verächtliches Lächeln war. Allerdings schien zumindest die Entschuldigungsphase vorbei zu sein.

»Es fällt mir schwer, zu glauben, daß du sowas machst«, sagte Lori. »Du hättest dich dabei umbringen können.«

»Aber für eine gute Sache«, erwiderte Ben und versuchte, seine Worte beiläufig galant klingen zu lassen.

Inzwischen hatte er sich aus dem Gebüsch mit seinen spitzen Zweigen befreit, stand aufrecht da und blickte zu Lori auf. Jetzt kam er sich schon ein bißchen weniger lächerlich vor.

»Ach, übrigens«, sagte Lori. »Ich bin eigentlich ganz froh, daß du zufällig vorbeigekommen bist –«

Sie kicherten beide über ihren kleinen Scherz.

»Wie das?« fragte Ben.

»Oh – weil ich deine Einladung jetzt nicht mehr mit der Post schicken muß.«

»Einladung?«

»Ja. Ich hab in ein paar Wochen Geburtstag und gebe eine Party für unsere Klasse, deshalb bist du auch eingeladen.«

»Ehrlich?«

»Klar, und du kannst auch deinen Freund mitbringen. Wie heißt er noch gleich?«

»Wolfgang.«

»Nein. Darren. Der Typ, der dir geholfen hat, es mit Steve und diesen Raufbolden aufzunehmen.«

Ben nickte. Wie Lori es ausdrückte, hörte sich sein Massaker irgendwie nobel und erhebend an.

»Wirklich?« antwortete er, ohne seine unbeschreibliche Freude verbergen zu können. »Okay. Toll. Ich komm gerne, und er bestimmt auch.«

»Okay. Bis dann.«

Sie lächelte und schickte sich an, sich vom Fenster zu entfernen.

»Warte mal«, rief Ben hinauf. »Bis wann denn? Du hast gar nicht gesagt, wann oder wo. Ich gehe zwar davon aus, daß es hier stattfindet, aber –«

»Meine Mutter ruft nach mir«, sagte Lori. »Ich schick dir doch die Einladung zu, okay?«

»Ja.«

»Bis morgen.«

Dann war sie verschwunden.

Ben seufzte tief, trat einen Schritt zurück, um vielleicht einen letzten Blick auf das Mädchen seiner Träume werfen zu können, und stolperte über einen heruntergefallenen Ast.

V

»Wir sollten nicht allzu viel Krach machen«, sagte Darren warnend. »Ich will Pa und Mona nicht aufwecken.«

Die drei Jungen standen vor Darren Haus, das bis auf ein einziges Licht im Wohnzimmer völlig dunkel war.

Kaum hatte er ausgesprochen, da durchbrachen auch schon laute Stimmen die Stille der Nacht. Gleichzeitig gingen im Schlafzimmer, im Flur, im Eßzimmer und in der Küche die Lichter an. Jedesmal, wenn zwischen ihnen ein Streit ausbrach, rannte Mona rastlos von einem Zimmer ins nächste, schaltete das Licht ein und schrie Darrens Vater auf ihrer Wanderung eine Beschimpfung nach der anderen zu. Der Sopran und die Baritonstimme bildeten eine fortschreitende Schimpfkanonade, der Darren und seine Freunde ungefähr eine Minute lang lauschten. Dann führte Darren sie vom Haus weg.

»Zur Hölle damit«, sagte er. »Ich zeige euch den Entwurf morgen. Gehen wir lieber zu Wolfgang und sehen nach, was er an Baumaterial hat.«

Nach ihrem erfolgreichen Experiment am gleichen Nachmittag war Darren eingefallen, daß er am Abend zuvor direkt vor dem Einschlafen eine Zeichnung von einem Raumfahrzeug angefertigt hatte, das die drei möglicherweise benutzen konnten. Zu dem Zeitpunkt hatte es sich nur um eine Spielerei gehandelt, aber nun hatte die Sache eindeutig praktischen Nutzen. Als er vorgeschlagen hatte, mit ihm nach Hause zu gehen und sich den Entwurf anzusehen, hatten die anderen Jungen begeistert zugestimmt.

Da hatten sie allerdings noch nicht entdeckt, daß im Haus der Woods mal wieder das Kriegsbeil ausgegraben worden war.

Einige Minuten später betraten sie die Garage am Mullerschen Haus. Darin sah es aus wie nach einem Jahrzehnt erfolgreicher Beutezüge auf den Sperrmüll. Von außen – wie Darren sie bisher ausschließlich gesehen hatte – wirkte sie schon schlimm genug. Eingeklemmt zwischen dem vom Boden bis zu Decke gestapelten Schrott, war Darren nun doppelt beeindruckt, wieviel Energie hier allein darauf verwandt worden war, solche Mengen Zeug in die Garage zu stopfen. Er betrachtete die elektronischen Geräte, alten Maschinen, Möbel, Bleche und hölzernen Karren mit beinahe ehrfürchtigem Staunen.

»Hier muß eine Menge Kram rumliegen, den wir als Baumaterial brauchen können«, sagte er.

Ben war mittlerweile weniger an ihren neuesten Reiseplänen interessiert. Er hatte, dank Lori Swenson, seine Reise in den siebten Himmel schon hinter sich und sonnte sich immer noch im Glanz ihres Lächelns und ihrer freundlichen Einladung.

»Ich glaube, sie mag mich wirklich«, flüsterte er.

»Hör endlich auf, immer von ihr zu reden«, erwiderte Wolfgang scharf. »Ich hab's satt, das mit anzuhören.«

Ben lächelte nur und wandte sich ab. Wolfgang konnte ruhig versuchen, ihm die Tour zu vermasseln, gelingen würde es ihm nicht. Seine Erinnerungen lebten fort.

Vollauf damit beschäftigt, im Geiste ihr Gefährt zu konstruieren, bekam Darren den unbedeutenden Zank, der sich in seiner Nähe abspielte, gar nicht mit. »Da drüben ist ein alter Autositz«, sagte er. »Und gleich mehrere Waschmaschinentüren – die können wir als Bullaugen gebrauchen – und ein paar schwere Holzstücke, die wir als Gerüst verwenden können.« Er sah Wolfgang an. »Wenn wir mit dem Bau fertig sind, wie schnell wird es dann sein?«

»Kommt drauf an.«

»Worauf?«

»Auf eine Menge Faktoren. Was den aerodynamischen Aspekt unseres Kraftfeldes angeht, sieht es ziemlich günstig aus –«

»Wie schnell?« wiederholte Darren.

»– in diesem Feld gibt es keinerlei Trägheitskräfte, keinen Widerstand, der der Beschleunigung entgegenwirkt. Man kann starten, schneller werden und anhalten, ohne langsamer zu werden. Beinahe so, als würde das Ding auf Schienen laufen.«

»Wie schnell?«

»Das ist eine Funktion der Energie, die wir reinstecken. Je mehr Energie, desto mehr Geschwindigkeit.«

»Wirst du mir gefälligst antworten, ja?«

»Das versuch ich doch. Was ich damit sagen will: Ich glaube, die Grenzen liegen außerhalb unseres Vorstellungsvermögens. Die Blase wird so schnell fliegen können, wie wir wollen, so schnell, wie es mit der vorhandenen Energie möglich ist. Im Moment ist sie an das hier angeschlossen.«

Er zerrte an ein paar Drähten im Innern des Antriebsaggregats und hielt eine Batterie für ein Transistorradio hoch.

»Das ist alles?« keuchte Darren. »Wir sollen das Ding mit beinahe hundert Stundenkilometern durch Beton und Erde und Gestein gejagt haben, mit einer einzigen läppischen Batterie?«

Wolfgang nickte stolz. »Ich hab sie aus meinem Radio genommen, und sie war nicht mal mehr besonders frisch. Sonst hätten wir noch mehr Saft gehabt.«

Darrens Augen leuchteten. Wenn eine winzige Batterie das Kraftfeld so fortbewegen konnte, wie es an diesem Nachmittag geschehen war, mußte eine leistungsstarke Autobatterie es schaffen, sie in ein paar Minuten auf den Mond zu schießen.

»Ich weiß jetzt, daß wir was bauen können, das uns alle trägt«, sagte Darren einen Augenblick später, »aber ich habe noch keine rechte Vorstellung davon, wie das aussehen müßte.«

»Darüber hab ich auch schon nachgedacht.« Wolfgang lächelte. »So müßte es aussehen.«

Er trat an eine Werkbank und hob ein Modell auf. Es war eiförmig, und die Grundform bestand aus den Balsaholzteilen eines alten Flugzeugbaukastens. Darren und Ben starrten es lange an und stellten sich vor, im Innern dieses seltsamen Gefährts zu sitzen.

»Interessant«, sagte Ben zurückhaltend.

»Das Oval ist eine der widerstandsfähigsten Strukturformen«, erläuterte Wolfgang. »Deshalb sind Eier so stabil und zerbrechen nicht so leicht.«

»Eier zerbrechen ausgesprochen leicht«, sagte Darren.

»Wenn man die Dicke der Schale außer acht läßt«, führte

Wolfgang weiter aus. »Wenn andere Objekte die gleiche Dicke hätten, wäre gar nichts mehr intakt.«

»Okay«, sagte Darren. »Von meiner Warte aus gibt's da nur ein entscheidendes Problem.«

»Und das wäre?«

Darren nahm das Modell und drückte ganz leicht von innen nach außen, worauf der Boden sich löste und die Hülle auseinanderfiel.

»Es ist nicht sehr stabil, wenn man drinsitzt«, erklärte er. »Ich meine, möglicherweise ist das Oval von außen widerstandsfähig, aber sobald das Küken zu zappeln anfängt, ist es vorbei.«

»Also, damit müßten wir doch klarkommen«, erwiderte Wolfgang.

»Sicher. Ich bin auch gerne bereit, dieses Ding für euch zu bauen, so daß es brauchbar und widerstandsfähig ist, allerdings auf meine Weise.«

»Und wie sieht das aus?«

»Äußerlich oval, aber mit einem brauchbaren, widerstandsfähigen Stützgerüst im Innern.«

Wolfgang nickte.

»Zu schade, daß wir sowas nicht schon fertig gebaut finden können«, sagte Ben sinnend.

»Wie zum Beispiel?« erkundigte sich Wolfgang.

»Ich weiß auch nicht. Ich glaube, ich hab mal in einer Zeitschrift ein futuristisches Auto gesehen –«

»Gute Idee, aber eine Zigarre können wir nicht brauchen.«

»Moment mal!« Darren lächelte und schnippte mit den Fingern. »Ihr Kerle bringt mich da auf eine Idee.«

»Du willst doch wohl keinem das Auto klauen?« fragte Ben warnend.

»Nein.«

»Dann –«

»Habt ihr Lust auf einen Spaziergang?«

Wolfgang und Ben sahen sich an. Es war schon spät, und keiner von ihnen hatte seine Hausaufgaben fertig, aber sie hatten sich nun mal an ihrem Problem festgebissen und wollten es gelöst wissen.

»Mir recht«, sagte Ben.

Wolfgang stimmte ihm zu, und kurz darauf marschierten die

drei Möchtegernastronauten durch die Stadt, vorbei an den weniger prestigeträchtigen Wohngebieten in jene Gegend der Gemeinde, die verächtlich als »Müllhaldenviertel« bezeichnet wurde. Von der Stadtgrenze bis zur etwa achthundert Meter entfernten Schnellstraße verlief ein enger Weg zwischen Stacheldrahtzäunen, die einen Schrottplatz nach dem anderen einschlossen. Niemand wußte zu sagen, wo der Müll herkam und wohin er verschwand, aber da keiner der ansässigen Händler Pleite ging, wurde allgemein angenommen, daß er zu einem guten Preis irgendwo hinbefördert wurde.

Bald darauf erreichten die Jungen ein Tor und ein Schild, auf dem zu lesen war: ROGER'S RÜCKHOLCENTER – ICH VERKAUFE ALLES, WAS SIE BEI MIR FINDEN. Hinter einem Drahtzaun war ein phantastisches Gewirr von Schatten und Umrissen zu erkennen, ein Durcheinander von kaputten Maschinen, Autokarosserien und nicht zu identifizierenden Gehäusen.

Wolfgang lehnte sich gegen den Zaun und spähte hinein. Auch ohne sofort ein brauchbares Objekt zu entdecken, gelangte er zu dem Schluß, daß hier, wenn überhaupt irgendwo, zu finden sein mußte, was sie benötigten. Allerdings behagte ihm der Gedanke gar nicht, hier mitten in der Nacht herumzuschnüffeln.

»Dieser Roger«, sagte er zu Darren. »Kennst du ihn? Ist das ein Freund von dir?«

»Ja ja. Ein netter alter Knabe. Er merkt's nicht, wenn wir uns was ausleihen.«

Noch während er das sagte, kam ein bissig aussehender Wachhund an den Zaun gerannt und sprang daran hoch. Er fletschte die Zähne, und aus seinem Rachen drang eine Reihe wütender Knurrlaute. Wolfgang wich zurück.

»Roger merkt's vielleicht tatsächlich nicht, wenn wir uns was ausleihen«, sagte er, »aber was ist mit ihm hier?«

Ben schüttelte tief beunruhigt den Kopf. »Ohne mich«, murmelte er. »Ich gehe nicht rein zu diesem Untier. Der sieht aus, als würde er's noch mit einem Tiger aufnehmen.«

»Keine Sorge«, sagte Darren. »Der ist harmlos.«

»Woher weißt du das?« fragte Wolfgang.

»Weil ich mich mit ihm angefreundet habe.«

»Er macht nicht den Eindruck, als wäre er mit dir gut Freund.«

»Klar ist er das. Hier, Bozo . . .«

Der Hund hörte zu knurren auf, betrachtete die drei Jungen aber weiterhin mit finsterem Blick.

»Seht mal«, sagte Darren.

Er steckte die Hand in die Hosentasche und trat gleichzeitig näher an den Zaun. Wolfgang und Ben folgten ihm schüchtern, blieben jedoch einen ganzen Schritt hinter ihm.

»Er heißt Bozo«, erklärte Darren. »Ich komme immer nachts hierher, um mir Ersatzeile zu holen, deshalb hab' ich immer was mitgebracht, um mich mit ihm anzufreunden. Ihr wißt schon – Knochen, Fleisch, all sowas. Aber nichts hat geklappt. Dann hab ich endlich gefunden, was ihm schmeckt. Hey, Bozo . . «

Darren nahm die Hand aus der Tasche und hielt ein Stück Kaugummi hoch, wickelte es aus und steckte es durch den Zaun. Bozo packte zu und begann zu kauen. Gleichzeitig wurden seine Augen glasig und sein Gesicht verriet totale Verzückung.

»Unglaublich«, murmelte Wolfgang.

»Schluckt er ihn auch nicht runter? fragte Ben, während er den Hund immer noch ein wenig beunruhigt ansah.

»Nein, er lutscht ihn nur aus«, erwiderte Darren.

»Er wird sich die Zähne verderben.« Ben lächelte. »Vielleicht solltest du ihm zuckerfreien Kaugummi schmackhaft machen.«

»Nein«, sagte Darren. »Er mag nur Doublemint. Er ist ziemlich komisch.«

Darren führte sie zu einem Spalt zwischen zwei Zaunpfählen und fing an, sich hindurchzuzwängen.

»Bist du sicher, daß er weiter dasitzen und kauen wird?« wollte Ben wissen.

»Ja. Das hat er schon eine Million Mal so gemacht. Los.«

Wolfgang und Ben schlüpften durch den Spalt und folgten Darren, behielten jedoch unterwegs den Wachhund sehr sorgfältig im Auge. Wie Darren es vorausgesagt hatte, hockte das Tier weiterhin wie wild kauend da, wobei es vor Anstrengung das Maul höchst merkwürdig verzog. Es sah aus, als würde er sie hämisch angrinsen, aber solange er nicht wieder zum Angriff überging, war ihnen das ganz egal.

Darren kannte sich auf diesem Schrottplatz offenbar gut aus; rasch ging er zwischen Reihen alter Maschinen und Autos auf sein Ziel zu.

»Wie wär's denn hiermit?« fragte Wolfgang einmal. »Da drüben steht ein Auto –«

»Nicht zu gebrauchen", unterbrach ihn Darren. »Ich sage euch doch, da vorne liegt eine wahre Goldgrube. Da finden wir etwas, das wirklich perfekt ist. Es sei denn, Roger hat zufällig alles verkauft, was er auf Lager hatte.«

Gleich darauf erreichten sie eine Stelle, wo lauter alte Kirmesfahrzeuge gelagert waren. Schilder verkündeten DIE PEITSCHE, LIEBESTUNNEL, RAMJET, und darunter türmte sich jeweils ein erbärmlicher Trümmerhaufen auf.

»Dieses ganze Zeug stammt von Kirmesplätzen und Vergnügungsparks«, erläuterte Darren. »Roger hat sogar ein paar alte Achterbahnen und mehrere Karussells. Alles, was noch funktionstüchtig ist, liegt da drüben. Hier hat er das wirklich ausgediente Zeug gestapelt. Da haben sich ein paar Ratten eingenistet, also seid vorsichtig.«

»Wie wär's, wenn wir es auslassen«, knurrte Wolfgang und senkte den Blick auf seine Füße.

»Hier ist das Zeug, das wir meiner Meinung nach gebrauchen könnten«, sagte Darren und blieb vor einem bestimmten Schrotthaufen stehen.

Die Jungen schauten nach links. Alle drei entdeckten das erwähnte Objekt beinahe sofort. Auf Ben und Wolfgang übte es eine fast schon elektrisierende Wirkung aus, ihre Augen weiteten sich, und ein zugleich freudiges und überraschtes Lächeln erhellte ihre Gesichter. Darren, der wußte, was nun kommen würde, grinste selbstgefällig, er empfand nichts als Erleichterung darüber, daß das Objekt noch da war.

Es ruhte oben auf einem Haufen Schrott, eine deutlich erkennbare Silhouette vor dem mondhellen Himmel . . . der wie eine Patronenhülse geformte Wagen eines Fünfzigerjahre-Teufelsrades. Im Halbdunkel waren große Stellen zu sehen, wo der Rost das Metall zerfressen hatte, aber anderswo schimmerte noch das kräftige Rot, Blau und Silber des Originalanstrichs durch.

Wolfgang war sprachlos.

»Wunderschön«, sagte Ben atemlos.

»Ich wußte, das wird euch gefallen«, sagte Darren mit einem Lächeln.

»Das wollen wir uns doch mal aus der Nähe ansehen«, sagte Ben und begann den Schrotthaufen zu erklettern. Kaum hatte er damit angefangen, als unter dem Stapel eine dunkle Erscheinung hervorgerast kam und direkt auf Bens Füße zuhielt, bevor sie rasch vor ihnen auswich.

»Igitt!«

Ben sprang dreißig Zentimeter hoch in die Luft, um der Ratte zu entgehen, die ihm so groß wie ein Waschbär vorkam. Wolfgang reagierte zwar etwas verspätet, aber mit ebenso viel Nachdruck, und wirbelte mit einem Entsetzensschrei davon.

»Das ist bloß eine Ratte.« Darren zuckte die Achseln. »Die greifen euch nicht an, außer es bleibt ihnen nichts anderes übrig.«

»Vielleicht hat sie ja gedacht, sie hätte keine andere Wahl«, erwiderte Ben. »Wer bin ich denn, daß ich die Gedanken von Ratten lesen könnte?«

»Sobald wir oben sind, ist alles in Ordnung. Die Biester bleiben meistens unten.«

Darren setzte den Fuß auf den Stapel, trat ein paarmal dagegen und stieg dann hinauf zu dem Gefährt. Als er den halben Weg zurückgelegt hatte, kletterte Ben vorsichtig hinter ihm her, einen Augenblick später gefolgt von Wolfgang.

Der Aufstieg dauert nicht lange, war jedoch für die drei Jungen von außerordentlicher Bedeutung. Ben stellte sich sogar vor, bald den Gipfel des Mount Everest zu erreichen, während er sich dem abgenutzten Ziel seiner Wünsche oben auf dem Schrotthaufen näherte. Er kam überhaupt nicht auf die Idee, daß sie alle drei nicht ganz bei Trost waren. Wolfgang und Darren natürlich auch nicht.

Nachdem er als erster oben angekommen war, wartete Darren ungeduldig auf die anderen.

»Ich hab noch nie reingeschaut«, sagte er und legte die Hand auf die Türklinke. »Ich hab es bloß aus der Entfernung gesehen, möglicherweise ist es ja in ganz schlimmem Zustand.«

Er machte die Tür auf, und die Jungen entdeckten sofort, daß die Außenseite eindeutig die besser erhaltene war. Die Sitze im Innern waren beinahe völlig zerfetzt, die Wände hatten tiefe Dellen, und einige Verstrebungen ragten in abenteuerlichen Neigungswinkeln hinein. Aber die Abmessungen des Innenraums waren nahezu perfekt, mit einem Durchmesser von etwa ein Meter achtzig. Obendrein sah es so aus, als wäre der Gesamtzustand der Wände noch sehr solide.

»Das ist ja perfekt«, sagte Ben und stellte sich vor, wie das Gefährt aussehen würde, nachdem hart daran gearbeitet worden war.

Wolfgang war weniger zuversichtlich. »Hier drin stinkt's«, sagte er und rümpfte die Nase.

»Was hast du denn erwartet?« fragte Darren abwehrend. »Du würdest schließlich auch stinken, wenn du ein paar Jahre oben auf einem Schrotthaufen gelegen hättest.«

»Es wird wohl trotzdem gehen,«, gab Wolfgang zu. »Vielleicht ist es ein bißchen zu rund. Nicht eiförmig genug, aber das Prinzip ist das gleiche, und es ist durchaus brauchbar. Aber wie kriegen wir es nach Hause?«

»Wir werden es rollen«, sagte Darren.

»Jaaah. Ich glaube, das ist die einzige Möglichkeit.«

»Ihr beide stellt euch drunter, und ich schiebe es vom Haufen runter, okay?«

Ben und Wolfgang taten, was er vorgeschlagen hatte, und legten die Hände gegen die feuchtkalte, übelriechende Außenwand des Gefährts, während Darren es aus dem Gewirr hochstehender Maschinenteile befreite, die es an Ort und Stelle festhielten. Etwa fünf Minuten lang schob und schob er und wurde dabei immer ungeduldiger, weil er nirgendwo festen Halt fand, an dem er die Füße einstemmen und sich abdrücken konnte. Es schien, als würde er einen Großteil seiner Mühe darauf verwenden, den eigenen Körper rückwärts zu drängen. Aber am Ende hob sich das Gefährt, schob ein Brett unter sich beiseite und löste sich von dem Stapel.

Wolfgang und Ben waren auf die plötzliche Bewegung des Gefährts hangabwärts nicht gefaßt. Ben rutschte aus und fiel zur Seite, dann warf er sich dem riesigen Objekt aus dem Weg, das den Schrotthaufen herabschrammte. Wolfgang hielt noch eine Weile durch, ehe er Bens Beispiel folgte.

»Aufgepaßt!« schrie Darren.

Das Gefährt nahm Geschwindigkeit auf, rollte ganz von dem Stapel verrosteter Metallteile herunter und prallte gegen den Zaun. Der riesige Brocken kam in einigen Metern Entfernung zum Stillstand, nachdem er eine beachtliche Delle in der Drahtwand hinterlassen hatte. Wolfgang und Ben folgten ihm rasch, befreiten ihn aus dem Zaun und begannen ihn auf eine Lücke zwischen den Abfallhaufen zuzuwälzen. Darren trabte herbei, um ihnen zu helfen, aber es war gar nicht so leicht, das Gefährt geradeaus in Bewegung zu halten. Es um eine Ecke herumzubefördern war sogar noch schwieriger.

»Das wird ganz schön verzwickt werden«, sagte Wolfgang. »Uns bleibt nichts anderes, als Ruhe zu bewahren.«

»Leichter gesagt als getan«, bemerkte Ben hierzu.

Trotz seiner allgemein runden Form bewegte sich das Gefährt nur widerwillig fort. Außerdem machte es einen ziemlichen Krach und rumpelte mit Lauten über den Beton, die an einen Planwagen mit Speichenrädern erinnerten.

»Wir werden noch die ganze Stadt aufwecken«, schrie Ben.

»Na und«, konterte Darren. »Schließliche machen wir nichts Illegales.«

»Sachen vom Schrottplatz *ausleihen*?« sagte Ben. »Ruhestörender Lärm?«

Darren zuckte die Achseln.

Am Haupteingang kaute Bozo, der Wachhund, immer noch an seinem Doublemint und entblößte dabei auf einer Seite die Backenzähne wie ein ganz mieser Bauchredner. Darren zog das Tor auf und winkte sie heraus.

Ben und Wolfgang schoben, während Darren das Gefährt lenkte, indem er von einer Seite zur anderen hüpfte und es immer wieder ausrichtete. Solange das Gelände eben war, war ihre Arbeit relativ einfach, obwohl sie den schweren Brocken mehrfach von der Straße herunterstemmen mußten, um entgegenkommenden Fahrzeugen auszuweichen. Den Hügel hinauf ging es schon weniger leicht voran, denn das Gefährt war an einer Stelle abgeflacht und widerstand dort hartnäckig ihren Bemühungen, es mit gleichmäßiger Geschwindigkeit vorwärtszurollen. Demzufolge neigte das Gefährt dazu, wann immer die flache Seite unten war, auf der glatten Fläche zu rutschen, statt weiterzurollen, was meist einen oder zwei Jungen das Gleichgewicht verlieren ließ, ehe die Bewegung nach vorn wieder aufgenommen wurde.

Es den Hügel herabzubefördern, erwies sich am allerschwierigsten. Das Gefährt wollte zwar rollen, aber nicht geradeaus. Kaum hatten sie den langen, ausschweifenden Bogen nach rechts korrigiert, als es auch schon begann, einen langen und ebenso ausschweifenden Bogen nach links zu machen. Wie Skiläufer, die im Schneepflugsystem einen Abhang herunterrutschen, kamen sie mit quälender und noch dazu lautstarker Langsamkeit voran, denn das Gefährt stieß jedesmal an Bordsteinkanten, Telefonmasten und Mülltonnen, wenn es eine seiner Pendelbewegungen ausgeführt hatte. Lediglich ständiges Gegensteuern und großes Geschick bewahrten es davor, gegen geparkte Autos zu prallen.

Die damit verbundene körperliche Anstrengung war jedoch an ihrer Aufgabe gar nicht das Schlimmste. Wesentlich erschöpfender war die geistige Anstrengung, die Geräuschlawine begleiten zu müssen. Während sie an Reihen kleiner Vorstadthäuser vorbeidonnerten, ging dort ein Licht nach dem anderen an.

»Hoffentlich ruft keiner die Polizei«, murmelte Darren, kurz nachdem ein Mann auf seiner Veranda aufgetaucht war. Nur mit einem Schlafanzug bekleidet, drohte er ihnen mit der Faust, während sie sich langsam entfernten.

Dann passierte, kaum waren sie um die nächte Ecke gebogen, das Unvermeidliche.

»Vorsicht!« schrie Wolfgang.

Im Fallen ließ er das Gefährt los, als sie gerade auf einer Hügelkuppe angelangt waren und sich auf den Weg nach unten machen wollten. Ben und Darren warfen sich vor, um dem Gefährt den Weg abzuschneiden, aber es rollte ohne Halt von ihnen weg und sauste mit unglaublicher Geschwindigkeit den Hügel hinab. Schlimmer noch, es suchte sich ausgerechnet diesen Moment aus, einen bemerkenswert geradlinigen Kurs direkt in der Fallinie einzuschlagen. Unterwegs rammte es eine Reihe leerer Mülltonnen, die hinter dem Gefährt herzurollen begannen wie eine Herde Jungtiere, die ihrer Mutter folgen. Der Lärm war ohrenbetäubend.

Darren, Wolfgang und Ben, die ihm dicht auf den Fersen waren, blieben plötzlich allesamt wie angewurzelt stehen.

Das rollende Gefährt überquerte unten die Kreuzung, als sich gerade ein Polizeiauto von rechts eben dieser Kreuzung näherte.

»Oh Gott!« brüllte Darren.

Er warf sich hinter eine Hecke und hob rasch wieder den Kopf, um zu sehen, was passieren würde. Die anderen beiden folgten seinem Beispiel.

Das Polizeiauto erreichte die Kreuzung als erstes und fuhr etwa fünf Sekunden, bevor das rundliche Gefährt dröhnend vorbeiraste, über sie hinweg. Weil die Autofenster von dem Kaffee, den die Beamten sich gerade gekauft hatten, noch leicht beschlagen waren, konnten sie nur einen dunklen Umriß erkennen, der sich hinter ihnen in der Dunkelheit bewegte.

»Was zum Teufel war das?« fragte der Fahrer und sah in den Rückspiegel.

»Was denn?« sagte der andere.

Er drehte sich gerade noch rechtzeitig um, so daß er den dahinsausenden Schatten sehen, aber nicht erkennen konnte, worum es sich handelte. Einige Sekunden später sah er drei Jungen über die Kreuzung rasen, als würden sie von Dämonen verfolgt.

»Drei kleine Jungs«, sagte der zweite Polizist. »Wahrscheinlich gab's da noch einen vierten.«

»Hat zu groß ausgesehen für einen kleinen Jungen«, sagte der erste Beamte. »Hat mehr nach einem Rhinozeros oder nach einem kleineren Panzer ausgesehen.«

»Sollen wir umkehren?«

»Lieber nicht. Hat wenig Sinn, den Kaffee zu verschütten.«

»Nee. Allerdings ist es für diese Jungs reichlich spät, noch draußen rumzulaufen. Und vielleicht verfolgt sie jemand.«

»Wohl kaum. Die hatten's bloß eilig, nach Hause zu kommen, wenn du mich fragst.«

»Okay, Schwamm drüber.«

Als die drei Jungen über die Kreuzung rasten, schrie Wolfgang hinter Darren her.

»Das war doch die Polizei, oder etwa nicht?«

»Und wenn schon!«

»Die haben uns gesehen!«

»Na und?«

»Vermutlich denken die, wir rennen weg, weil wir ein Verbrechen gegangen haben oder so!«

»Ach was!«

» Und Wenn sie wiederkommen?«

»Das werden sie bleiben lassen. Macht zuviel Mühe.«

»Ist ja toll!« sagte Wolfgang schwer atmend. »Womöglich lande ich im Gefängnis, noch ehe ich überhaupt Autofahren kann.«

»Da ist der Bach!« brüllte Ben.

Sie hatten nun beinahe ebenes Gelände erreicht und die Entfernung zwischen sich und dem Gefährt auf weniger als zwanzig Meter verkürzt. Aber als Ben und Darren gerade vorsichtig zwischen den rollenden Mülltonnen hindurchrannten, dicht gefolgt von Wolfgang, sahen sie die Umrisse des Streifenwagens erneut um die Ecke biegen und in ihre Richtung fahren.

»Die kommen zurück!« kreischte Wolfgang auf. »Ich wußte es doch! Die kriegen uns!«

Ben und Darren hörten ihn kaum. Sie rannten so schnell sie konnten, schafften es, das Gefährt einzuholen, konnten es aber nicht zum Stillstand bringen. Indem es mit unverminderter Geschwindigkeit weiterrollte, krachte das enorme rundliche Objekt über eine hüfthohe Betonmauer, hing eine halbe Ewigkeit mitten in der Luft und flog dann darüber hinweg ins Bachbett.

»Wir müssen es einholen!« schrie Ben.

Er und Darren machten gerade einen Schritt nach vorn, als die Scheinwerfer des Polizeiautos um die Ecke bogen. Sie hechteten hinter eine Gebüschreihe und drückten sich flach auf die Erde, bis der Straßenkreuzer sich endlich wieder langsam entfernte. Sobald das Auto verschwunden war, standen sie auf und sahen sich nach Wolfgang um, indem sie erneut die Straße überquerten und dabei seinen Namen riefen.

»Wo um Himmels willen ist er hin?« fragte Darren ratlos.

»Verflucht!« schrie eine gedämpfte Stimme.

Kurz darauf kam die schlammbedeckte Gestalt von Wolfgang aus dem Straßengraben herausgewankt, in den er sich geworfen hatte, um der Entdeckung zu entgehen. Schwärzlich grauer Dreck bedeckte seine Hemdbrust, seine Hosen und sein Gesicht, wo nur die Augen klar und weiß aus dem Schmutz hervorstachen.

»Junge, du siehst ja gräßlich aus.« Ben seufzte. »Vielleicht gehst du besser heim und ziehst dich um.«

»Jetzt doch noch nicht«, sagte Wolfgang. »Wir müssen erstmal nachsehen, ob mit dem Schiff alles in Ordnung ist.«

Darren nickte, und die drei stiegen hinab zum Ufer des Bachs. Das Gefährt war in etwa drei Metern Entfernung an einer Sandbank hängengeblieben, da das Wasser hier zu flach war, um es sehr weit treiben zu lassen.

»Sieht aus, als wäre alles in Ordnung damit«, sagte Wolfgang »Wo arbeiten wir eigentlich daran?«

»Bei mir zu Hause will ich's gar nicht erst versuchen«, antwortete Darren. »Wenn mein Vater irgendwann nachts mal schlechte Laune bekommt, wäre er fähig, es in Stücke zu hacken.«

»Früher war ich ziemlich sicher, daß meine Alten hinter allem stehen, was ich mache«, sagte Wolfgang. »Ihr wißt schon, sie sind selber Wissenschaftler. Aber in letzter Zeit haben sie sich ziemlich merkwürdig aufgeführt. Ich wette, sie glauben, ich hätte mich in was Verrücktes verrannt.«

»Es ist mir Rätsel, wie sie auf die Idee kommen«, sagte Darren schmunzelnd.

Wolfgang und Darren wandten sich Ben zu.

»Tut mir leid, Leute«, sagte er kläglich. »Bei mir daheim läuft's nicht. Mein Pa war in letzter Zeit ziemlich griesgrämig, und er findet meine Idee, nächsten Sommer ins Raumfahrtlager zu fahren, reichlich verrückt.«

»Also, dann schlage ich vor, wir arbeiten gleich hier daran«, meinte Wolfgang. »Wir können es mit Zweigen abdecken, damit niemand es sieht . . . hoffe ich zumindest . . .«

»Jaaah.« Darren nickte. »Vielleicht ist es wirklich besser so. Eltern neigen doch nur dazu, alles zu verderben . . .«

Die nächsten zwei Wochen verbrachten Darren, Ben und Wolfgang ihre wachen Stunden entweder damit, an ihrem Raumschiff zu arbeiten oder daran zu denken. Es war nicht zu umgehen, daß ihre Leistung in der Schule unter den Fortschritten zu leiden hatten, die das Schiff zu machen begann, aber dagegen hätten sie nichts anderes tun können, als sich zu einer vernünftigeren Einstellung gegenüber ihrem Raumfahrtprojekt durchzuringen. Und das war natürlich völlig unmöglich. Sie waren jeder für sich absolut besessen, zu erfahren, wie weit sie mit ihrem selbstgebastelten Gefährt kommen würden.

Eines Nachmittags auf dem Nachhauseweg tauschten sie Geschichten über ihre miserablen schulischen Leistungen aus.

»Beinahe wäre ich weg gewesen«, erinnerte sich Ben. »Ich nehme an, Mr. Rossiter hat gesehen, wie ich eingeschlafen bin, weil er mich plötzlich aufgefordert hat, der Klasse was über Kohlendioxyd zu erzählen.«

»Das dürfte nicht allzu schwer gewesen sein«, sagte Wolfgang.

»Normalerweise nicht. Aber ich hatte einfach nicht aufgepaßt.«

»Was hast du denn gesagt?«

»Lori Swenson hat mir hinterher erzählt, ich hätte gesagt: ›Also, Kohlendioxyd ist das, was man auf dem Mars einatmet . . .‹, und dann soll ich weiter drauflos geredet haben von der Möglichkeit, daß es dort Leben unter der Oberfläche geben könnte.«

Wolfgang kicherte.

»Ich hab mir hintereinander drei Vierminus in diesen Geschichtsarbeiten geleistet«, murrte Darren.

»Wie schade«, sagte Ben.

»Das ist noch gar nichts«, fuhr Wolfgang fort. »Das Allerschlimmste ist mir passiert. Im Englischunterricht konnte ich einfach die Augen nicht mehr offenhalten, also bin ich hinter Melvin Lewis in Deckung gegangen – diesem Riesenkerl, der vor mir sitzt – und bin eingeschlafen. Das war in der zweiten Stunde. Also, das nächste, von dem ich weiß, war Totenstille, und ich hab die Augen aufgemacht. Ich hab mich umgesehen und festgestellt, daß meine ganze Klasse verschwunden war und eine ganz andere Klasse dasaß. Das war in der vierten Stunde! Mrs. Gore hat mich schlafen lassen und allen gesagt, sie sollen aufstehen und ganz leise rausgehen, nur damit sie mich in totale Verlegenheit stürzen kann. Ihr hättet die Klasse lachen sehen sollen!«

»Was für ein toller Trick!« sagte Darren begeistert. »Ich wußte gar nicht, daß Mrs. Gore so witzig ist.«

»Ich würde ihr am liebsten die Fresse polieren«, sagte Wolfgang grimmig.

»Hey«, warf Ben ein. »Zumindest hast du gut geschlafen. Das ist mehr, als ich behaupten kann.«

Für einige Zeit der schulischen Belastungen ledig, wurden neue Energien in ihnen wach, als sie sich dem Standplatz ihres Raumschiffs im Bachbett näherten, wo es immer raschere Fortschritte auf dem Weg zu Vollendung machte. Der Innenraum war völlig restauriert, eine Stütze für die Antriebskontrolltafel gebaut, Matratzen zur Polsterung an die Wände genagelt und neue Sitze aufgestellt. Von vorne bis hinten frisch gestrichen, stank das Schiff nicht mehr nach Schimmel und Rattendreck; im Gegenteil, es duftete ausgesprochen angenehm neu. Einige der bunten Lichter aus der Kirmesplatzära des Gefährts hatte man behalten und zwei leuchtend helle Autoscheinwerfer auf Gestelle montiert, damit sie aus dem Schiffsinnern hin und her gedreht werden konnten. Nachdem die äußere Hülle ihre alte farbliche Gestaltung wiedererlangt hatte, malte Ben einen großen silbernen Blitzstrahl auf die Seite. Sie waren sich alle darin einig, daß das Schiff allmählich absolut überwältigend auszusehen begann.

»Wir müssen anfangen, uns einen Namen für das Schiff zu überlegen«, sagte Darren. »Ich hab es satt, es ›das Ding‹ zu nennen, und ich bin nicht bereit, mir ernsthaft zu überlegen, ob wir es ›*Trägheitslosigkeit*‹ taufen sollen.«

»Was gibt's den an *Trägheitslosigkeit* auszusetzen?« fragte Wolfgang kokett.

»Nichts, wenn ich ein halber Sauerkrautfresser wäre«, gab Darren zurück.

»Also, ich schlage vor – oh, oh«, begann Ben.

»Oh, oh?« wiederholte Darren verwirrt.

»Da drüben.«

Er deutete mit dem Kopf auf eine kleine Gestalt, die nicht weit von ihnen entfernt dastand. Es handelte sich um Wolfgangs sechsjährigen Bruder, der sich eine Jacke über seinen Schlafanzug gestreift hatte.

»Du müßtest längst im Bett sein«, sagte Wolfgang streng. »Es ist schon nach acht.«

Ludwig ignorierte ihn und sah statt dessen Darren und Ben an. »Was macht ihr Kerle da?« fragte er.

»Geh jetzt sofort wieder ins Bett, oder ich rufe Ma«, drohte ihm Wolfgang.

»Was ist das für ein Ding?« fuhr sein jüngerer Bruder beharrlich fort und kam näher an das Schiff heran.

»Das ist ein Schulprojekt«, improvisierte Ben.

»Was denn für ein Projekt?«

»Ein Terrarium«, sagte Wolfgang.

»Was für ein Ding?«

»Ein Terrarium. Wir werden es mit Erde füllen und Schlangen und Taranteln reinsetzen.«

Ludwig schüttelte den Kopf, glaubte ihnen kein Wort. »Mich könnt ihr nicht reinlegen«, sagte er gelassen. »Das ist ein Raumschiff. Das sieht doch jeder.«

»Marsch ins Bett, oder ich rufe die Mama!«

»Ruf du die Mama, und ich erzähle ihr, daß ihr ein Raumschiff baut!«

»Erzähl ihr das, und ich sage ihr, wer Knetmasse in den Toaster geschmiert hat.«

Ludwigs Gesichtsausdruck verriet, daß Wolfgang die bessere Munition hatte. Ganz langsam schmolz seine Entschlossenheit dahin und ging in Unterwürfigkeit über. »Bitte, laßt mich doch mal gucken«, bat er kläglich.

»Später«, versprach Wolfgang ihm. »Wenn du schweigst und kein Wort sagst, zeigen wir dir alles.«

»Wann denn?«

»Bald«.

»Ganz bestimmt?«

Wolfgang nickte. Beeindruckt von der Ernsthaftigkeit seines Bruders trollte sich Ludwig wieder nach Hause.

»Das ist ja wohl das Allerletzte, was wir brauchen können«, murrte Darren. »So ein kleiner Junge, der das überall rumerzählt.«

»Er hat recht«, sagte Ben. »Vielleicht arbeiten wir besser die Nacht durch. Morgen ist Samstag, und wir haben keine Schule. Mir wird wesentlich wohler zumute sein, sobald wir das Ding vom Stapel haben. Und wenn es erstmal vom Stapel ist, können wir es überall lagern.«

»Da ist was dran«, stimmte Darren ihm zu. »Ich bin auch nicht gerade versessen drauf, es noch länger hier zu behalten. Es sieht einfach viel zu gut aus. Womöglich klaut es uns noch irgend so ein Verrückter.«

»Ich bin einverstanden«, gab Wolfgang zurück. »Machen wir uns an die Arbeit, und vielleicht können wir es bei Morgengrauen vom Stapel lassen.«

Unter gedämpften Hochrufen machten die drei sich mit frischer Energie ans Werk. Die Nacht war rasch vorbei. Als Darren endlich die letzte Schraube festgedreht hatte, drang auch schon das erste rötlich angehauchte Morgenlicht durch die Bäume, die das Bachbett umgaben.

Wolfgang und Ben hockten am Ufer, kauten Bakhlava und schlürften Coca Cola. Obwohl ihre Schöpfung eindeutig nicht das Werk eines Lockheed oder Douglas war, war es in ihren Augen eine eindrucksvolle und schöne Kombination aus Technik und Kunst.

»So«, rief Darren aus, warf den Schraubenschlüssel in die Luft und klatschte in die Hände. »Wie wär's mit einem kleinen Spazierflug?«

»Jetzt?« fragte Wolfgang.

»Warum denn nicht«.

»Ich glaube, es wäre besser, wenn wir warten, bis es dunkel wird«, meinte Ben.

»Ich auch«, sagte Wolfgang.

Darren zuckte die Achseln. Die anderen hatten zwar keine Gründe genannt, warum sie warten wollten, aber die begannen ihm nun selber einzufallen. Es gab noch eine Menge Vorbereitungen zu erledigen, und es war ratsamer, ihren ersten Flug im Schutz der Dunkelheit stattfinden zu lassen.

»Okay«, sagte er. »Dann laß uns die Checkliste durchgehen, feststellen, was wir noch brauchen, und uns um sieben Uhr dreißig wieder hier treffen.«

»Vielleicht sollten wir abwechselnd das Schiff bewachen«, schlug Ben vor. »Es wäre doch jammerschade, wenn jetzt noch was passieren würde, wo wir so nahe dran sind.«

Wolfgang und Darren waren einverstanden. Sie teilten ihre

Schichten ein und trennten sich dann, wobei Darren mit einem Walkie-talkie und einem Stemmeisen zurückblieb, das sich nötigenfalls als Waffe benutzen ließ.

Zwölf Stunden später waren sie alle wieder versammelt, und jeder schleppte einen Rucksack heran, prallvoll mit Ausrüstungsgegenständen. Ihre Ausstattung bestand aus Taschenlampen, einem Kompaß, einem Fernglas, einer Sauerstofflasche, Sicherheitsgurten, Proviant und Helmen. Ben, dem die Beschaffung letzterer anvertraut worden war, hielt einen Motorradhelm, einen Fahrradkopfschutz und einen grünen Stahlhelm der US-Army ohne Einlegfutter zur Inspektion durch seine Freunde hoch.

Wolfgang war nicht zu beeindrucken. »Komm schon!« sagte er und verdrehte die Augen. »Du erwartest doch wohl nicht, daß ich mit *sowas* auf dem Kopf in die Geschichte eingehe?«

»Ich hab nichts anderes finden können«, entschuldigte sich Ben. »Such dir den aus, der dir am besten gefällt.«

»Gefallen tut mir gar keiner.«

»Was schlägst du denn dann vor?«

»Laß mal«, sagte Wolfgang schnippisch und suchte sich den Motorradhelm aus, der zumindest ein bißchen Klasse hatte.

Dann sagte er, an Darren gewandt: »Hast du die Stromquelle mitgebracht, eine Trockenzellenbatterie oder sowas?«

Darren lächelte, stellte seinen Rucksack ab und hob eine Lastwagenbatterie heraus.

»Um Himmels willen!« brummte Wolfgang. »Wo hast du denn das Ungetüm her?«

»Aus dem Laster meines Vaters. Er braucht sie erst wieder morgen früh.«

»Eine kleine hätte bestimmt auch gereicht, Darren.«

»Schon, aber wenn wir erstmal droben sind, haben wir vielleicht Lust, auf dem Mond vorbeizuschauen oder sonstwo.«

»Ich wüßte nicht, was wir mit soviel Energie anfangen sollten«, sagte Wolfgang stirnrunzelnd.

»Na ja, wir werden's ja sehen«, sagte Darren.

»Genau!« stimmte Ben ihm zu.

»Also, ich denke, wir sind fast soweit«, sagte Wolfgang.

Darren griff in seinen Rucksack und holte eine braune Papiertüte hervor.

»Noch nicht ganz«, sagte er. »Zunächst müssen wir dieses Raumschiff feierlich begießen und es taufen.«

Ben und Wolfgang nickten begeistert.

Darren zog eine Flasche Bier aus der Tüte, öffnete den Verschluß und nahm einen Schluck, ein ganz klein wenig zu lässig. Dann reichte er die Flasche an Ben weiter, der sie entgegennahm und ebenso selbstverständlich daraus trank. Wolfgang dagegen sah sich erst einmal um, als habe er Angst, erwischt zu werden, ehe er rasch die Flasche ansetzte und einen Mund voll herunterstürzte. Für Ben und Wolfgang war es der allererste Schluck Bier, und alle beide fanden den Geschmack grauenhaft; aber da sie sozusagen Komplizen waren, machte das gar nichts, und sie grinsten einander nur verrucht an.

»Nun denn«, sagte Ben und nahm Darren, der Anstalten machte, sie zu leeren, die Flasche weg. »Dann wollen wir uns mal einen Namen für unser Raumschiff ausdenken. Ich schlage vor, wir nennen es *Enterprise.*«

»Nein.« Wolfgang zog eine Grimasse. »Das klingt mir zu sehr nach der Fernsehserie. Wir nennen es *Einstein.*«

Daraufhin sprudelten sie ihre Namensvorschläge nur so heraus.

»Junior-Voyager!«

»Explorer!«

»Santa Maria!«

»Mayflower!«

»Challenger!«

»Pionier!«

»Apogäum!« schlug Wolfgang vor.

»Was zum Teufel ist denn das?« wollte Darren wissen.

»Die weiteste Entfernung eines Satelliten von der Erde.«

»Das ist nicht übel, aber niemand weiß dann, was das Wort bedeutet.«

»Sollen sie doch fragen.«

»Eine Sekunde mal«, sagte Darren. »Wie wär's denn mit *Thunder Road*?«

Ben und Wolfgang sahen ihn verblüfft an. In Wirklichkeit waren sie recht beeindruckt, wenn nicht gar überwältigt von der Angemessenheit des Namens, aber Darren glaubte, sie wären nur mäßig davon angetan.

»Er stammt aus einem Song von Bruce Springsteen«, sah Darren sich zu erklären genötigt.

»Das ist ein ganz toller Name«, sagte Ben schließlich.

»Richtig«, pflichtete Wolfgang ihm bei.

Darren lächelte, von seinem eigenen Genie übermannt.

»Ich taufe dich auf den Namen *Thunder Road*«, verkündete Ben, hob die Bierflasche und zerschlug sie am Bug des Schiffs. Wolfgang wich beiseite, um zu vermeiden, daß er mit Bier überschüttet wurde. Darren applaudierte.

Einen Moment lang standen sie schweigend da und sahen zu, wie das Bier vorn über die Hülle der *Thunder Road* rann, während jeder von ihnen sich innerlich auf die Abenteuer wie auf die Katastrophen vorbereitete, die vor ihnen liegen mochten.

»Okay«, sagte Darren endlich und klatschte in die Hände wie ein Footballspieler, der seine Mannschaft aufs Feld führt: »Dann wollen wir mal . . .«

Sie kletterten in das Schiff, schlossen die Luke und schnallten sich an ihren Sitzen fest. An der Innenwand war ein gelber Drucklufttank angeschraubt; Luftschläuche waren an drei Mundstücken befestigt, die oberhalb der Sitze baumelten.

»Wir brauchen jetzt noch keine Luft«, sagte Wolfgang. »Wartet, bis ich den Befehl dazu erteile, ehe ihr die Mundstücke aufsetzt.«

»Aye, aye, Sir«, sagte Ben.

Darren nickte nur. Ben fand, daß er mit seinem Fahrradkopfschutz ein bißchen lächerlich aussah. Er versuchte die Vorstellung zu verdrängen, wie er selbst mit dem übergroßen Army-Helm aussehen mochte.

»Ich werde die Sache erstmal ganz gemächlich angehen«, fuhr Wolfgang fort. »Wenn wir dicht über dem Boden bleiben und unser Tempo im vernünftigen Rahmen halten, ist die Gefahr für uns geringer. Wir wissen bis jetzt noch nicht, wie die Flugeigenschaften des Schiffs sind. Etwas könnte schiefgehen, wenn wir nicht vorsichtig sind, und wir könnten alle Mann umkommen.«

Ben runzelte die Stirn. »Hör gefälligst auf, die ganze Zeit vom Umkommen zu reden, ja?«

»Die Möglichkeit ist gegeben. Daran kann ich nichts ändern.«

»Dann behalt es für dich, und sag es nicht so häufig.«

»Ja«, stimmte Darren mit ein. »Du machst mich auch ganz nervös, Wolfgang.«

»Tschuldigung. Aber wenn ich schon den Kommandanten spielen soll, muß ich auch sagen dürfen, was ich denke. Wir haben vorher mit einer Transistorradio-Batterie gearbeitet. Jetzt treibt uns eine leistungsstarke Lastwagenbatterie an. Das ist, was die Energie angeht, ein ziemlicher Sprung. Und wenn dabei das Schiff auseinanderfällt?«

»Das hält durch«, entgegnete Darren. »Ich hab höchstpersönlich jede Schraube überprüft. Das ist ein braves stabiles Schiff.«

»Wie wär's, wenn wir aufhören, hier rumzusitzen und zu debattieren, okay?« unterbrach Ben sie. »Laßt uns losschießen.«

Wolfgang nickte, atmete tief ein, lehnte sich zurück und versteifte sich. Er griff in die Tasche, holte einen Zettel hervor und entfaltete ihn.

»Durchchecken aller Systeme«, verkündete er.

Ben und Darren saßen erwartungsvoll da.

»Luftdruck«, begann Wolfgang.

»Check«, antwortete Ben, nachdem er sich vergewissert hatte, daß das Meßgerät am Ventil der Flasche auf »voll« zeigte.

»Batterieladung.«

»Check«, sagte Darren, ohne sich zu rühren.

Wolfgang beugte sich vor und sah ihn scheinbar fragend an, woher Darren die Information haben könne, ihren Antrieb für funktionstüchtig zu erklären.

»Mein Pa ist gestern damit heimgefahren«, sagte Darren lächelnd. »Sie muß einfach in Ordnung sein.«

»Außenbeleuchtung«, fuhr Wolfgang fort.

Darren schaltete die Scheinwerfer an und wieder aus. »Check«, antwortete er.

»Steuerung . . . Check«, sagte Wolfgang und schaltete den Computer ein. »Gurtfestigkeit.«

Ben zerrte an den Sicherheitsgurten, die sie angebracht hatten.

»Check«, erwiderte er, und seine Stimme verriet wachsende Irritation. »Nun komm schon, los.«

»Augenblick noch.« Wolfgang blieb stur. »Nahrungsmittel.«

Ben hob eine Tüte auf, die Kartoffelchips, Erfrischungsgetränke, Cheetos, Schokoladenriegel, Salzbrezeln und ein Paket Heftpflaster enthielt.

»Check, check, check, check, check«, knirschte er mißmutig. »Jetzt komm aber, los!«

Wolfgang schluckte schwer. Er hatte das Ende seiner Checkliste erreicht. Es gab keine Möglichkeit mehr, die anderen hinzuhalten, ohne wie ein Feigling dazustehen. Er räusperte sich und zwang sich, eine gewisse Autorität in seine Stimme zu legen, ehe er zum letzten Mal das Wort an seine Mannschaft richtete.

»Wir können uns kurz verständigen, wenn das Feld eingeschaltet ist«, sagte er, »aber atmet hauptsächlich über die Luftschläuche. Wir werden den Sauerstoff ziemlich schnell verbraucht haben. Ben, du paßt auf die Zeit und auf den Luftverbrauch auf.«

»Check«, erwiderte Ben.

Wolfgang streckte die Hand aus, überprüfte ein letztes Mal seine Daten und speiste die Information in den Computer ein.

»Feld eingeschaltet«, verkündete er.

Er betätigte einen Schalter vor ihnen am Kontrollpult.

RUMMS!

Sie spürten den Ruck, als das Kraftfeld die hölzernen Stützen, die sie an der Unterseite der *Thunder Road* befestigt hatten, in zwei Hälften zerbrach. Das hatten sie erwartet. Doch was als nächstes passierte, geschah völlig unerwartet. Im Innern des Schiffs herrschte auf einmal völliges Chaos, da alles, was nicht niet- und nagelfest war, in der Kabine herumzuschweben begann. Chipstüten, Werkzeuge, Kugelschreiber, das Fernglas, der Kompaß und mehrere Stücke Papier flogen in die Luft und prallten entweder gegen einander oder an die Köpfe der Crew.

»Was soll das?« brüllte Darren, duckte sich, um einem Taschenmesser auszuweichen, und stieß sich dabei den Kopf.

»Wartet!« schrie Wolfgang.

Der Ansturm schwebender Objekte hielt noch etwa dreißig Sekunden lang an, während Wolfgang nach einem bestimmten Knopf suchte und dann draufdrückte. Gleich darauf rasselte alles auf den Boden des Schiffs.

»Was war das?« fragte Ben in die nun folgende, plötzliche Stille hinein.

Wolfgang schüttelte unsicher den Kopf. »Ich glaube, wir hatten grade umgekehrte Schwerkraft.«

»Was ist denn das?« fragte Darren.

»Weiß ich nicht«, murmelte Wolfgang entschuldigend. »Ich hab's doch wieder hingekriegt, oder etwa nicht?«

»Schon, aber war das pures Glück?«

»Natürlich nicht.«

»Wieso ist es dann überhaupt dazu gekommen?«

»Vielleicht hab ich's einfach vergessen«, antwortete Wolfgang aufgebracht.

Darren und Ben sahen einander mit besorgten Gesichtern an. War das noch der Gleiche, der ihnen Vorsicht und Disziplin gepredigt hatte, jener Fachmann, der die Lenkung des Schiffs übernommen hatte?

»Also, dann mal los«, sagte Ben leise.

»Ist das Kraftfeld noch eingeschaltet?« fragte Darren und schaute aus dem Bullauge. »Ich kann es nicht sehen.«

»Es ist da«, erwiderte Wolfgang. »Wenn es so groß ist, ist es weniger konzentriert und leuchtet nicht so hell.«

Er gab weitere Daten in den Computer ein, der sogleich eine Graphik des Bachbetts, aus vier Richtungen zu ebener Erde gesehen, darstellte.

»Dies ist meine Karte der Startzone«, erläuterte Wolfgang. »Da die Kraftquelle und der Computer sich im Innern des Feldes befinden anstatt davor, werde ich unseren Kurs relativ zu einem imaginären, stationären Punkt bestimmen.« Er blickte in die verständnislosen Gesichter seiner Crew. »Theoretisch müßte das gehen«, fügte er hinzu, in der Hoffnung, seine vorgetäuschte Zuversicht könne sie ein wenig aufheitern.

Darren schaute durch das Bullauge nach draußen. Zum ersten Mal, seit sie zu ihrer Mission aufgebrochen waren, fühlte er sich ein wenig unwohl. Ben und Wolfgang waren schon einmal mit dem Kraftfeld in der Luft gewesen, nur er nicht. Dadurch hatten sie einen gewissen Vorsprung ihm gegenüber. Dazu kam die leidige Tatsache, daß es Darren auf der einzigen, längeren Flugreise, die er unternommen hatte, schlecht geworden war – auf einem zwanzigminütigen Flug über den Grand

Canyon vor mehreren Jahren. Sicher, die Luftströmungen waren an jenem Tag heftig gewesen und er selbst viel jünger, aber er wurde einfach die Befürchtung nicht los, daß er sich jetzt wieder blamieren könnte. Obendrein war nicht zu leugnen, daß dieser Ausflug mit wesentlich mehr Risiken und Gefahren verbunden war als der damalige kurze Rundflug. Aber erstens war es zu spät, um jetzt noch auszusteigen, und zweitens dachte er gar nicht daran, die Mission im Stich zu lassen. Er war bloß ein bißchen ängstlich. Sobald sie ein paar Minuten in der Luft waren, ohne daß ein Mißgeschick passierte, würde sich das alles ändern.

»Dann mal los!« sagte er.

Wolfgang war immer noch damit beschäftigt, Instruktionen in den Computer einzugeben. »Eine Sekunde noch«, flüsterte er.

Nachdem er die Eingabe beendet hatte, lehnte Wolfgang sich zurück, atmete tief ein und wartet.

Langsam hob sich die *Thunder Road* vom Boden. Die Enden einiger kleinerer Zweige kratzten gegen die unsichtbare Kugel, während sich der Blick nach draußen veränderte. Objekte, die sich vorher auf Augenhöhe befunden hatten, wichen nun an die Untergrenze ihres Gesichtsfeldes zurück, und die Wipfel der Bäume, die vorhin noch hoch über ihnen aufgeragt hatten, schienen plötzlich nur Zentimeter entfernt zu sein. Das war sowohl faszinierend, als auch erschreckend. Darren war froh darüber, daß man nicht direkt nach unten schauen konnte. Er war schon beinahe glücklich, als er eine lose Schraube in einem Winkel des Cockpits entdeckte. Sie festzuziehen gab ihm etwas zu tun und lenkte seiner Gedanken von seiner Beunruhigung ab. Hätte er einen Blick auf Wolfgang geworfen, dann hätte er gesehen, daß der Kommandant der *Thunder Road* vor sich hin starrte, die Augen weit aufgerissen vor Angst und mit leicht zittrigem Kopf.

Nachdem sie in eine Höhe von hundert Metern emporgestiegen war, kam die *Thunder Road* erst einmal zum Stillstand. Ihre Silhouette hob sich vom klaren Abendhimmel ab, während die groteske Erscheinung über einem halben Dutzend aneinander angrenzender Häuser schwebte, ein kugeliger Fleck vor dem sternenbesetzten Hintergrund.

»Was geht hier vor?« fragte Ben.

»Nichts«, antwortete Wolfgang. »Ich habe das Programm so gestaltet, daß wir in diese Höhe gehen und dann Halt machen. Hat gar keinen Sinn, sofort zu hoch oder zu schnell zu fliegen.«

Sie schauten nach unten. Deutlich zu erkennen saß dort ein Hund auf der hinteren Veranda eines Hauses. Er hob den Kopf, begann zu winseln, sprang dann auf und rannte in den Garten, verbellte das Schiff oben in der Luft. In einem anderen Garten wachte ein zweiter Hund auf und stimmte in das Gebell ein, gefolgt von einem dritten und dann einem vierten. Sie rannten im Kreis herum, sprangen in die Luft, prallten gegen Zäune und sorgten alsbald für eine jaulende Geräuschkulisse, die sich über die ganze Gegend erstreckte. Zunächst fanden die Jungen das sehr amüsant.

»Heh, seht euch die ganzen Hunde an«, rief Darren und kicherte über ihre komischen Luftsprünge.

»Wir machen sie verrückt«, sagte Ben.

Wenn dem so war, dann übertrugen die Hunde ihr Verrücktsein auf die übrigen Bewohner dieser Gegend. Nacheinander gingen in sämtlichen Häusern die Lichter an, als ein Hausbesitzer nach dem anderen aufstand, um die Ursache für die Erregung unter den Hunden zu ergründen. Die Stimmung im Innern der *Thunder Road* wechselte sogleich von Amüsement zu Besorgnis.

»Wir sollten uns besser verdrücken, ehe uns noch einer anzeigt«, mahnte Ben.

»Geht im Moment noch nicht«, erwiderte Wolfgang.

»Wieso nicht?«

»Ich habe zwei Minuten Stillstand zum Zweck der Beobachtung programmiert. Dachte, wir hätten vielleicht Lust, uns erstmal richtig umzusehen.«

»Kommt mir ziemlich lang vor. Ich meine, zwei Minuten, bloß um sich an seiner einzigen Stelle umzusehen?«

»Hey«, antwortete Wolfgang verteidigend. »Vorhin erschien mir das logisch, okay? Nun laß mich in Ruhe.«

Unter ihnen gingen weitere Lichter an. Noch mehr Hunde hatten sich dem ständigen Gekläffe angeschlossen, das zu ihnen heraufdrang, und jetzt waren einige Leute zu sehen, die vor ihre Türen getreten waren.

»Jetzt kommen sie schon raus«, sagte Darren. »Hast du denn gar keine Möglichkeit, uns auf die Schnelle hier rauszuholen?«

»Wie wär's, wenn du deinen ursprünglichen Befehl rückgängig machst?« schlug Ben vor. »Das müßtest du doch schaffen.«

»Das erfordert beinahe soviel Zeit, wie uns hier noch bleibt«, entgegnete Wolfgang. »Wir können doch wohl noch dreißig Sekunden abwarten, oder?«

»Nicht, wenn das ein Gewehr ist, das dieser Kerl da in der Hand hat«, sagte Darren und zeigte nach unten.

Er blickte nach rechts, wo eine undeutliche Gestalt tatsächlich etwas in der Hand hielt, das an ein Gewehr erinnerte. Einen Augenblick später schien die Gestalt sie entdeckt zu haben und hob die Waffe.

»Schaff uns hier weg!« brüllte Darren.

Wolfgang begann wie ein Wilder zu tippen. Sobald er damit fertig war, geriet die *Thunder Road* beinahe unmerklich in Bewegung. Doch die Häuser entfernten sich unter ihnen so rasch, daß Ben an alte Wochenschauen erinnert wurde, in denen Raketen von ihren Startgerüsten aufstiegen. Und doch war die Bewegung so minimal! Es hatte beinahe den Anschein, als sei die Entfernung optisch statt über die tatsächliche Bewegung ihres Gefährts hergestellt worden.

»Verdammt!« Darren pfiff durch die Zähne. »Dieses Schätzchen kann ja wirklich abzischen, wenn es nur will.«

»Jaaah.« Wolfgang lächelte, denn nun war ihm wohler.

Er setzte seine Eingabe fort, beendete damit den raschen Aufstieg der *Thunder Road* und richtete das Schiff gerade. Dann ließ er sie bis direkt oberhalb der Baumkronen sinken und machte sich auf die Suche nach bekannten landschaftlichen Merkmalen. Er hatte nur den einen Wunsch, auf ihrem allerersten Flug nicht die Orientierung zu verlieren und in fremder Umgebung landen zu müssen. Zu seiner Enttäuschung verschmolzen jedoch die Häuser und Straßen zu einem vorstädtischen Mischmasch, der gänzlich unbekannt aussah. Allerdings konnten sie sich nicht weit von zu Hause entfernt haben. Wolfgang entschied, daß der Wechsel der Perspektive für seine Desorientierung verantwortlich sein müsse, und fuhr fort, sich angestrengt nach heimatlichen Gefilden umzusehen.

»Seht mal!« sagte Ben. »Da ist das Autokino.«

Wolfgang war äußerst erleichtert, das vertraute Bauwerk zu sehen, das zu Ehren von Generationen schmusender Pärchen den Spitznamen »Höhle der Leidenschaft« trug. In neuerer Zeit hatte sich das altehrwürdige Lichtspielhaus darauf spezialisiert, Filme zu zeigen, von denen noch nie jemand was gehört hatte, nicht einmal auf Video. Das Hauptprogramm an diesem Abend war ein billiger Science-fiction-Thriller italienischer Herkunft, in dem sichtbar an Schnüren aufgehängte Raumschiffe aufeinander zu schossen.

»Laß uns tiefergehen«, schlug Darren vor.

Wolfgang nickte, tippte ein paar Instruktionen in den Computer ein und lächelte, als die *Thunder Road* prompt an Höhe verlor. Was immer jetzt passierte, dachte er, ihre erste Mission war bereits ein Erfolg.

VI

Bill Crandall beobachtete Andrea aus den Augenwinkeln und entschied, daß sie selbst beim Pizzaessen wunderbar aussah. Sie gingen jetzt schon fast einen Monat zusammen, und trotzdem überlief es ihn immer noch so herrlich, wenn sie die Hand auf seinen Arm legte oder ihn auf ihre besondere Art anschaute. Nach gründlicher Überlegung kam er zu dem Entschluß, daß ihm von all ihren Attributen die Augen am besten gefielen; sie waren extrem groß, beinahe schwarz und leuchteten vor Energie und Gefühl.

Als er sich jetzt neben ihr bequem in den Sitz seines Wagens zurücklehnte, sah er wundervolle Lichtpunkte in ihren Augen tanzen, während sie die Pizza aufaß und ihren Blick wieder der Filmleinwand vor ihnen zuwandte. Aber sie verfolgte nur einen Augenblick lang den Film, ehe sie zu ihm herüberrutschte und ihren Kopf an seine Schulter lehnte.

»Interessiert dich das da? fragte sie provozierend und blickte zu ihm auf.

»Nicht besonders«, sagte er.

»Ich weiß nicht mal, wer diese Leute in Schwarz überhaupt

sind«, sagte sie, als eine Gruppe von ihnen auf der Leinwand erschien. »Möchtest du es mir erklären?«

»Nein«, sagte er.

»Gut.«

Er konnte den Duft ihres Haares riechen, ihr sanftes Atmen hören und hatte das dringende Bedürfnis, sie zu küssen. Gerade wollte er ihr Kinn anheben, um genau das zu tun, als sie plötzlich etwas sagte.

»Wie kommen die nur an so schreckliche Tricks« fragte sie.

»Man nennt das eine bewegliche Maske«, erklärte er, hin- und hergerissen zwischen dem Stolz, der Experte zu sein, und der Enttäuschung darüber, sie nicht geküßt zu haben. »Wenn es gut gemacht ist, sieht es ziemlich echt aus, aber bei solchen Billigproduktionen wirkt es schrecklich.«

»Woher weißt du das alles?« fragte sie atemlos.

»Es wird bei all diesen Filmen verwendet«, sagte er. »Es ist nicht Besonderes.«

Während die Schlacht zwischen den Raumschiffen auf der Leinwand weitertobte, spürten die beiden jungen Leute, wie die elektrisierende Spannung zwischen ihnen wuchs. Bald vergaßen sie, was es da vor ihnen zu sehen gab und hatten nur noch Augen füreinander. Nur wenige Zentimeter trennten ihre Lippen, als eine plötzliche Bewegung Andrea ablenkte, was dazu führte, daß sie sich wieder der Leinwand zuwandte.

»Was ist das?« flüsterte sie.

Mit einem Seufzer widerstand Bill dem Drang, seine Lippen auf die ihren zu pressen, was auch daran lag, daß sie den Kopf ein wenig gedreht hatte und seine Lippen in einem ungünstigen Winkel aufgetroffen wären. Er sah zur Leinwand hin und grunzte. Ein großes, leicht unscharfes Raumschiff schien aus dem Nichts aufgetaucht zu sein. Aber während all die anderen Schiffe sich heftig mit Raketen beschossen, hing dieses neu hinzugekommene inmitten des interstellaren Niemandslandes, feuerte weder in die eine noch die andere Richtung, wie eine Art gleichgültiger oder unentschlossener Schiedsrichter. Es unterschied sich von den anderen Schiffen sowohl in der Größe als auch in der Form, denn es war bauchiger und weniger stromlinienförmig, als käme es aus einem Film der 30er Jahre.

»Junge«, knurrte Bill. »Das sieht ja dermaßen unecht aus. Man sieht genau, daß es nicht wirklich fliegt.«

»Es sieht anders aus . . . irgendwie«, sagte Andrea. Ihre Stimme klang beunruhigt.

»Es sieht anders aus, weil es noch billiger gemacht ist als der Rest«, lachte Bill. »Was für ein Beschiß!«

Während er noch sprach, vollführte das neu hinzugekommene Raumschiff plötzlich eine scharfe Rechtswendung und schoß direkt auf ihren Wagen zu. Bill und Andrea purzelten in einem Schauer aus Coke, Eiskrem und Pizzakrusten hintenüber.

Im Innern der *Thunder Road* veranlaßte die plötzliche, nicht programmierte Bewegung Wolfgang dazu, nach Luft zu schnappen und eilig nach der Tastatur zu greifen. Weil im Innern des Schiffes die Trägheitskräfte nicht wirksam waren, entstand weder ein Rückstoß noch ein Ruck. Ben und Darren, die durch das Bullauge auf die Leinwand des Autokinos spähten, bemerkten, wie sich ihr Sichtfeld erweiterte, waren sich jedoch nicht bewußt, daß irgend etwas Ungewöhnliches vorging.

»Großartig!« lächelte Ben und betrachtete das Duell der Film-Raumschiffe. »*Starkiller!* Den kenne ich noch gar nicht. Ich hab' gehört, er soll schrecklich sein!«

»Es ist aber ziemlich unbequem, ihn durch dieses Bullauge anzuschauen«, sagte Darren.

»Schon, aber immer noch besser, als unter dem Zaun durchzukriechen, oder?«

»Hey, was ist passiert?«

Als Darren nach unten statt direkt auf die Leinwand sah, stellte er plötzlich fest, daß sie mehrere der geparkten Wagen nur um Zentimeter verfehlt hatten.

»Was ist los?« brüllte er Wolfgang zu. »Wir sind ja fast auf dem Boden. Warum fliegen wir so komisch?«

Wolfgang starrte auf den Computermonitor und kratzte sich am Kopf.

»Willst du wohl dafür sorgen, daß wir hier verschwinden?« rief Darren aufgebracht. »Wir sind direkt vor dem –«

»Könntest du dich wohl zurückhalten?« schnauzte Wolfgang ihn an. »Ich mach' das auch zum ersten Mal.«

»Ich dachte, du hättest alles unter Kontrolle.«

»Das dachte ich auch, aber –«

Während er fortfuhr, dem Computer Befehle einzugeben, begann die Instrumententafel seltsame Geräusche von sich zu geben, wie sie keiner der Jungen je zuvor gehört hatte. An der Seite des Bildschirms tauchten Ziffern auf.

»Was bedeuten die?« fragte Darren. »Und was ist das für ein komisches Geräusch?«

»Keine Ahnung«, erwiderte Wolfgang.

Sie hörten, wie Ben, der aus dem Bullauge starrte, nach Luft schnappte. Nachdem sie den Wagen seines Bruders nur knapp verfehlt hatten, machte sich die *Thunder Road* daran, andere Fahrzeuge auf dem Gelände zu überfliegen, wobei mehrere Radioantennen zu Bruch gingen.

Fünfzig Meter weit weg, am Süßigkeitenkiosk des Autokinos, waren Steve Jackson und seine Freunde dabei, ihr übliches Spielchen mit der Verkäuferin zu spielen. Der Modus Operandi bestand darin, daß einer von ihnen das Mädchen hinter der Theke ablenkte, während die anderen sich außerhalb ihres Gesichtsfeldes mit Süßigkeiten bedienten. Gerade kaufte sich Steve wie verabredet eine Tüte Popcorn, und als das Mädchen ihm das Wechselgeld in die Hand gab, blickte er mit einem sorgfältig einstudierten, von Kummer und Erstaunen geprägten Gesichtsausdruck auf seine Handfläche hinab.

»Hey«, sagte Steve, »Das war ein Zwanziger, den ich Ihnen gegeben habe, kein Zehner.«

»War es nicht«, antwortete das Mädchen.

Während sie dadurch abgelenkt war, daß sie erbost alles ableugnete, lehnte sich Steves Kumpel über die Theke und besorgte sich ein Dutzend Schokoladenriegel.

»Ich möchte den Chef sprechen«, forderte Steve und hoffte, seinen Freunden damit wenigstens noch eine weitere Gelegenheit zu verschaffen, sich an die ausliegenden Köstlichkeiten heranmachen zu können.

»Der ist nicht da.«

»Dann holen Sie ihn.«

Im Innern der *Thunder Road* , die sich jetzt rasch dem Süßigkeitenkiosk näherte, war Wolfgang immer noch damit beschäftigt, dem Computer Befehle einzugeben. Nichts, was er unternahm, schien die endlosen Zeilen von Instruktionen beeinflussen zu können, die mit derartiger Geschwindigkeit erschienen, daß es beinahe unmöglich war, sie abzulesen, geschweige denn ihre Bedeutung zu interpretieren.

»Paß auf!« brüllte Ben vom Bullauge her, erschreckt von dem Kurs, den ihr Gefährt einschlug.

»Ich bin das nicht!« brüllte Wolfgang zurück.

»Wer dann?«

»Weiß ich nicht. Das Ding programmiert sich offenbar selber. Oder ich habe Daten eingegeben, die es nicht verarbeiten kann. Es ist, als ob es versucht, Pi ins Unendliche fortzuschreiben.«

»Anhalten!« rief Ben, als die *Thunder Road* auf den Kiosk zuraste. »Halt das Ding an!«

»Kann ich nicht! Unter Streß bin ich zu nichts zu gebrauchen!« gab Wolfgang halb schreiend, halb schluchzend zurück.

Gemeinsam beobachteten sie durch das Bullauge, wie der Kiosk immer näher kam.

Das Mädchen hinter der Theke hatte Steve Jackson soeben deutlich gesagt, wohin er sich seine Forderungen nach weiterem Wechselgeld stecken könne, als es plötzlich entsetzt die Augen aufriß. Steve, der den Blick über seine Schulter fälschlicherweise als Zeichen von Schwäche interpretierte, beschloß, seinem Verlangen noch ein paar schlagende Argumente hinzuzufügen. Schlimmstenfalls konnte sie wiederum ablehnen, was seinen Kumpanen noch eine Gelegenheit einbrachte, weiter Süßigkeiten zu ergattern.

»Hey«, sagte er mit Nachdruck, »der Zwanziger war ein Geschenk von meiner kranken Mutter. Bei so einer Sache würde ich nie lügen. Ich schwöre, daß ich die Wahrheit sage. Wenn ich lüge, soll mich der Blitz treffen oder ein Güterzug überrollen.«

In diesem Augenblick donnerte die *Thunder Road* in den Kiosk, eingewickelt in eine riesige Markise, die eben noch über dem Eingang des Verkaufsstandes gehangen hatte. Aus allernächster Nähe verkündeten Großbuchstaben auf ihr: MACH DIR EIN PAAR SCHÖNE STUNDEN: GEH INS KINO. Nach einer Schrecksekunde sprang das Mädchen beiseite, gerade als das trudelnde Energiefeld vor ihm die Wand durchbrach und sich dann einen Weg durch die hintere Trennwand des Gebäudes bahnte. Steve Jackson wurde gegen eine Popcornmaschine gedrängt und seine Kumpane rückwärts in die Toiletten katapultiert, wo einer von ihnen mit dem Kopf in einer Kloschüssel landete. Inmitten einer Wolke aus Popcorn, umherfliegender Zuckerwatte, zerrissenen Schokoladenverpackungen und diversen Bruchstücken anderer, kaum wiedererkennbarer Trümmer schoß die *Thunder Road* mit lautem Krachen durch die Rückwand des Kiosks, ein fliegender Schaschlik aus Junk Food und Gebäudetrümmern. Alle, die einen genaueren – wenn auch notwendigerweise flüchtigen – Blick auf das Flugobjekt erhaschten, sahen nur ein riesiges rundes Gebilde, eine Art farbenfrohen Klops, auf den seitlich so etwas wie ein grob nachempfundener Blitzstrahl aufgemalt war. Einige beschrieben das Objekt später als Meteor, aber die meisten erkannten darin wegen seines symmetrischen Aussehens und des Vorhandenseins dessen, was eine Person später als Bullauge beschrieb, eindeutig ein außerirdisches Raumschiff vom Typ Fliegende Untertasse. Ein Augenzeuge, der angab, bei dem Objekt handele es sich um ein umgebautes Jahrmarktsgefährt, wurde ohne Umschweife als Spaßvogel abgetan, den genauer zu befragen sich nicht lohnte.

Im Innern der *Thunder Road* führte die unmittelbar bevorstehende Kollision mit dem Kiosk dazu, daß Ben die Augen schloß und sich abstützte. Sein Körper versteifte sich von Kopf bis Fuß in Erwartung des Aufpralls, aber zu seiner Überraschung ereignete sich der Zusammenstoß bei hoher Geschwindigkeit ohne die geringste Geräuschentwicklung. Kein heftiger Ruck, nicht einmal ein Beben war zu spüren, als das Schiff durch Beton, Glas und Holz des Verkaufsstandes brach, reibungslos wie ein Jet, der eine flauschige Wolkenbank durchfliegt.

Da sie zuerst auf die Markise auftraf, war die Vorderpartie des Gefährts, einschließlich des Bullauges, teilweise mit Segeltuch bedeckt, als es durch die vordere Wand eindrang und den Verkaufsraum durchquerte. Während sie den Rest des Kiosks durchflog und kaum drei Meter über dem Boden durch die Rückwand schoß, streifte die *Thunder Road* ihre Abdeckung aus flatterndem Werbematerial ab und zeigte dem Häufchen entsetzt auseinanderstiebender Zeugen ihre wahre Gestalt.

Glücklicherweise wurde niemand von dem Flugobjekt direkt

getroffen oder an einer unnachgiebigen Oberfläche zerquetscht. Selbst Steve Jackson wurde nicht durch die aus Kunststoff gefertigte Seitenwand der Popcornmaschine gedrückt, sondern fiel durch die offenstehende Vorderklappe. Aber die Entsetzensschreie hätten jedermann überzeugt, daß sich eine wahre Katastrophe ereignet hatte.

Als das Schiff nicht wie erwartet von Turbulenzen geschüttelt wurde, öffnete Ben wieder die Augen und spähte durch das Bullauge. Anfangs war es noch mit etwas Dunklem bedeckt, so daß nur ein kleines Lichtdreieck am unteren Rand zu sehen war.

»Was geht dort draußen vor?« brüllte Wolfgang über die Schulter nach hinten. Sein Blick blieb auf die Tastatur und den Monitor geheftet, der weiterhin selbsterzeugte Daten abbildete. Zeile um Zeile geheimnisvoller Zeichen, Ziffern und Abkürzungen huschten vorbei, und das ganze war für Wolfgang, was die Menge und die Verständlichkeit anging, etwa so einsichtig wie die Inventarliste eines Flugzeugträgers.

»Ich weiß nicht«, rief Ben als Antwort. »Ich kann absolut nichts erkennen.«

»Was soll das heißen, du kannst nichts erkennen? Ist es draußen dunkel?«

»Das Bullauge ist von irgendwas verdeckt. Wahrscheinlich haben wir uns in etwas eingewickelt.«

»Verdammt!« murmelte Wolfgang. Die Sicht nach draußen versperrt zu haben, das fehlte ihm gerade noch bei all seinen anderen Problemen.

»Da!« rief Ben. »Es ist weg!«

Sobald die Markise von der Nase der *Thunder Road* herabglitt, konnte Ben das rasch zurückweichende Loch erkennen, das sie im Kiosk hinterlassen hatten. Es war so ebenmäßig und präzise wie die winzigen Löcher, die die kleinere Version des Energiefeldes in Wolfgangs Büchern und Regalen hinterlassen hatte. An der Peripherie der Öffnung lagen verstreute Trümmer, darum herum standen Gruppen von Leuten, die ihnen mit weit aufgerissenen, verstörten Augen nachsahen. Die meisten standen wie angenagelt da, aber einige saßen oder lagen auf dem Boden, wie sie sich fallengelassen hatten, um dem schrecklichen Flugobjekt auszuweichen.

»Hoffentlich haben wir niemanden verletzt«, murmelte Ben. Bis zu diesem Augenblick war die *Thunder Road* für ihn nicht viel mehr als ein kompliziertes Spielzeug gewesen; nun war er nicht nur von ihrem wissenschaftlichen Potential verblüfft, sondern auch von dem Schaden, den dieses Spielzeug anrichten konnte, wenn es nicht vernünftig eingesetzt wurde.

Darren hatte der unvorhergesehene Angriff auf den Kiosk sogar noch mehr beeindruckt und verwirrt. Für ihn bedeutete er den Beweis, das Wolfgangs Wissen um die Handhabung des Gefährts bestenfalls oberflächlich war. Nachdem er einen Blick auf das zerstörte Gebäude geworfen hatte, durch das sie sich gerade gebohrt hatten, biß er die Zähne zusammen und wandte sich an den Schiffsführer.

»Aus dem Weg, Schlaffi«, brüllte er. »Du weißt ja nicht mal, wie man das Ding hier steuert.«

Er streckte die Hand nach dem Computer aus. Wolfgang stieß sie beiseite.

»Was machst du da?« kreischte er. »Nimm deine Pfoten da weg! Du hast ja keine Ahnung –«

»Genauso wenig wie du, Blödmann! Du hast uns direkt durch den Kiosk gesteuert.«

»Habe ich nicht!« protestierte Wolfgang.

»Wer war es dann?«

»Es war nicht meine Schuld! Ich habe damit nichts zu tun. Ich weiß nicht, was passiert ist!«

»Ich glaube, die wollten ihn sowieso abreißen«, sagte Ben abgeklärt.

»Ich will mit diesem Blödmann nicht fliegen«, fuhr Darren fort, wobei er Wolfgang finster anstarrte.

»Okay«, antwortete Wolfgang. »Warum übernimmst du dann nicht die Kontrolle, Kumpel?«

Er zog seine Hände von der Tastatur weg und bedeutete Darren, er solle übernehmen.

Nach einem Augenblick des Zögerns senkte Darren den Blick. Die Tatsache, daß er nicht die leiseste Ahnung hatte, wie er das unberechenbare Verhalten der *Thunder Road* korrigieren könnte, trug dazu bei, daß seine Wut verrauchte. Er erkannte plötzlich, daß ihre Zukunft auf Gedeih und Verderb in Wolfgangs Händen lag.

»Sieh zu, daß du dir was einfallen läßt, klar, du Genie?« murmelte er.

Wolfgang wandte seine Aufmerksamkeit wieder der Konsole und der Tastatur zu, wobei sein Gesicht einen entschlossenen, nachdenklichen Ausdruck annahm. Endlich, nachdem er weitere Daten in das Gerät eingegeben hatte, um zu blockieren, was zuvor eine unbekannte Kraft programmiert hatte, verschwanden die endlosen Zeilen mysteriöser Zeichen und Ziffern.

»Wie hast du das geschafft?« fragte Ben, der die Mischung aus Erleichterung und Ratlosigkeit im Gesicht seines Reisegefährten bemerkte.

»Das erkläre ich euch später«, antwortete Wolfgang, der nicht zugeben wollte, daß er genauso im Dunkeln tappte wie Ben oder Darren.

Als er wieder die Tasten drückte, sah er erfreut, daß auf dem Monitor wieder das erschien, was er eingab, und nicht mehr das vorherige unverständliche Gekritzel. In der Hoffnung, daß die gerade überstandene chaotische und potentiell gefährliche Episode vorüber war, programmierte er das Schiff darauf, an Höhe zu gewinnen und eine scharfe Linkswendung durchzuführen. Die *Thunder Road* befolgte seine Instruktionen unverzüglich, so daß die Reihen von Autos und die neugierigen Leute unter ihnen immer kleiner wurden und sogar die große Filmleinwand aus der Entfernung nicht größer als eine Briefmarke aussah.

»Ich glaube, wir sind wieder auf Kurs«, sagte Wolfgang und stieß einen Seufzer aus. »Sie tut jetzt wieder, was ich ihr sage.«

»Großartig!« lächelte Ben.

Auch Darrens Stimmung besserte sich. »Gute Arbeit, Einstein«, sagte er und klopfte Wolfgang auf die Schulter. »Das vorhin tut mir leid. Jetzt wollen wir mal sehen, was diese Kiste wirklich draufhat, okay?«

Wolfgang schüttelte den Kopf. »Wie wär's, wenn ich mich erst mal wieder orientiere? Ich will imstande sein, klar zu denken, ehe ich dieses Ding austeste. Ich bin noch nicht sicher, daß ich alles im Griff habe. Du hast selbst gesagt, daß ich nicht mal weiß, wie ich sie steuern kann.«

»Das war vorhin. Jetzt ist doch alles bestens.«

»Aber ich bin nicht sicher, ob alles bestens ist. Ich konnte nicht feststellen, warum die Fehlfunktion aufgetreten ist.«

»Aber wir haben nur eine begrenzte Menge Luft«, protestierte Darren. »Es wäre doch nett, wenn wir mal richtig loslegen könnten, bevor wir landen müssen.«

Er sah Ben hilfesuchend an.

»Stimmt«, sagte Ben.

»Ich bin der gleichen Meinung wie ihr beiden«, erwiderte Wolfgang. »Aber laßt mich doch erstmal sichergehen, daß ich auch weiß, was vorgeht.«

»Du hast selbst gesagt, daß sie jetzt tut, was du ihr sagst.«

»Klar. Jetzt. Aber vorhin war das anders. Und später könnte es wieder anders sein. Ich will sicher gehen, daß alles unter Kontrolle ist. Das da unten hat mir einen Schrecken eingejagt. Ich wußte nicht, wo all die Zeichen herkamen, und ich weiß es immer noch nicht.«

»Na gut«, sagte Darren. »Mach ein paar kurze Tests. Versuch einige Drehungen und sowas. Und wenn's funktioniert, dann laß uns richtig losfliegen.«

»Ich würde lieber umkehren«, murmelte Wolfgang. »Es wäre besser, das alles am Boden zu überprüfen.«

»Ach was«, drängte Ben. »Jetzt ist genau der richtige Zeitpunkt. Warum sollen wir am Boden rumsitzen, wo wir die *Thunder Road* unter realen Bedingungen testen können?«

»Genau«, nickte Darren. »laß uns mal sehen, was in ihr steckt.«

»Machst du Witze? Ich würde sagen, das hat sie schon mehr als genug bewiesen!«

»Ich meine nicht, daß sie durch Gebäude fliegen kann und sowas. Ich meine Geschwindigkeit. Laß mal sehen, wie schnell sie fliegen kann.«

Wolfgang seufzte. Er wollte an das Experiment eigentlich überlegter herangehen. Eine ganze Batterie von Fragen ging ihm durch den Kopf, während er noch zögerte. Was war, wenn der Computer in bestimmten Abständen Fehlfunktionen aufwies? Das würde bedeuten, daß das, was schon einmal passiert war, irgendwann in Zukunft wieder geschehen konnte. Angenommen, er gab die Daten falsch ein, so daß sich das Gerät mit sinnlosen Zufallsmustern selbst programmierte? War es nicht viel vernünftiger und sicherer, sowohl den Computer, als auch sich selbst am Boden zu testen und dabei ein kleineres Energiefeld zu Beobachtungszwecken einzusetzen? Er verglich ihre Situation mit der eines Ballistikexperten, der ein neues Projektil testet. Jeder sah ein, daß der echte Experte seine Tests auf einem Schießstand durchführen würde, damit er in aller Ruhe die Ergebnisse studieren konnte. Nur ein Verrückter würde sein Projektil testen, indem er sich selbst als menschliche Kanonenkugel hergab.

»Nein«, sagte er schließlich. »Das ist verrückt. Nicht nur das – ich bin der Schiffsführer, und ich sage euch –«

Sein Dekret endete mitten im Satz, als plötzlich grelles Licht durch das Bullauge drang, die drei Jungen erschreckte und ihnen vorübergehend die Sicht nahm.

»Was zum Teufel!« schrie Darren.

»Was ist das?« schrie Ben.

Die Antwort ließ nicht lange auf sich warten. Schräg über der *Thunder Road* rangen die beiden Beamten des Polizeihubschraubers Nr. 2 um ihre Fassung, als starke Suchscheinwerfer das unidentifizierte Flugobjekt erfaßten und sie das Schiff zum ersten Mal klar erkennen konnten. Charlie Drake, der Veteran der Mannschaft, flog schon seit zwölf Jahren Polizeieinsätze und hatte noch nie etwas derartiges gesehen. Der jüngere Pilot, Gordon Deems, verlor beinahe die Kontrolle über seinen Vogel, als die *Thunder Road* in Sicht kam.

»Heiliger Strohsack!« sagte er und pfiff durch die Zähne. »Wofür, zum Teufel, hältst du das?«

Charlie Drake hatte nicht die leiseste Ahnung. Es schien sich um eine Mischung aus hochentwickelter Raumfahrttechnik und Pop Art zu handeln. Wo es auch immer herkommen mochte, jedenfalls ließ es ihn vor Angst und Aufregung erschauern, aber er schaffte es, jegliche äußeren Anzeichen von Panik zu unterdrücken. Er hielt sich das Mikrophon vor den Mund und meldete als erstes zur Vorsicht die Position des unbekannten Objekts dem Polizeihauptquartier, dann drückte er auf den Knopf, der die Außenlautsprecher des Hubschraubers einschaltete.

»Was hast du vor?« fragte Gordon.

»Das siehst du doch«, erwiderte Charlie. »Ich gehe vorschriftsmäßig vor. Erst mit ihnen reden, und dann, falls sie sich der Festnahme widersetzen zu härteren Mitteln greifen.«

»Die Außenlautsprecher haben in letzter Zeit Macken gehabt«, sagte Gordon und versuchte, sich seine Beunruhigung nicht anmerken zu lassen. »Vielleicht können sie uns nicht hören.«

»Die können uns hören, verlaß dich drauf. Geh näher ran, damit ich sie zum Landen auffordern kann.«

Gordon gab etwas Gas, sodaß der Helikopter dem bauchigen, rundlichen Objekt, das sich auf einer parallelen Flugbahn ruhig und lautlos dahinbewegte, etwa zwanzig Meter vorausschoß.

Indem er den Suchscheinwerfer mitdrehte, behielt Drake das Objekt im Lichtkegel, während er das Mikrophon hob und seinen ersten Befehl bellte.

»Achtung!« brüllte er. »Sie fliegen ein nicht genehmigtes Fortbewegungsmittel, ohne einen Flugplan eingereicht zu haben. Damit machen Sie sich eines Vergehens gegen die Richtlinien der Bundesflugaufsicht schuldig. Wir fordern Sie hiermit auf, unverzüglich zu landen.«

Das unidentifizierte Objekt machte keine Anstalten, der Aufforderung Folge zu leisten, sondern flog weiter Richtung Nordwesten. Charlie wiederholte seine Anweisung, ohne Wirkung.

»Vielleicht ist ja niemand drin«, meinte Gordon.

»Red' keinen Unsinn.«

»Es könnte doch ein Satellit oder sowas sein, den irgendwer zum Beobachten hergeschickt hat. Oder etwa nicht?«

Charlie schüttelte abschätzig den Kopf.

»Ich meine es ernst«, sagte Gordon. »Und falls das Ding nicht ferngesteuert ist, verstehen die Leute drin vielleicht kein Englisch. Genaugenommen wäre es sogar verdammt ungewöhnlich, wenn sie auch nur ein Wort verstehen könnten. Wahrscheinlich glauben sie, wir begrüßen sie, statt sie zum Landen aufzufordern.«

»Also«, antwortete Charlie, wobei seine Kiefermuskeln erheblichen Arbeitsaufwand betrieben, »dem können wir ja abhelfen. Wenn die nicht begreifen, daß sie landen sollen, werden wir sie einfach zum Landen *zwingen*.«

Gordon rutschte das Herz in die Hose.

»Glaubst du wirklich, daß das die beste Vorgehensweise ist?« stammelte er. »Ich meine, wenn sie von einem anderen Planeten kommen, verderben wir das erste Zusammentreffen zwischen unserer Welt und ihrer möglicherweise restlos. Nicht nur das – wenn sie klug genug sind, als erste hierher zu kommen, sind sie klüger als wir, und das bedeutet, daß sie wahrscheinlich Waffen besitzen, gegen die unsere wie Kinderspielzeug aussehen.«

Er meinte, ein entscheidendes Argument geliefert zu haben, aber Charlie blieb unbeeindruckt.

»Dann werden wir eben ihre höhere Intelligenz dadurch ausgleichen, daß wir zuerst schießen«, sagte Charlie.

Gordon holte tief Luft, was Drake dazu veranlaßte, ihn mit einer Mischung aus Verachtung und Besorgnis anzusehen.

»Beruhige dich«, sagte er. »Das Ding da, was es auch immer sein mag, hat soeben eine ganze Gemeinde in Angst und Schrecken versetzt. Es hat Leute erschreckt und Privateigentum zerstört. Unsere Aufgabe besteht darin, es zum Landen aufzufordern und herauszufinden, wer oder was drin ist.«

»Schon, aber wenn wir dabei draufgehen, wird nie einer richtig was in Erfahrung bringen. Wenn wir dagegen gewissermaßen hinterherfliegen und sie nicht gegen uns aufbringen –«

Charlie wandte sich ab und drückte wieder auf den Knopf der Lautsprecheranlage.

»Achtung!« bellte er. »Hier spricht Sergeant Drake von der Polizei-Flugstaffel. Ich wiederhole: Sie verletzen bundesstaatliche und örtliche Verordnungen. Wir fordern Sie auf, unverzüglich zu landen, damit wir die Angelegenheit friedlich beilegen können. Wenn Sie sich dieser Anordnung weiterhin widersetzen, sehen wir uns gezwungen, das Feuer zu eröffnen und Sie zu zwingen, unseren –«

Im Innern des Raumschiffs sahen die drei Jungen, wie sich die Lippen des Beamten bewegten, konnten aber keinen Ton hören.

»Ich wette, der fordert uns zum Landen auf«, sagte Darren. »Er wird uns wegpusten, wenn wir uns nicht aus dem Staub machen.«

Wolfgang nickte, wobei er letzte Informationen in den Computer eingab. Glücklicherweise hatte er sich an die Arbeit gemacht, sobald der Hubschrauber sich ihnen genähert hatte, denn er hatte sofort die Notwendigkeit erkannt, ihm zu entkommen.

»Ich verstehe«, sagte er nun, ohne von der Tastatur aufzublicken. »Und ich tue mein Bestes, das in die Tat umzusetzen.«

Als er den letzten Befehl eingab, lächelte er mit einem Selbstbewußtsein, von dem er hoffte, daß es auch gerechtfertigt war.

»Jetzt wird sich zeigen, was es heißt, keinen Trägheitskräften ausgesetzt zu sein«, sagte er nur.

Während er das fremde Flugobjekt beobachtete, das anscheinend ihr Ultimatum ignorierte, waren Gordon Deems' Lippen so ausgetrocknet, daß er sicher war, jedes weitere Wort, das er sagte, werde sie zum Aufplatzen bringen. Nicht, daß ihm irgendwelche passenden Worte eingefallen wären, außer »Hilfe«. Insgeheim hatte er das Bedürfnis, den Gashebel durchzudrücken und sich so weit wie möglich von dem Raumschiff zu entfernen. Dazu war er jedoch ein zu gut ausgebildeter Polizeibeamter, der gelernt hatte, seine Angstreaktionen zu unterdrücken, indem er sich ruhig verhielt und Anordnungen befolgte, die ein entscheidungsfreudiger Partner erteilte. Nun war Charlie Drake dieser Partner, und Deems tat einfach, was man ihm sagte. Er hatte nicht einmal mehr die Kraft, zu widersprechen. Er wollte das alles einfach nur hinter sich bringen.

»Also gut«, kündigte Charlie Drake über die Außenlautsprecher an. »Das war unsere letzte Warnung. Ich zähle jetzt bis drei, und wenn sie dann noch nicht gelandet sind, beabsichtigen wir, das Feuer zu eröffnen . . . Eins . . . zwei . . . dr –«

Plötzlich war das Schiff, zu Drakes Verblüffung und Deems' Entzücken, verschwunden. Im einen Moment befand es sich direkt unter ihnen; im nächsten war es ein Punkt am Ende eines langen Schweifes, der sich mit ungeheurer Geschwindigkeit entfernte.

Inzwischen amüsierten sich die Insassen der *Thunder Road* königlich. Wolfgangs Fluchtdaten hatten bestens funktioniert, indem sie das Schiff einen Schwenk um je neunzig Grad und einen raschen Steigflug vollführen ließen, wodurch der Polizeihubschrauber hilflos in der Ferne zurückblieb. Obwohl der beengte Innenraum des Gefährts sie behinderte, taten Darren und Ben ihr Bestes, auf der Stelle auf- und abzuhüpfen.

»Habt ihr das gesehen?« brüllte Darren. »Die sind einfach verschwunden! Ich wette, die Bullen machen sich jetzt in die Hose.«

»Erste Sahne, Wolfgang!« schrie Ben und klopfte seinem Freund auf Kopf und Schultern.

Wolfgang lächelte. Er war zufrieden, nicht nur über die Anerkennung seiner Mannschaftskameraden, sondern auch über die Tatsache, daß im Augenblick zur Abwechslung alles nach Plan zu laufen schien. Es störte ihn, daß er immer noch nicht wußte, was vorhin diese Fehlfunktion verursacht hatte, aber er bemühte sich, nicht allzu viel darüber nachzudenken. Wenn er nur am Boden eine Weile mit dem Energiefeld arbeiten könnte!

»Danke, Jungs«, sagte er. »Laßt uns jetzt nach Hause fliegen und mal eine Pause einlegen.«

Dieser Vorschlag kam bei Ben und Darren gar nicht gut an, denn sie waren immer noch dabei, ihre gelungene Flucht vor der Polizei zu feiern, und wollten noch was erleben.

»Nein . . . nein . . . nein . . .«, flehten sie. »Laß uns doch noch ein Weilchen herumfliegen.«

Wolfgang mußte zugeben, daß es Spaß machte, eine Meile über dem Ort dahinzugleiten. Ihr Schiff war zwar selbstgebastelt, schien aber trotzdem keineswegs unbequem zu sein. »Wie ihr sicher schon gemerkt habt, ist uns nicht einmal kalt«, sagte er.

»Darüber habe ich mich auch schon gewundert«, erwiderte Darren. »Woran liegt das? Hier oben sollte es doch eigentlich kalt sein, oder?«

»Das ist es auch – draußen. Aber das Energiefeld schirmt uns gegen alles ab.«

»Großartig. Wie macht sich die Lastwagenbatterie von meinem Vater? Ziemlich gut, stimmt's?«

Wolfgang überprüfte auf dem Bildschirm die Verbrauchswerte. »Es ist gradezu lächerlich«, sagte er mit einem Grinsen. »Wir fliegen mit einer Geschwindigkeit von hundertvierzig bis hundertsechzig Stundenkilometern, und dabei setze ich noch nicht einmal ein Prozent unserer mitgeführten Energie ein.«

Ben wandte sich vom Bullauge und dem Anblick der unter ihnen dahinrasenden Landschaft ab. »Meinst du, wir haben genug Energie, um es bis zum Mond und zurück zu schaffen?« fragte er.

»Mit Leichtigkeit«, antwortete Wolfgang. »Aber nicht heute abend.«

»Warum nicht? Bist du zu feige?«

»Nein. Es geht mir um unseren Luftvorrat. Der macht mir Sorgen. Der eine Tank ist alles, was wir haben.«

»Stimmt«, nickte Ben. »Das müssen wir ändern. Fünfzehn oder zwanzig Minuten reichen nicht für die Sorte Flüge, die ich im Auge hatte.«

»Na, dann mußt du sie eben weiter im Auge behalten, bis wir das nächste Mal losfliegen«, sagte Wolfgang. »Und sieh doch mal nach, ob du da unten irgendwas erkennen kannst. Wir wollen uns nicht verirren.«

»Wo liegt denn das Problem?« fragte Darren. »Wenn wir uns verirren, landen wir einfach, öffnen die Klappe, um neue Luft reinzulassen, und starten dann wieder.«

»Das könnte sehr zeitraubend werden«, warnte Wolfgang. »Und es könnte auch sein, daß es gerade keinen geeigneten Landeplatz gibt, wenn uns die Luft ausgeht.«

»Okay, okay«, murmelte Darren.

»Jedenfalls sind wir noch auf dem richtigen Weg«, warf Ben ein. »Da drüben habe ich gerade Rucker's Mall erkannt, links bei neun Uhr. Wenn wir Richtung Süden fliegen, können wir dem Mason Boulevard bis nach Hause folgen.«

»Wo ist der Polizeihubschrauber?« fragte Darren.

»Mach dir um den keine Sorgen. Der ist so weit zurückgefallen, daß ich ihn kaum noch sehen kann.«

»Also, dann los! Zeigen wir ihm mal, was echte Geschwindigkeit ist!«

Wolfgang nickte und gab weitere Daten in den Computer ein, wobei er ein paar Tasten allzu flüchtig traf, aber das schien nichts auszumachen. Die *Thunder Road* reagierte auf den Zustrom von Instruktionen, indem sie wie ein Geschoß beschleunigte.

Charlie Drake fluchte, als er sah, wie das fremde Objekt erneut mit ungeheurer Geschwindigkeit davonschoß. Nach der vorangegangenen Serie schneller Kehrtwendungen und der eindrucksvollen Beschleunigung, die das Schiff gezeigt hatte, war es wieder etwas langsamer geflogen und hatte einen geraden Kurs eingehalten, den sie verfolgen konnten. In ihm regte sich Hoffnung, daß es nicht unbedingt unvermeidlich sein mochte, den Eindringling aus den Augen zu verlieren. Wenn er dranbleiben konnte, ließ sich die Lage mit Hilfe von Bodenradar und zusätzlichen Hubschraubern vielleicht doch noch zum Besseren wenden.

»Ich rufe mal Frank Martin am Flughafen«, sagte er.

»Gute Idee«, erwiderte Gordon.

Charlie legte den Schalter um und hatte bald die Verbindung zu Frank hergestellt. »Hör mal«, sagte er kurz und bündig und warf dabei im Interresse schnellerer Verständigung die formelle Funkprozedur über Bord, »hier spricht Charlie Drake. Wir befinden uns zwei Meilen westlich von Chambers Crossroads und verfolgen das fremde Raumschiff . . .«

»Was für ein fremdes Raumschiff?« schnarrte eine Stimme.

»– das fremde Raumschiff, das das Autokino demoliert hat. Wir benötigen eine Radarpeilung und Bahnverfolgung, außerdem ein paar weitere Helikopter.«

Im Tower des städtischen Flughafens seufzte der untersetzte, beinahe schon kahlköpfige Frank Martin, dann rückte er seine Kopfhörer zurecht. Bis jetzt hatte er einen sehr angenehmen Abend hinter sich. Ein tragbarer Farbfernseher, der auf einem Tischchen neben seinem Pult stand, zeigte seine Lieblings-Krimiserie; gerade war Max Caldwell mit frischem Kaffee und Gebäck aus dem Nachtimbiß zurückgekehrt; der Krimi näherte sich seinem Höhepunkt. Kurz gesagt: Alles lief bestens – und jetzt das. Wenn es nicht ausgerechnet Charlie Drake gewesen wäre, den er da an der Strippe hatte, hätte Frank vielleicht mehr Anteilnahme gezeigt oder genauer hingehört. Aber Drake war als eine Art fliegender Rächer bekannt, ein Ein-Mann-Aufgebot, darauf aus, in einer Nacht sämtliche ungelösten Verbrechen aufzuklären. Es war zwar beruhigend, festzustellen, daß ein Gesetzeshüter seine Aufgabe ernst nahm, aber manchmal übertrieb Charlie die Sache einfach. Er neigte dazu, hinter jedem Schatten einen Gesetzesbrecher zu vermuten, was für seine Mitarbeiter, die nichts anderes wollten, als die Nacht hinter sich zu bringen, manchmal ziemlich nervenaufreibend sein konnte.

»Ich habe nichts über irgendwelche Schäden am Autokino gehört«, erwiderte Frank sachlich, und versuchte, gleichzeitig mit einem Auge und einem Ohr am Fernseher zu bleiben.

Charlie gefiel der gleichgültige Ton in seiner Stimme nicht.

»Also, passiert ist es jedenfalls«, gab er zurück.

»Was ist passiert?«

»Ich sag's dir doch – dieses fremde Flugobjekt hat die Snackbar durchbohrt. Auf einer Seite rein und auf der anderen wieder raus. Hat ein Loch von zweieinhalb bis drei Meter gerissen.«

»Ist jemand verletzt?« fragte Frank pflichtschuldigst.

»Du kannst ja bei der Bodenpolizei nachfragen, wenn du einen Nachrichtenüberblick haben willst«, antwortete Charlie bissig. »Jetzt müssen wir dieses Schiff irgendwie zum Landen zwingen. Wir haben es aufgefordert, herunterzukommen, aber es ist zu schnell für uns. Hat uns einfach abgehängt.«

»Wo ist es jetzt?«

»Ich würde sagen, im Sektor fünf, etwa am Koordinatenpunkt A-fünfzehn. Und es entfernt sich schnell.«

»Roger. Bleib dran.«

Frank Martin nahm die Füße vom Tisch und stellte seinen Kontrollschirm auf den entsprechenden Sektor ein. Es war nichts zu sehen.

»Tut mir leid«, sagte er ins Mikrophon. »Da ist nichts. Nicht das kleinste Echo.«

»Bewegt sich wahrscheinlich zu schnell. Versuch's im Sektor elf.«

Frank seufzte. »Bist du sicher, daß es schon wieder ein UFO ist, Charlie?«

»Was soll das heißen, *schon wieder* ein UFO?«

»Na ja, du hast schon ein paar gemeldet, die nie aufgetaucht sind.« Frank lächelte. »Wir amüsieren uns doch heute noch über damals, als du dich wegen dem Wetterballon gemeldet hast. Und was war das andere – ein Satellit? Wir wollten schon zur Attacke auf die NASA blasen . . .«

Auf der anderen Seite des Raums kicherte Max zustimmend, was Frank ermutigte, seine Sticheleien fortzusetzen.

»Wenn du mich fragst, Charlie«, sagte er, »würde ich sagen, du schüttest dir zuviel Koffein rein. Durch diese zusätzliche Nervosität siehst du Dinge, die es gar nicht gibt.«

»Das hier ist ein echtes Raumschiff, verdammt noch mal«, erwiderte Charlie erregt. »Ich habe hier einen Zeugen, und zwar Gordon Deems. Wie wär's denn, wenn du dich endlich mal dranmachen würdest, das Mistding aufzuspüren.«

Immer noch lächelnd schaltete Frank Martin von einem Beobachtungssektor zum nächsten, ohne Erfolg. Dann, als er Sektor zweiundzwanzig auf den Schirm brachte, bemerkte er einen roten Fleck, der gerade über den Rand hinausschoß.

»Sekunde mal«, sagte er.

Er schaltete auf den angrenzenden Sektor um und sah, wie das winzige Radarecho in ungefähr zehn Sekunden den Schirm von einem Rand zum anderen überquerte.

»Was siehst du?« wollte Charlie wissen.

»Muß ein Fehler im Gerät sein«, antwortete Frank. »Ich dachte, ich hätte was gesehen, aber es war zu schnell.«

»Das ist es, verdammt!« brüllte Charlie. »Spür das fremde Schiff auf, sonst entkommt es uns noch!«

Frank drückte eine andere Taste, die ihr gesamtes Überwachungsgebiet in einem Bildausschnitt komprimierte. Auf dieser Karte war das Echo deutlich zu erkennen, und zwar bewegte es sich von Südosten nach Nordwesten und hatte fast schon den Rand erreicht.

»Vielleicht bist du doch nicht so verrückt«, gab Frank zu, und seine Augen weiteten sich, während sich in seinem Hals ein Knoten bildete. »Dort draußen ist wirklich etwas, aber mit eurer Bleiente von einem Helikopter werdet ihr es nie einholen. Und ich bin nicht einmal sicher, daß ein Air Force-Jet es einholen könnte . . .«

»Setz' dich mit Greenville in Verbindung . . . dorthin ist es unterwegs.«

»Gut. Aber jetzt passiert was Verrücktes . . .«

»Was?«

»Schwer zu erklären. Eine unberechenbare Flugbahn . . . sieht aus, als wäre dem Ding die Sicherung durchgeknallt . . .

als wäre es außer Kontrolle. Und das Echobild wird kleiner, als würde es senkrecht aufsteigen.«

»Verdammt«, brummte Charlie. »Ich wette, der Hundesohn ist unterwegs zum Jupiter oder so.«

Im Innern der *Thunder Road* schien alles ordentlich und ganz normal abzulaufen, wenn man einmal davon absah, daß sich ein umgebautes Jahrmarktsgefährt jetzt ohne erkennbare Antriebsquelle mit einer Geschwindigkeit von mehreren hundert Stundenkilometern fortbewegte. Selbst der normalerweise ängstliche Wolfgang hatte sich allmählich beruhigt und sich zu den anderen beiden Mitgliedern seiner Mannschaft gesellt, um mit ihnen gemeinsam die Lichter am Boden zu betrachten. Alle drei waren von der mühelos gleitenden Bewegung und der Geschwindigkeit des Schiffs beeindruckt.

»Das ist wirklich eine tolle Sache«, sagte Darren nach einiger Zeit. »Ich habe nicht einmal gespürt, wie wir beschleunigt haben.«

»Wo wollen wir hinfliegen?« fragte Ben, und seine Augen strahlten vor Aufregung. »Wie wär's mit Australien?«

»Nein«, erwiderte Wolfgang. »In einer Minute müssen wir nach Hause zurück.«

»In genau einer Minute?«

»Ja. Viel mehr Zeit haben wir nicht. Kann sein, daß wir doch mehr haben, aber es hat keinen Sinn, allzu knapp zu kalkulieren.«

Als er aus dem Bullauge schaute, konnte Ben nichts entdekken, was ihm bekannt vorkam. »Kannst du den Weg zurück finden?« fragte er.

Wolfgang nickte. »Kein Problem«, sagte er. »Glaube ich zumindest. Ich habe einen Satz Koordinaten für eine Rückflugpeilung in die Maschine eingegeben, so daß ich nichts weiter tun muß, als eine Taste zu drücken, um uns automatisch dorthin zurückzubringen. Selbst wenn etwas passieren sollte . . .«

»Was denn zum Beispiel?«

»Zum Beispiel, wenn wir alle ohnmächtig oder schwindelig werden. Ich müßte dann nichts weiter tun, als diese eine Taste zu drücken, dann wären wir nach Hause unterwegs. Das könnte uns nochmal das Leben retten.«

»Fängst du schon wieder damit an«, sagte Ben und runzelte die Stirn. »Redest übers Sterben und sowas.«

»Na ja, wenn man so hoch über den Boden mit solcher Geschwindigkeit fliegt, und das bei begrenztem Luftvorrat, muß man mit der Möglichkeit rechnen, daß etwas passieren könnte.«

Ben zuckte mit den Achseln und wandte seinen Blick wieder dem Bullauge zu. Plötzlich glaubte er seinen Augen nicht zu trauen – eben noch waren die Lichter am Boden in ordentlicher Reihe unter ihm vorbeigesaust, dann plötzlich waren sie verschwunden, statt dessen waren nur Sterne und der dunkle Himmel zu erkennen.

»Hey!« rief er und drehte sich zu Wolfgang um. »Hast du gerade was gemacht?«

»Was meinst du damit?«

»Hast du den Kurs geändert?«

»Nein, warum?«

»Du willst mich nicht damit überraschen, daß wir doch noch nach Australien fliegen?«

Wolfgang schüttelte den Kopf.

»Dann gehe ich davon aus, daß hier was nicht stimmt«, sagte Ben nüchtern.

Ehe Wolfgang ihm antworten konnte, fing der Computer an, ein seltsames, trillerndes Geräusch von sich zu geben, den gleichen Ton, den er erzeugt hatte, als sie das letzte Mal die Kontrolle verloren hatten.

»Oha«, murmelte Wolfgang. »Sieht so aus, als würde es wieder losgehen.«

Ben und Darren sahen mit besorgten Gesichtern zu, wie der Monitor sich wieder mit endlosen Zeilen von Ziffern und Zeichen zu füllen begann. Wolfgangs Hände waren nicht einmal in der Nähe der Tastatur.

»Was meinst du, was das ist?« fragte Ben. »Irgendeine Bedeutung muß das doch haben, oder?«

»Schau doch selbst«, erwiderte Wolfgang.

»Was soll das heißen?«

»Es heißt, daß ich keine Ahnung habe, was das verdammt nochmal ist, und daß du in der Beziehung genauso schlau bist wie ich. Vielleicht sogar schlauer.«

»Sag ihm, er soll aufhören. Gib irgendwas ein.«

»Das hab' ich schon beim letzten Mal probiert.«

»Na, dann probier's eben nochmal. Sicher fällt dir irgendeine Zauberformel ein. Wie hast du das Ding vorhin dazu gebracht, aufzuhören?«

»Gar nicht. Es hat von selbst aufgehört.«

»Los doch«, sagte Darren. »Bring's in Ordnung.«

»Das ist leicht gesagt«, knurrte Wolfgang. Aber er legte die Hände auf die Tastatur und gab den unmißverständlichsten Programmabbruchbefehl ein, der ihm einfiel. Der Schirm zeigte weiterhin Zeile um Zeile unverständlicher Zeichen.

»Er reagiert nicht auf meine Anweisungen«, sagte Wolfgang überflüssigerweise.

Ben, der sich wieder dem Bullauge zugewandt hatte, keuchte plötzlich laut.

»Was ist los?« fragte Darren.

»Ich kann den Boden kaum noch erkennen! Wir müssen über hundert Kilometer hoch sein!«

Darren riskierte einen Blick und geriet sofort in Panik. »Bring . . . uns . . . verdammt nochmal . . . wieder . . . runter!« befahl er, und seine Stimme klang heiser und gepreßt.

Wolfgang konnte nur hilflos die Achseln zucken. Er versuchte es damit, daß er die eine Taste drückte, die sie zu den Heimatkoordinaten zurückbringen sollte, aber der Computer nahm seine Eingabe nicht an. Während er mit wachsender Verzweiflung auf den Schirm starrte, wurden die senkrechten Datenzeilen durch kleinere, noch komplizierter aussehende, noch weniger leserliche Reihen horizontal durchlaufender Symbole ersetzt, als habe das Programm nun eine neue Stufe erreicht.

»Was geht hier vor?« fragte Ben, als er bemerkte, wie Wolfgang die Kinnlade herunterklappte.

»Ich weiß es nicht, okay? Das Ding kriegt offenbar seine Anweisungen anderswo her!«

»Von der Erde?«

»Ich weiß es nicht!«

»Großartig!« knurrte Darren und lehnte die Wange ans Schott des Schiffs.

Wolfgang kehrte zur Tastatur zurück, hielt sich bereit für den

Fall, daß die Zeichen für einen Augenblick verschwanden. Er würde nur einen Sekundenbruchteil benötigen, um mit der einen Taste den Rettungscode einzugeben – falls die Fremdeingabe je aufhören sollte.

»Oh mein Gott!«

Das war Bens Stimme.

»Was ist los?« brüllte Wolfgang, der es nicht wagte, seinen Blick vom Bildschirm abzuwenden.

»Wir haben keine Luft mehr«, flüsterte Ben und klopfte an die Anzeige des Tanks neben ihnen.

Falls das Meßgerät fehlerfrei arbeitete, hatten sie es jetzt mit einem ganz neuen Problem zu tun – dem alles entscheidenden Problem, wo sie die nächsten Atemzüge hernehmen sollten.

Alle drei Jungen wurden wachsbleich, als sie auf die Anzeige des Tanks schauten.

Sie stand auf LEER.

VII

»Das kann nicht sein. Nicht so schnell. Das ist schlicht unmöglich.«

»Ich sage dir, es stimmt, Charlie. Ich habe mit Greenville, Tamago und West Lawrence gesprochen. Dort haben sie genau wie ich das Radarecho in einer geraden Linie verfolgt, und in allen drei Orten haben sie es *aufwärts* verschwinden sehen. Nicht aus dem Überwachungsbereich heraus, sondern nach *oben*.«

»Bis in welche Höhe?«

»Vergiß es, Charlie. Das kleine Teufelsding ist verschwunden, und zwar in größerer Höhe, als du es dir [illegible]«

»Sag's mir!«

»Würdest du mir glauben, wenn ich sagen würde: achthundert Kilometer und weiter steigend?«

»Nein.«

»Na ja, das war die Höhe, bis zu der wir es noch verfolgen

konnten. Inzwischen ist es wahrscheinlich schon auf halbem Weg zum Mars.«

Im Innern der *Thunder Road* hätte die Mannschaft mit Freuden die Gelegenheit ergriffen, sich Charlie Drake zu stellen und ihre Bestrafung hinzunehmen. Inzwischen waren sie so weit von der Erde entfernt, daß es schien, als könnten sie nie wieder zurück. Die Tatsache, daß ihr Luftvorrat entweder erschöpft war oder zumindest zur Neige ging, bedeutete lediglich, daß ihr Tod kurz und schmerzlos erfolgen würde, statt sich quälend lange hinzuziehen.

Unter den gegebenen Umständen verhielten sich die Mitglieder der Besatzung außerordentlich gelassen. Darren starrte einfach geradeaus, den Blick unverwandt auf das Bullauge gerichtet. Ben und Wolfgang beobachteten die Computerkonsole, und ihre Gesichter waren ausdruckslos, während sie die Zeilen unverständlicher Zeichen vorüberziehen sahen.

»Vielleicht ist die Tankanzeige defekt«, murmelte Ben schließlich. »Es könnte ja sein, daß uns mehr Zeit bleibt, als wir glauben.«

»Du meinst, so etwa ein oder zwei Minuten?« erwiderte Wolfgang. »Das wäre ungemein hilfreich.«

Ben öffnete den Mund, um die Diskussion fortzusetzen, dann machte er ihn wieder zu. Jetzt zu reden würde nur zusätzliche Energie verbrauchen, ihnen so wertvolle Sekunden rauben.

KEIN ZUGRIFF stand auf dem Bildschirm zu lesen. Wolfgang suchte immer noch nach einer Möglichkeit, den undurchdringlichen Vorhang aus Fremdeingabedaten zu durchbrechen. Immer wieder bearbeitete er die Tastatur, nur um jedes Mal unweigerlich die gleiche enervierende Antwort zu erhalten: KEIN ZUGRIFF.

»Verdammt!« brüllte Wolfgang schließlich und ballte die Faust, als wolle er den Schirm zerschlagen.

»Nicht!« warnte Ben und hielt den Arm seines Freundes mitten in der Ausholbewegung fest.

Wolfgang seufzte und versuchte es mit einer neuen Serie von Anweisungen. KEIN ZUGRIFF, antwortete die Maschine.

»Wie wäre es denn, wenn du es mit der einen Taste probierst, von der du erzählt hast?« schlug Ben vor.

»Das habe ich schon versucht.«

»Und wenn du –«

»Schnauze, ich muß mich konzentrieren!«

Das ewig gleiche KEIN ZUGRIFF begann Wolfgang eindeutig auf die Nerven zu gehen, und er hatte das Gefühl, als müsse er demnächst den Verstand verlieren. Nicht nur fielen ihm keine Tricks mehr ein, die er noch hätte ausprobieren können, er fand es auch immer schwieriger, überhaupt sein Gehirn zu gebrauchen, geschweige denn etwas Geniales hervorzubringen.

»Na los«, flehte er und legte behutsam die Hände an den Monitor wie jemand, der ein widerspenstiges Kind zur Vernunft bringen will. »Hör mal, gib mir nur eine einzige Chance, ja?«

Der Schriftzug KEIN ZUGRIFF rührte sich nicht.

Ben spähte durch das Bullauge. Unter ihnen waren deutlich ganze Landmassen zu erkennen, einzelne Lichter waren längst nicht mehr zu unterscheiden. Wir sind bestimmt schon tausend Kilometer hoch, dachte er.

»Ich . . . krieg . . . keine . . . Luft«, sagte Darren leise, fast beiläufig.

Auch bei Ben begann sich ein Schwindelgefühl bemerkbar zu machen, aber er versuchte es zu ignorieren. Er schloß die Augen und versuchte sich zu zwingen, an etwas Angenehmes zu denken – zum Beispiel an Lori Swenson und ihre Party morgen Abend –, aber das löste Gedanken aus, die noch schlimmer waren als der an ihren bevorstehenden Tod. Was sie wohl denken würde, fragte er sich, wenn er niemals wiederkehrte? Würde es ihr überhaupt auffallen? Wieviel Schmerz würde es seinen Eltern bereiten, wenn sie merkten, daß er fort war? Würde einer von ihnen, würden gar beide einen Großteil ihres Lebens der Aufgabe widmen, jedes Polizeirevier oder jede Vermißtenmeldestelle aufzusuchen oder anzurufen? Erst jetzt erkannte er, wie gedankenlos es von ihm gewesen war, sie so wenig Anteil an seinem Leben nehmen zu lassen. Hätte er doch nur daran gedacht, eine Nachricht zu hinterlassen . . . das hätte ihnen vielleicht einiges Leid erspart . . .

Seine Augen waren erst wenige Sekunden geschlossen, als er erneut von Entsetzen gepackt wurde. Er war offenbar dabei, nun auch noch den Gleichgewichtssinn zu verlieren. Bei geschlossenen Augen hatte er das Gefühl, in verschiedene Richtungen zu schweben, mit dem Kopf nach unten in der Luft zu hängen, gefangen in pochender, drückender Finsternis. Da ihm dieser Zustand unerträglich wurde, öffnete er die Augen wieder. Aber das Innere der *Thunder Road* sah plötzlich ganz anders aus. Obwohl Darren sich kaum einen Meter von ihm weg befand, schien er am Ende eines langen Korridors zu sitzen, aufgenommen mit einem Weitwinkelobjektiv. Wolfgangs Kopf und Gesicht wirkten in die Länge gezogen, sein Körper grotesk verzerrt. Und dann merkte Ben, daß jeder Atemzug ihm furchtbare Schmerzen bereitete.

»Wir ersticken!« keuchte er. »Tu doch was!«

Er hörte, wie Wolfgang verzweifelt aufschrie, konnte die Worte aber selbst nicht verstehen. Über das Gesicht seines Freundes lief der Schweiß in Strömen, spritzte von seiner Stirn wie bei einer Zeichentrickfigur.

»Hilfe . . .« stöhnte Darren.

»Haltet die Schnauze, ihr beiden«, grunzte Wolfgang. »Was kann ich noch eingeben? Was kann ich noch eingeben?«

»Sag ihm, es soll zurückfliegen«, murmelte Ben.

»Das hab' ich schon versucht . . . Ich weiß nicht, was ich sonst noch probieren soll . . . es ist vorbei . . .«

Die Drei hörten nichts außer ihrem eigenen gequältem Atmen, während sie an den bevorstehenden Untergang dachten. Dann sah Darren Wolfgang an.

Er hob langsam die Hand und streckte im Zeitlupentempo den Zeigefinger vor. Dabei hing sein Mund offen wie bei einem Betrunkenen, der vorhat, etwas außerordentlich Bedeutendes über das Leben an sich zu sagen.

»Versuch . . . irgendwas . . . an den . . . Schaltkreisen . . . zu ändern«, stöhnte er, wobei die einzelnen Worte unter großen Schwierigkeiten zwischen langen, gequälten Pausen hervorgestoßen wurden.

»Das geht ni-« sagte Wolfgang. Dann schüttelte er den Kopf, machte sich nicht die Mühe, den Satz zu beenden.

»Wenn ein . . . Auto nicht . . . funktioniert . . .« fuhr Darren fort, »fährt man . . . nicht weiter, . . . man schaut . . . unter der . . . Haube nach, . . . stimmt's?«

Langsam hob Wolfgang den Blick. Seine Augen, die bereits trüb und leblos wirkten, erwachten zu neuem Leben.

»Vielleicht . . .«, murmelte er. »Vielleicht . . .«

Er griff nach dem Computer, riß die Verkleidung herunter und betrachtete die kleine komplexe Planchette mit den Schaltkreisen.

»Vielleicht, wenn ich . . . diese Diode umkehre«, keuchte er. »Haltet euch die Ohren zu . . . möglicherweise . . . gibt's hier gleich . . . einen Knall . . . Das Ding geht . . . kurz aus . . . und der Druckwechsel . . . ach, zum Teufel mit den langen Erklärungen . . .«

Er zog die kleine Diode heraus, während Ben und Darren zusahen, wobei ihr glasiger Blick weder Besorgnis noch Interesse verriet.

KNALL!

Welcher atmosphärische Umstand es auch war, der den Druckunterschied hervorrief, jedenfalls gab es einen lauten Knall, der das ganze Schiff erschütterte. Trotz seiner Heftigkeit starrten die Jungen weiter vor sich hin, und nur ein Blinzeln deutete an, daß das Geräusch, halb bewußtlos, wie sie nun einmal waren, überhaupt zu ihnen durchgedrungen war.

Als das Kraftfeld einen Moment lang seinen Zugriff auf die *Thunder Road* verlor, hielt das Gefährt in seiner rasenden Aufwärtsbewegung inne. Verbrauchte Luft entwich zischend aus dem Schiffsrumpf und wurde durch die dünnere, kältere Luft der oberen atmosphärischen Schichten ersetzt. Von den Temperaturen unter dem Gefrierpunkt fröstelnd, erwachten die Jungen aus ihrer Erstarrung.

»Was . . .?« murmelte Darren.

»So kalt . . .«, stammelte Ben.

»Es wird schon wieder wärmer«, sagte Wolfgang leise. »Durch unsere Körperwärme . . . und ich glaube, jetzt ist zur Abwechslung mal was gutgegangen.«

Unmittelbar nachdem er das Energiefeld abgeschaltet hatte, hatte er es wieder aktiviert und dabei leicht vergrößert, in der Hoffnung, daß es ihm während diesem Bruchteil einer Sekunde gelingen würde, die Fremdprogrammierung zu löschen und die *Thunder Road* in einer neuen Energieblase einzufangen. Dieses Manöver war mit ungeheueren Risiken behaftet, insbesondere dem, daß sie ohne Schutzschild im All stranden konnten. Aber da sie ohnehin bald erstickt wären, war er bereit gewesen, das Risiko einzugehen.

Offenbar hatte es funktioniert. Sobald er die Operation beendet hatte, leerte sich der Monitorschirm. Wolfgang atmete hoffnungsvoll aus. Wenigstens war das Kauderwelsch verschwunden. Er drehte die Diode um, so daß ihre Steckverbindungen umgekehrt zur ursprünglichen Position angeschlossen waren, und stellte befriedigt fest, daß auf dem Schirm die normalen Apple-typischen Symbole erschienen.

Er warf einen Blick durch das Bullauge. Die Aufwärtsbewegung schien aufgehört zu haben.

»Jaah . . .« sagte er und atmete tief.

Er wandte sich der Computertastatur zu und drückte rasch die eine Taste, die sie zu ihren Zielkoordinaten zurückbringen würde. Dann sank er erschöpft in seinen Sitz zurück.

»Was geht vor?« fragte Ben, der sehr blaß wirkte, und sah aus den Augenwinkeln zu Wolfgang hinüber.

»Wir sind auf dem Rückweg, glaube ich.«

»Im freien Fall?«

»Im Fall in Richtung Zielkoordinaten.«

»Werden wir nicht vorher verglühen?«

»Dürfte nicht passieren.«

»Werden wir nicht in eine Million Einzelteile zerschellen?«

»Dürfte nicht passieren.«

»Warum nicht?«

»Keine Trägheitskräfte. Wir werden einfach bei Erreichen der Koordinaten anhalten . . .genauso, als würden wir uns mit drei Stundenkilometern bewegen.«

»Falls die Koordinaten stimmen.«

»Richtig.«

»Kannst du Darrens Gesicht erkennen?«

»Ja.«

»Ist er in Ordnung?«

»Ich weiß nicht, er ist bewußtlos.«

»Bitte, lieber Gott, laß ihn nicht tot sein.«

»Er wird schon wieder.«

»Woher weißt du?«

»Er ist zäh. Und jetzt hör auf zu reden. Geh sparsam mit deinem Sauerstoff um.«

Ben und Wolfgang lehnten sich zurück. Durch das Bullauge konnten sie erkennen, wie die Landmassen sich wieder näherten. Die *Thunder Road* fiel schneller, als sie es sich hatten vorstellen können – ohne die Gesetze der Schwerkraft zu beachten raste sie durch die Erdatmosphäre, als wolle sie als Sieger die Ziellinie überqueren.

»Schau . . .« keuchte Wolfgang und zeigte nach draußen. »Dort sind Wolken . . . und Lichter.«

Der Horizont war um fünfundvierzig Grad gekippt, aber es war in Anbetracht der Größe und Intensität der Lichter klar, daß das Schiff sich weniger als anderthalb Kilometer über dem Boden befand. Ben beugte sich vor, um hinauszuschauen, aber Wolfgang legte ihm sanft eine Hand auf die Brust und lächelte.

»Schon gut«, sagte er. »Ich nehme das zurück. Schau nicht hinaus. Unsere Geschwindigkeit würde dich zu Tode erschrecken.«

Ben schloß die Augen.

»Sag' Bescheid, wenn es überstanden ist«, sagte er.

Als sie wieder hinabsanken, waren am Horizont endlich einzelne Baumkronen zu erkennen.

»Es ist überstanden!« jubelte Wolfgang.

Er befreite sich aus seinen Gurten, blickte hinaus und sah, daß sie wieder ordentlich im Wald am Bachbett zur Ruhe gekommen waren. Er streckte die Hand nach der Tastatur aus und deaktivierte rasch das Energiefeld.

Kühle Luft strömte in die *Thunder Road* und mit ihr frischer Sauerstoff im Überfluß. Ben holte tief Luft und lächelte, dann warf er einen Blick auf Darren. Sein großer Freund schien zu atmen . . .

»Toll!« rief Ben, als Darrens Augenlider flatterten und er die Augen aufmachte.

»Wo sind wir?« fragte Darren mit belegter Stimme, wie jemand, der aus tiefer Narkose erwacht.

»Wir sind zu Hause.«

»Wie hast du das geschafft?« fragte er und sah Wolfgang dabei verblüfft und überglücklich an.

»Ich habe den EPROM, den löschbaren Festwertspeicher,

darauf programmiert, uns zu unseren Ausgangskoordinaten zurückzubringen . . .sobald das System sich wieder an seine Ureingabe hielt. Jedenfalls ist es überstanden. Wir haben's geschafft. Wir leben noch.«

Ben begann zu kichern.

»Was ist denn so komisch?« fragte Wolfgang.

»Ich dachte nur gerade daran, daß es *toll* war! Es war wirklich unglaublich. Nächstes Mal –«

»Hör mal, Ben«, unterbrach Wolfgang. »Ich gebe ja zu, daß es aufregend war, aber du mußt auch zugeben, daß es einfach zu riskant war. Nächstes Mal müssen wir wissenschaftlich umsichtiger rangehen. Ich steige nicht noch mal in das Ding, ehe wir festgestellt haben, woher es diese Zeichen bekommt. Dann werde ich Tests durchführen, Hunderte von Tests . . .«

Sie standen auf dem Waldboden neben dem Gefährt, das die Strapazen unbeschadet überstanden zu haben schien, wenn man bedachte, daß es eine Reise von mehreren hundert – wenn nicht gar tausend – Meilen hinter sich hatte.

»Du hast wohl Schiß«, sagte Ben lächelnd.

»Keineswegs. Es geht mir bloß darum, daß die Anwendung wissenschaftlicher Methodik wesentlich klüger ist, als zu ersticken oder sich ohne Not in Gefahr zu bringen.«

Darren ließ sich neben ihnen zu Boden gleiten, wobei er immer noch benommen den Kopf schüttelte.

»Was ist mit dir?« fragte Ben. »Willst du nicht bald wieder losfliegen? Vielleicht schon morgen?«

Darren wandte den Blick ab. Seine Gesichtsfarbe, die sich gerade wieder etwas erholt hatte, begann plötzlich wieder ins Bläßliche zu spielen.

»Äh . . .«, murmelte er.

Ben betrachtete seine beiden Freunde enttäuscht und geringschätzig. »Ich begreife das nicht«, sagte er. »Wir haben unser eigenes Raumschiff! Wir drei sind die größten Glückspilze der Welt. Wir können überall hinfliegen, sogar auf dem Mond landen, wenn wir wollen, und ihr tut so, als wäre das ein Fluch oder sowas. Was soll denn aus der *Thunder Road* werden? Wollt ihr sie einfach hier 'rumstehen und vor sich hin rosten lassen?«

»Ja!« erwiderte Wolfgang in scharfem Ton. »Das ist genau

das, was passieren wird, bis wir herausgefunden haben, was da oben eigentlich schiefgegangen ist.«

Er wandte sich ab. Ben sah Darren an, der gerade die Lastwagenbatterie seines Vaters durch die Luke des Raumschiffs stemmte. Als er Bens Blick spürte, zuckte Darren die Achseln und wuchtete sich die Batterie auf die Schulter.

»Tut mir leid, Mann«, sagte er. »Ich will noch 'ne Weile weiterleben.«

»Ach, komm schon, Dar-« flehte Ben.

»Sobald wir alle Macken beseitigt haben, kannst du auf mich zählen.«

Mit einem unsicheren kleinen Winken machte er sich auf den Weg.

Ben blieb noch einen Augenblick stehen und sah zu, wie Wolfgang und Darren sich in verschiedene Richtungen entfernten. Dann trat er gegen die Hülle der *Thunder Road*, zuckte vor Schmerz zusammen und stolperte dann in Richtung seines eigenen Elternhauses davon.

». . . und nun zu den Lokalnachrichten: Beinahe einhundert Einwohner von Central City haben erklärt, gestern Abend ein riesiges Flugobjekt beobachtet zu haben. Augenzeugenberichten zufolge tauchte das Luftfahrzeug zuerst im Südwesten auf, wo es mehr als hundert Meter über dem Boden schwebte. Ein Bürger, Dayton McComber, berichtet, er habe es mit einem Schuß aus seiner Schrotflinte verjagt . . .«

»Hey, Charlie, wo willst du hin?« fragte Gordon Deems, wobei er den Lärm der Hubschrauberrotoren übertönen mußte. Sie hatten ihre Schicht beinahe beendet, und er wollte nur noch ihren Bericht schreiben und dann schlafen gehen.

»Ich will mich noch ein letztes Mal umsehen«, rief Charlie Drake ihm über die Schulter zu.

»Wonach?«

»Nach diesem Raumschiff.«

Gordon lief ein paar Schritte hinter ihm her. »Aber es ist fort, Charlie«, protestierte er. »Du hast nicht die geringste Chance . . .«

»Wir sehen uns in etwa 'ner Stunde . . .«

»Warte doch mal. Wir müssen unseren Bericht schreiben. Ich

brauch' dich dazu. Ich kann doch nicht nach Hause, wenn du –«

Aber er redete nur noch ins Leere. Der unbeugsame Charlie Drake saß bereits mit entschlossenem vorgestreckten Kinn im Hubschrauber und hatte um Startfreigabe gebeten.

»... *Ungefähr zehn Minuten darauf fegte das unidentifizierte Flugobjekt über das Elk-Ridge-Autokino. Nachdem es auf Baumwipfelhöhe herangeschwebt war, geriet das Gefährt, beziehungsweise die Rakete, möglicherweise außer Kontrolle, durchstieß den Süßigkeitenkiosk des Kinos und hinterließ ein Loch von zwei Metern Durchmesser. Die Polizei erklärt, es habe keine Verletzten gegeben, ein junger Mann verschluckte sich jedoch an umgerechnet vier Packungen Bubblegum und mußte im Mount-Zion-Krankenhaus behandelt werden ...*«

»Stell den Fernseher ab«, rief Mrs. Muller in die Küche. »Ihr wißt doch, ich sehe es nicht gern, wenn beim Frühstück ferngesehen wird.«

Ludwig stellte das Gerät ab. Sobald er den Blick von seinem frechen Bruder abwandte, legte sich Johann einen Grapefruitkern auf dem Löffel zurecht und zielte damit auf Ludwigs Kopf.

»Behalte deine Munition für dich«, warnte Mr. Muller und schaute dabei über den Rand seiner Zeitung.

Einen Augenblick lang saß die Familie wortlos da und merkte kaum, daß Wolfgang mit roten, blutunterlaufenen Augen hereingeschlurft kam. Er ließ sich auf einen Stuhl fallen, schüttete sich Cornflakes in eine Schüssel und wartete, daß Ludwig mit der Milch fertig wurde. Wie es seine ärgerliche Angewohnheit war, ließ Ludwig die Milch äußerst langsam in seine Schüssel laufen, beinahe in einzelnen Tropfen.

»Mach schon«, murmelte Wolfgang.

Ludwig lächelte und machte genauso sorgfältig weiter, bis seine Mutter ihm einen finsteren Blick zuwarf, woraufhin er die Milchtüte weiterreichte.

»Es ist gestern abend hier in der Stadt ziemlich hoch hergegangen«, erklärte Mr. Muller, während er die Seiten der Morgenzeitung umblätterte. »Es hat zahlreiche UFO-Sichtungen gegeben, viele davon am Autokino, wo man jetzt untersucht, wer für die Zerstörung eines Kiosks verantwortlich ist ...«

»Wolfgang!« sagte Mrs. Muller mit erhobener Stimme.

»Was ist?« Beinahe hätte er laut gebrüllt.

Ein einziger, furchterregender Gedanke ging ihm durch den Kopf: Woher wußte sie es? Stand es etwa schon in der Morgenzeitung? Wolfgang biß sich auf die Unterlippe und sah seine Mutter an, wobei er sich bemühte, möglichst unschuldig zu wirken.

»Was ist?« fragte er mit ruhigerer Stimme.

Sie trat auf den Tisch zu, streckte langsam den Arm aus und kniff ihn in die Backe.

»Du siehst blaß aus«, stellte sie fest. »Du solltest abends nicht so lange aufbleiben.«

Erleichtert atmete Wolfgang aus.

»Was hast du denn angestellt«, fragte Ludwig.

»Nichts, was dich interessieren würde.«

»Bist du mit dem Terrarium geflogen?« fuhr sein Bruder mit wissendem Grinsen fort.

»Nein«, erwiderte Wolfgang.

»Nein?«

»Die gleiche Antwort wie auf die Frage, ob Mutter weiß, wer die Knetmasse in den Toaster gestopft hat.«

»Was hat dieses Gespräch zu bedeuten?« wollte Mr. Muller wissen. »Es ist völlig unsinnig.«

»Richtig, Vater«, antwortete Wolfgang. »Es ist wirklich völlig unsinnig.«

» . . . dem Vernehmen nach stellte ein Polizeihubschrauber das UFO und befahl ihm zu landen. Aber das Objekt verstand entweder den Befehl nicht oder es weigerte sich, ihn zu befolgen. Flugbeobachter des Central City Flughafens erklärten, das Schiff habe sich ›mit erheblicher Geschwindigkeit‹ von dem Hubschrauber entfernt. Als er später befragt wurde, wie schnell sich das Objekt genau fortbewegt habe, sagte Frank Martin, ein Fluglotse, es sei ihm nicht möglich gewesen, die Geschwindigkeit genau zu messen, und er ziehe es vor, keine Vermutungen anzustellen. Inzwischen haben sich mehrere Personen gemeldet, die in der Maschine menschliche Wesen erkannt zu haben glauben. Diesen Aspekt der seltsamen Ereignisse vom gestrigen Abend werden wir nach einer kurzen Unterbrechung näher beleuchten . . .«

»Lügner und Schlagzeilenschinder«, murmelte Charlie Drake und drehte die Lautstärke des Radios herunter. »Niemand hätte in die Kiste reinschauen können. Schließlich war ich am nächsten dran, und ich habe nichts dergleichen erkennen können.«

Er überflog gerade mit niedriger Geschwindigkeit die nördlichen Vororte, wobei er im wesentlichen dem Verlauf des Bachbettes folgte, als er unter den Bäumen einen Farbfleck entdeckte. Wahrscheinlich handelte es sich um ein größeres Stück Holz oder Plastik, aber er beschloß, trotzdem nachzusehen. Manchmal tauchten Anhaltspunkte auf, wenn man sie am wenigsten erwartete . . .

Als er den Helikopter drehte, konnte er erst nichts erkennen, was ihn veranlaßte, zu glauben, er habe sich das Ganze nur eingebildet. Dann fiel sein Blick auf ein wohlbekanntes rundliches Objekt, das nachlässig unter ein paar Zweigen versteckt war. Lächelnd ging er tiefer, damit er es besser sehen konnte.

»Sieht so aus«, sagte er. »Jawoll, sieht verdammt nach dem Ding aus . . .«

» . . . Laurie Tomkins.«

»Erzähl uns, was du gesehen hast, Laurie.«

»Ein Gesicht, das durch ein Fenster schaute . . . durch so ein rundes Fenster, wie man sie auf Schiffen hat.«

»Ich verstehe. Und wie hat es ausgesehen?«

»Das habe ich doch schon gesagt . . . es war rund.«

»Ich meine, wie hat das Gesicht ausgesehen?«

»Na ja, es sah ziemlich gemein und häßlich aus. Irgendwie grünlich . . .«

Ben stieß Wolfgang an und grinste. »Das mußt du gewesen sein, den sie da gesehen hat«, sagte er.

»Nein, eher schon Darren.«

»Wo ist er eigentlich?«

»Er versucht, bei irgend so einem Mädchen zu landen. Ich glaube nicht, daß er bis jetzt viel Glück hatte.«

»Los, ihr Typen«, sagte Lori Swenson, die plötzlich aufgetaucht war. Sie war lässig gekleidet, sah jedoch hinreißend aus. »Los jetzt«, wiederholte sie. »Erhebt euch und macht die

Runde. Dies ist meine Party, und ich möchte, daß alle ihren Spaß haben.«

»Hör dir die Kindergartentante an«, flüsterte Wolfgang.

»Ich kann meinen Spaß haben, indem ich dich nur anschaue«, sagte Ben mit der Nonchalance eines Weltmannes.

»Junge, Junge«, murmelte Wolfgang.

Etwa ein Dutzend Jungen und Mädchen, die meisten in schicken Designer-Jeans und -Hemden, standen vor dem Fernseher und schauten sich die Nachrichtensendung an. Im Hintergrund dröhnte auf der Stereoanlage Duran Duran gegen den Fernseher und das übliche Partygeplauder an, das sich ebenfalls hauptsächlich um die außerirdischen Ereignisse des vergangenen Abends drehte. Lori runzelte die Stirn. Dies war eindeutig nicht das, was sie sich unter ihrer Party vorgestellt hatte.

»Wie wär's, wenn ich das abstelle?« schlug sie vor und streckte die Hand nach dem Fernsehgerät aus.

»Nein, nicht!« baten mehrere Anwesende flehentlich. »Wir wollen sehen, ob noch was darüber kommt.«

Lori zog die Hand zurück und entfernte sich leise schimpfend.

Ben und Wolfgang sahen sich vielsagend an und genossen es sehr, den Gesprächsfetzen zuzuhören, in denen sie vorkamen.

». . . Alle haben es gesehen«, sagte ein Junge gerade. »Ich war gestern abend gerade dabei, mit Pete zu telefonieren, und wir schauten beide zur gleichen Zeit aus dem Fenster. Und da war es tatsächlich . . .«

»Du hast das UFO gesehen, das das Autokino in die Luft gejagt hat?« fragte ein Mädchen ergriffen.

Ben und Wolfgang sahen, daß sie mit Steve Jackson redete, der sich gemeinsam mit seinen Kumpels an den Horsd'oeuvres gütlich tat. Lori blieb stehen und warf den Jungen, die sich regelrecht vollstopften, einen finsteren Blick zu.

»Mein Gott«, sagte sie. »Dafür, daß ihr nicht mal eingeladen wart, haut ihr ganz schön rein.«

Steve nahm den sarkastischen Kommentar gar nicht zur Kenntnis, vielmehr sonnte er sich in der Berühmtheit, die er als echter Augenzeuge der Autokino-Szene genoß.

»Du hättest es sehen müssen«, sagte Steve zu dem faszinierten Mädchen. »Es war riesig. Mindestens fünfzehn Meter Durchmesser, und dann diese glühenden Lichter.«

»Bist du denn nicht weggerannt?« fragte das Mädchen, und ihre Augen weiteten sich vor Bewunderung.

»Nein. Ich meine, was hätte das gebracht? Da kann ich genausogut standhalten und mich wehren, hab' ich gedacht. Also griff ich nach dem nächstbesten Gegenstand und erwischte diesen Mop. Da hab' ich ihn geschwungen und gebrüllt: ›Hey, Typ, hau ab', und da hat es sich einfach aus dem Staub gemacht . . .«

»War denn jemand drin?«

»Sicher. Genau, wie das Mädchen im Fernsehen erzählt hat – echt gemein und häßlich haben die ausgesehen.«

Ben und Wolfgang hörten der phantastischen Schilderung zu, ohne eine Miene zu verziehen. Keiner von beiden hätte vor Gericht beschwören können, daß Steves Geschichte von vorne bis hinten erlogen war, aber sie wußten mit Sicherheit, daß die *Thunder Road* keinen Durchmesser von fünfzehn Meter hatte. Was die Beschreibung anging, die Außerirdischen hätten ›gemein und häßlich‹ ausgesehen, so war das eine Ansicht, die die Angst und das Bedürfnis nach einer guten Geschichte hervorgerufen hatte. Die ganze Aufregung war besonders für Ben ein großer Anreiz. Das ganze Gerede löste in ihm das dringende Bedürfnis aus, so bald wie möglich einen weiteren Flug zu unternehmen. Genau genommen war er dafür, sich sogar gleich nach der Party auf den Weg zu machen.

Ben versetzte seinem Freund einen Rippenstoß und machte ihm den Vorschlag. Wolfgang warf ihm einen finsteren Blick zu.

»Verrückt«, sagte er. »Du bist schlicht durchgedreht.«

»Warum sagst du sowas?«

»Weil wir noch so viele Untersuchungen durchzuführen haben, bevor wir starten können.«

Ben schlug sich mit der Faust aufs Knie. »Komm schon!« drängte er ungestüm. »Du bist doch angeblich Wissenschaftler! Wir müssen einfach nochmal los! Dort draußen ist etwas, von dem wir noch nichts wissen –«

»Etwas? Da sind Millionen verschiedene Dinge!«

»Das meine ich doch gerade! Bei all dem, was es zu erforschen gibt, und all den Orten, die erkundet werden müssen, ist es einfach blöd, hier auf der Erde rumzusitzen . . .«

»Da bin ich deiner Meinung, aber wir müssen sichergehen, müssen hundertprozentige Gewißheit haben –«

»Gewißheit worüber?« fragte Lori, die gerade mit einem Tablett voller Punschgläser vorbeikam.

»Äh . . .«

»Schon gut.« Sie lächelte. »Nehmt euch doch ein Glas Punsch. Amüsiert ihr euch auch gut?«

Ben nahm zwei Gläser vom Tablett und reichte eins an Wolfgang weiter. »O ja«, antwortete er.

»Warum macht ihr dann nicht mal die Runde? Mischt euch doch unter die anderen.«

»Machen wir«, sagte Ben. »Gleich.«

Sie lächelte und wirbelte davon. Die beiden Raumfahrer saßen einen Moment lang schweigend da und betrachteten die anderen Partygäste. Nicht weit entfernt von ihnen versuchte Darren, ein Mädchen aufzureißen, aber offenbar war er dabei nicht besonders erfolgreich, nach dem Gesichtsausdruck und der Körpersprache des Mädchens zu urteilen. Kurze Zeit später wandte sie sich von ihm ab. Er zuckte die Achseln und ging auf das nächste Mädchen zu.

»Wenigstens denkt er nicht daran, einen weiteren Flug zu unternehmen«, murmelte Wolfgang.

»Vielleicht doch«, erwiderte Ben. »Man weiß ja nie.«

»Also für mich sieht es nicht danach aus. Er ist wahrscheinlich einfach froh, daß wir noch am Leben sind. Ich glaube, du bist dir nicht ganz im klaren darüber, wieviel Glück wir hatten.«

»Daß wir noch am Leben sind?« gab Ben zurück. »Das nennst du Leben? Ich meine, *das hier* ist das Beste, was du zu erwarten hast!«

Wolfgang sah ihn an und runzelte die Stirn. Er konnte einfach nicht verstehen, wie jemand dem Tod so nahe kommen konnte und dann so begierig war, wieder loszufliegen. Wenn inzwischen ein Jahr oder auch nur sechs Monate vergangen wären, hätte er es vielleicht eingesehen. Das menschliche Gehirn legt mit der Zeit viele Ängste und Beklemmungen ab oder verdrängt sie doch wenigstens, aber das braucht Zeit. Wer nur Stunden nach solch einer Erfahrung schon wieder bereit war, dem Tod ins Auge zu sehen, mußte ein Irrer sein.

»Komm schon!« flehte Ben leise.

»Selbst wenn ich wollte«, sagte Wolfgang bestimmt. »Letztes Mal ist uns beinahe die Atemluft ausgegangen, und das ist ein unüberwindliches Problem. Es müßte einen Weg geben –«

Er hielt inne, als er plötzlich merkte, daß Ben seiner sorgfältig durchdachten Erklärung nicht zuhörte. Statt dessen starrte er Lori Swenson an, die besonders frisch und hinreißend aussah, wie sie dort mit einer Gruppe von Freundinnen plauderte.

»– Es müßte einen Weg geben, Pittsburgh in die Luft zu jagen und aus der Innenstadt von Dallas einen Parkplatz zu machen, meinst du nicht?« fuhr Wolfgang fort.

Ben nickte, wobei er immer noch Lori anstarrte. »Klar«, sagte er, »wahrscheinlich hast du recht.«

»Was habe ich denn gesagt?«

»Hab' ich vergessen, aber geklungen hat es ganz vernünftig. Alles, was du sagst, klingt vernünftig, Wolfgang.«

»Hmmmmph.«

»Schau sie dir an«, sagte Ben. »Gott, wenn sie nur wüßte.«

»Wenn sie nur was wüßte?«

»Daß ich Amerikas jüngster Astronaut bin. Daß ich etwas getan habe, was vor mir noch nie jemand getan hat. Ich wette, wenn sie das wüßte, würde sie mich mit anderen Augen anschauen.«

»Ach? Na ja, du solltest es ihr lieber nicht sagen.«

»Warum nicht?«

»Weil die Polizei immer noch auf der Suche nach den Leuten ist, die das Autokino verwüstet haben, deshalb.«

»Lori würde mich nicht verraten.«

»Das vielleicht nicht, aber jedenfalls würde sie die Nachricht ziemlich gründlich verbreiten. Und dann würde es der Polizei zu Ohren kommen.«

»Nicht, wenn ich sie zum Stillschweigen verpflichten würde.«

Wolfgang griff nach Bens Arm und drückte ihn. »Hör mal, Großmaul«, warnte er, »an diesem Projekt sind noch zwei andere beteiligt. Was würdest du sagen, wenn jeder von uns beiden es einem weiteren Mädchen erzählen würde?«

»Wem?«

»Das ist doch ganz egal.« Wolfgang zeigte auf eine hochgewachsene Blondine, die bei der Punschbowle stand. »Wie wäre es, wenn ich es zum Beispiel der da erzähle? Die sieht nett aus.«

»Du kennst sie ja nicht mal«, protestierte Ben.

»Es ergibt jedenfalls genauso viel Sinn.«

Ben schnaubte, zuckte die Achseln, hörte aber nicht auf, Lori verlangend anzusehen.

Sein seelenvoller Blick war Loris Freundin Marnie nicht entgangen. Aus dem Mundwinkel heraus sagte sie: »Schau jetzt nicht hin, aber Ben Crandall starrt dich schon wieder an. Er sabbert regelrecht.«

Lori sah sie mit einem Ausdruck vollkommener Gleichgültigkeit an. »Bitte«, murmelte sie. »Ich meine, wen interessiert das schon?«

»Komm schon, Lori, findest du nicht, daß er süß aussieht?«

Lori konnte nicht anders, sie mußte sich so weit umdrehen, daß sie aus dem Augenwinkel Ben sehen konnte.

»Kann schon sein«, gab sie zu. »Er ist nicht gerade der Süßeste, aber er ist auch nicht der Schlimmste. Er ist ganz in Ordnung, aber ich wünschte, er wäre nicht so ein . . .«

»Ein was?«

»Ach, du weißt schon, so ein Raumfahrtfanatiker.«

Ben wandte sich zu Wolfgang und stieß ihn mit dem Ellbogen an. »Ich glaube, die reden über mich«, sagte er.

»Nein«, antwortete Wolfgang. »Ich kann nämlich von den Lippen ablesen.«

»Was haben sie denn gerade gesagt?«

Wolfgang zögerte einen Moment. Natürlich konnte er nicht von den Lippen ablesen, aber wenn Ben glaubte, er könne es, war es nur vernünftig, diese Fähigkeit dazu zu benutzen, ihn von Lori Swenson abzubringen.

»Na ja«, sagte er, »ich bin nicht sicher, daß es dir Freude machen würde, zu hören, was sie gesagt haben.«

»Sag schon«, befahl Ben.

»Na gut. Das Mädchen neben Lori hat sie gefragt, warum sie Steve Jackson und seine Freunde nicht rausgeschmissen hat, und Lori hat gesagt, sie fände ihn süß. Ein bißchen großspurig, aber süß.«

Bens Unterkiefer senkte sich um mehrere Zentimeter. »Nein«, murmelte er. »Das hat sie nicht gesagt. Das kann sie nicht meinen.«

»Vielleicht habe ich sie nicht richtig verstanden«, sagte Wolfgang mit einem Achselzucken.

»Nein«, sagte Ben. »Du hast fast immer recht. Was hat sie noch gesagt?«

»Sie hat gesagt, er wäre sexy.«

»Nein! Wie kann sie sowas bloß denken? Der Kerl ist doch der totale Abschaum!«

»Hey, ich gebe doch nur weiter, was sie gesagt hat, keine Erklärungen für das, was in ihrem Kopf vorgeht.«

Einen Moment lang saß Ben mit niedergeschlagenen Augen da. Wolfgang verspürte einen ernsthaften Anfall von Schuldgefühlen, weil er seinen Freund angeschwindelt hatte, tröstete sich aber damit, daß er das Ganze immer noch aufklären konnte, sobald keine Geheimhaltung mehr nötig war. Es verging fast eine Minute, ehe Ben wieder etwas sagte.

»Damit ist die Entscheidung gefallen«, sagte er endlich. »Ich werde es tun. Jetzt gleich.«

»Was willst du tun?«

»Es ihr sagen.«

»Es ihr sagen? Bist du verrückt? Wir können es überhaupt niemandem sagen, am allerwenigsten einem Mädchen, das nach Steve Jackson verrückt ist. Das ist schlimmer, als Kommunist zu sein.«

»Sie ist nicht verrückt nach ihm. Sie hält ihn bloß für süß und sexy. Es ist noch nicht zu spät, sie vor dem Schlimmsten zu bewahren. Ich werde es ihr sagen, was ich *fühle* .«

»Was du fühlst?« wiederholte Wolfgang. »Nicht, was wir gestern nacht getan haben?«

»Nein.«

»Okay. Das ist ganz was anderes. Aber falls sie dir gegenüber nicht die gleichen Gefühle hegt, wirst du hoffentlich nichts Verzweifeltes unternehmen – wie zum Beispiel, ihr von unserem Flug zu erzählen?«

»Nein.«

»Ich halte es immer noch für besser, wenn du den Mund hältst. Mädchen wollen nichts davon wissen, was ein Kerl für sie *fühlt.* Wenn man etwas für sie fühlt, wissen sie es schon. Das ist so, als wenn man auf der Straße ein Stinktier überfährt. Man muß das Stinktier nicht sehen, um zu wissen, was passiert ist.«

»Ich möchte es ihr trotzdem sagen.« Ben seufzte und stand auf. »Wenn ich sterben müßte, ohne daß sie erfahren hat, was ich fühle, wäre ich für den Rest meines Lebens untröstlich.«

»Junge«, murmelte Wolfgang. »Warum solltest du noch mal fliegen wollen, wenn du eindeutig schon beim ersten Mal einen Gehirnschaden vom Sauerstoffmangel abgekriegt hast?«

»Ich bin in ein paar Minuten wieder da.«

Als Ben aufstand, kam Darren zu ihnen herübergeschlendert. Einen Augenblick lang spielte Wolfgang mit dem Gedanken, Darren mitzuteilen, daß Ben ein Sicherheitsrisiko darstellte, in der Hoffnung, daß es ihnen gemeinsam gelingen würde, Ben entweder durch Überredung oder körperliche Gewalt aus seinem romantischen Wahn zu reißen. Aber Darrens Gesichtsausdruck war so vollkommen niedergeschlagen, daß Wolfgang sich dagegen entschied. Zum Teufel damit, dachte er, wenn Ben alles ausplaudert, dann ist das nun mal nicht zu ändern.

»Kein Glück bei den Mädchen?« fragte Wolfgang.

»Nein. Null. Weniger als Null.«

»Ich glaube, ich weiß, wo dein Problem liegt.«

»Wo?«

»Statt dich an all diese jungen, unerfahrenen Süßen 'ranzumachen, solltest du es mal bei einer versuchen, die's schon gemacht hat. Wie die dort.«

Während er sprach, zeigte Wolfgang auf ein eher untersetztes, aber üppig gebautes Mädchen, das in ihrer Nähe stand.

»Gemacht hat?« wiederholte Darren.

»Klar. Du weißt schon – eine, die bis zum Letzten gegangen ist.« Aus Wolfgangs Mund klangen die Worte ein bißchen unbeholfen.

»Die ist bis zum Letzten gegangen?« fragte Darren und betrachtete dabei das fragliche Mädchen von der Seite.

»Eindeutig.«

»Woher weißt du? Todsicher nicht deshalb, weil du selber mit ihr gegangen bist.«

»Nein«, erwiderte Wolfgang. »Ich weiß es auf Grund wissenschaftlicher Beobachtungen.«

»Das will ich genauer wissen.«

Das Mädchen entfernte sich ein paar Schritte, was Wolfgang zu einer Eingebung verhalf.

»Es ist die Art, wie sie geht«, sagte er.

»Ach ja?«

»Wenn sie erst mal bis zum Letzten gegangen sind, ändert sich ihr Gang«, erklärte Wolfgang.

»Du meinst, ihr Gang wird federnd, weil sie sich wohlfühlen?« grinste Darren.

»Nein, nichts dergleichen. Es handelt sich um eine wissenschaftlich erwiesene Veränderung. Ich hab' mal einen Film darüber gesehen.«

»Und was für ein Film soll das denn gewesen sein?«

»Kein unanständiger Film. Einer für Ärzte. Er gehört einem Freund meines Vaters, der Arzt ist.«

»Du nimmst mich nicht auf den Arm?«

»Nein. Ich versuche nur dir behilflich zu sein.«

Darren schürzte nachdenklich die Lippen. »Und du kannst erkennen, daß die da es gemacht hat, wie?«

»Kein Zweifel möglich. Genauer betrachtet hat sie's schon oft gemacht. Sollte kein Problem für dich sein.«

»Großartig.«

Er stand auf.

»Sag ihr nicht, daß du weißt, daß sie's schon gemacht hat«, warnte Wolfgang. »Das wäre uncool.«

»Was soll ich denn dann zu ihr sagen?«

»Dir wird schon was einfallen. Sei einfach selbstbewußter. Schau sie an, als wärst du ein Tier und sie auch. Sie wird die Vibration schon spüren.«

»Okay, ich tu's.«

Er machte sich wohlgemut auf den Weg, folgte dem Mädchen nach draußen und über den Rasen. Wolfgang beobachtete, wie Darren geduldig abwartete, bis das Mädchen ihre Unterhaltung mit einer Freundin beendet hatte. Als das andere Mädchen sich entfernt hatte, setzte er ein weltmännisches Lächeln auf und begann dann mit seiner Masche. Wolfgang konnte zwar nicht von den Lippen ablesen, aber er konnte selbst aus der Entfernung feststellen, daß Darrens Haltung jetzt intimer, beinahe wollüstig war. Das Mädchen hörte ihm aufmerksam zu, schien ihm seine Vertraulichkeiten nicht übelzunehmen – jedenfalls beinahe eine Minute lang. Dann schoß plötzlich ihre Hand vor, und sie verpaßte ihm eine schallende Ohrfeige. Darrens weltmännisches Gehabe verflog. Das Mädchen drehte sich auf dem Absatz um und ging ins Haus zurück.

Darren kam mit fest auf den Rasen gerichtetem Blick zu Wolfgang zurück.

»Vielen Dank«, murmelte er.

»Was hast du zu ihr gesagt?« fragte Wolfgang. »Eine Zeitlang hat es so ausgesehen, als würde es funktionieren, und dann ist plötzlich alles schiefgelaufen.«

»Ich wußte nicht mehr, was ich noch sagen sollte«, murmelte Darren, »also habe ich davon angefangen, daß ich wüßte, sie hätte es schon mal gemacht . . .«

»Das kann doch nicht wahr sein! Wie blöd bist du eigentlich?«

»Ziemlich, scheint's«, brummte Darren mit gesenktem Blick.

Wolfgang schüttelte den Kopf und dankte dem Himmel, daß er nichts mit Frauen zu tun hatte. Soweit er das beurteilen konnte, führte so etwas lediglich zu gebrochenem Herzen, zu Beklemmungen und Frustation, und außerdem kostete es viel Zeit, die man sonst auf die Arbeit verwenden konnte. Ein gutes Beispiel dafür war Ben, der nur Minuten zuvor ausschließlich daran interessiert gewesen war, einen zweiten Flug zu unternehmen; nun hatte er das alles völlig vergessen und war zweifellos gerade dabei, sich vor dem Altar Lori Swensons zum Narren zu machen.

Tatsächlich haderte Ben bereits mit sich wegen seiner allzu deutlichen Gefühle für Lori, aber er hatte sich schon zu weit vorgewagt, um jetzt noch einen Rückzieher zu machen. Sie hatte ihn sofort bemerkt, als er Wolfgang verließ, und hatte sich anscheinend bewußt bemüht, ihm aus dem Weg zu gehen. Eigentlich hätte Ben darin einen Hinweis auf das, was ihm bevorstand, erkennen müssen. Statt dessen stellte er ihr unaufdringlich nach, folgte seiner Traumprinzessin von Gesprächsrunde zu Gesprächsrunde, bis sie keine andere

Wahl mehr hatte, als stehenzubleiben, sich ihm zuzuwenden und zu lächeln.

»Na, Ben?« sagte sie. »Wie läuft die Party? Amüsierst du dich auch?«

Er nickte. »Ja, großartig. Äh . . . könnte ich dich einen Augenblick sprechen?«

»Klar«, sagte sie, ohne sich von der Stelle zu rühren.

»Äh . . .«

»Was ist?«

Ben warf einen Blick auf die anderen Partygäste. »Äh, könnten wir dort rüber gehen?« fragte er.

Als Lori nickte, wenn auch nicht besonders enthusiastisch, führte er sie in einen abgelegeneren Teil des Gartens. Als sie sahen, wie die zwei sich entfernten, kicherten Marnie und mehrere andere Mädchen wissend.

Als sie sich ausreichend weit abgesondert hatten, lächelte Ben Lori zu und versuchte, sich etwas Nettes auszudenken, um das Eis zu brechen.

»Das ist Duran Duran«, sagte er schließlich. »Du hast das neue Album, stimmt's?«

»Klar. Hast du mich den ganzen Weg hierher geschleppt, um mich das zu fragen?«

»Nein. Da ist noch etwas Wichtigeres.«

»Gut. Weil ich nämlich nicht sehr lange von meinen Gästen wegbleiben kann. Du weißt ja, wie das ist. Ich bin die Gastgeberin und muß das Ganze am Laufen halten.«

»Klar.« Ben nickte. »Ich verstehe. Ich wollte dir nur das hier zum Geburtstag überreichen.«

Er griff in die Tasche und holte eine kleine Schachtel hervor.

»Hier«, sagte er. Das klang zwar nicht besonders aufregend oder originell, aber er hatte nicht vor, lange Reden zu halten.

Lori lächelte und öffnete die Schachtel. Darin befand sich ein Ring, in den ein grauer, gezackter Kieselstein eingesetzt war. Sie starrte ihn lange an und war sich nicht sicher, ob es sich dabei um einen Scherz handeln sollte.

»Ich habe noch nie so einen . . . Stein gesehen«, sagte sie endlich. »Ich meine, es sieht wie ein echter Stein aus.«

»Es ist ein Stück Marsgestein«, erklärte Ben.

»Tatsächlich?« fragte sie und war nun schon interessierter.

Sie war keine Raumfahrtfan, aber sie wußte, daß der Stein wertvoller sein mußte, als er aussah, wenn er vom Mars stammte. Nicht, daß Lori eine Goldgräberin war, die jedes Geschenk, das sie bekam, nach seinem materiellen Wert beurteilte. Daß Ben sich die Mühe machte, ihr ein Stück echtes Marsgestein zu besorgen, konnte nur heißen, daß er wirklich etwas für sie übrig hatte.

»Also«, sagte sie. »Das ist wirklich lieb. Ich habe noch nie Marsgestein zu sehen bekommen.«

»Es ist nicht wirklich echt«, murmelte Ben. »Aber es soll angeblich genauso aussehen wie das Gestein, das man gefunden hat, als der Mars fotografiert wurde.«

»Danke«, sagte sie.

Sie sah den Ausdruck seiner Augen – zärtlich, schüchtern, verrückt vor Liebe zu ihr –, aber er wirkte in keiner Weise gefährlich oder bedrohlich. Vorhin, als Steve Jackson sie in eine Ecke gedrängt hatte, hatte Lori den Impuls niedergekämpft, um Hilfe zu rufen, so gefährlich hatte er auf sie gewirkt. Im Gegensatz dazu war Ben ein wahrhaft sanfter Typ. Deshalb schreckte sie nicht zurück, sah sich auch nicht nach jemandem um, der ihr aus einer peinlichen Situation helfen konnte, als Ben sich ihr näherte, um sie zu küssen. Sie gestattete ihm, seine Lippen auf die ihren zu pressen, ohne sich zu bewegen oder ihn zu ermutigen, indem sie seine Umarmung erwiderte, aber auch nicht völlig unbeteiligt. Nach einigen Sekunden schloß sie sogar die Augen und begann sich dem Kuß hinzugeben. Allerdings benahm sie sich nicht allzu leidenschaftlich, und sie sah die Enttäuschung in Bens Augen, als er sie losließ.

»Äh . . . danke«, sagte er.

»Es tut mir leid, Ben.« Lori lächelte. »Ich bringe dir einfach nicht diese Sorte Gefühle entgegen. Ich mag dich sehr gern . . .«

»O nein«, murmelte Ben. Er war zwar noch ziemlich jung, aber er wußte: Wenn in einer Beziehung der Begriff »ich mag dich« auftauchte, machte er ein »ich liebe dich« so gut wie unmöglich.

»Schon gut«, sagte er und gab sich alle Mühe, es wie ein Gentleman zu tragen und seinen Schmerz nicht zu zeigen.

»Ich mag dich auch sehr gern. Vielleicht, wenn ich noch ein paar Zentimeter wachse.«

»Red keinen Unsinn«, sagte Lori und klopfte ihm leicht auf die Schulter. »Mit deiner Größe hat das gar nichts zu tun.«

Wenige Sekunden später bat sie ihn, sie zu entschuldigen, und kehrte zu ihren Gästen zurück. Ben lungerte noch eine Weile herum, denn er wollte nicht gleich Wolfgang in die Arme laufen, der zweifellos Fragen stellen würde, entweder direkt oder über Andeutungen. Als er schließlich doch hinüberging, stellte er fest, daß Darren und Wolfgang nur allzu bereit waren, die Party zu verlassen.

»Das war's für mich«, sagte Ben.

»Vielleicht sollten wir uns erst noch bei Lori bedanken«, schlug Wolfgang vor.

»Schon gut. Das habe ich schon erledigt.«

Zehn Minuten später, als das Schweigen beinahe unerträglich geworden war, fragte Wolfgang endlich: »Na, was gibt's denn zu erzählen? Was ist passiert?«

»Ich bringe mich um«, sagte Ben nur. Nach gründlicher Überlegung hatte er entschieden, daß das die einzige logische Möglichkeit war, seinem Schmerz ein Ende zu bereiten.

»Nimm's nicht so schwer«, sagte Wolfgang mit einem leichten Achselzucken. »Sie ist doch nur ein Mädchen.«

Das war nicht gerade die Art Trost, die Ben brauchte. Zu Wolfgang gewandt sagte er mit ärgerlicher, abweisender Stimme: »Was weißt *du* schon darüber? Halt einmal im Leben die Klappe, okay?«

Wolfgang war zwar schockiert, aber nicht eingeschüchtert. »Du versetzt mich in Erstaunen, Ben«, sagte er ruhig. »Im einen Augenblick versuchst du, mich zu einem Selbstmordunternehmen zu überreden, weil es ›Spaß macht‹, und jetzt willst du dich plötzlich umbringen, weil Lori Swenson sich nicht mit dir paaren will.«

»Sich mit mir paaren?« brüllte Ben. »Ist es das, was du glaubst?«

»Klar«, antwortete Wolfgang. »Das Ganze ist ein rein biologischer Vorgang. Logik spielt dabei keine Rolle.«

Darren sah zu Ben hinüber. »Hey, du bist der Sache nähergekommen als ich. Wenigstens hast du es geschafft, das Mädchen zu küssen. Alles, was ich bekommen habe, war ein Schlag in die Fresse.«

»Du auch noch?« fuhr Ben ihn an. »Schluß jetzt! Mit euch Typen rede ich nie wieder!«

»Das ist mir immer noch zu bald!« rief Wolfgang der sich entfernenden Gestalt nach. »Warum nimmst du nächstes Mal nicht Lori Swenson mit? Ihr könnt es ja auf dem Mond treiben!«

»Wo willst du hin?«

»Fuhrpark.«

»Warum? Deine Schicht ist doch seit sechs Stunden vorbei.«

Charlie Drake zuckte nur die Achseln, denn er war nicht besonders versessen darauf, sein Kommen und Gehen mit dem Reviersergeant zu erörtern, der als notorisches Klatschmaul bekannt war.

»Ich bin einer interessanten Sache auf der Spur«, sagte er, wobei er sich bemühte, die Sache nicht *allzu* interessant klingen zu lassen.

»Ach ja? Was für einer?«

»Hör mal, Wilson, würdest du mich bitte entschuldigen? Ich hab's ziemlich eilig.«

»Klar. Nichts für ungut.«

Drake beschleunigte seine Schritte, bis er im Polizeifuhrpark angelangt war, wo er sich einen Wagen ohne Polizeikennzeichen geben ließ und sich auf den Weg zu der Stelle machte, wo er das Raumschiff entdeckt hatte. Er war ein Risiko eingegangen, indem er nicht sofort mit dem Hubschrauber gelandet war, als er das wohlbekannte Objekt gesichtet hatte. Er war von der Überlegung ausgegangen, daß er andernfalls die Aufmerksamkeit auf sich gezogen und vielleicht diejenigen, denen das Gefährt gehörte, gewarnt hätte. Wenn er andererseits zum Hauptquartier zurückkehrte, um sich einen Wagen zu besorgen, verschaffte es ihnen, falls sie nervös waren, die nötige Zeit, das Schiff zu verstecken und möglicherweise für immer der Entdeckung zu entgehen. Nachdem er sich mit dem Problem auseinandergesetzt hatte, entschied Drake, daß er die Sache lieber zu Fuß in Begleitung eines Assistenten angehen wollte. Deshalb fuhr er zu Gordon Deems' Wohnung und klingelte an der Tür.

Deems' Frau machte ihm auf. Sie wirkte nicht erfreut, ihn zu sehen.

»Ja?« fragte sie.

»Ist Gordon da? Er wird gebraucht.«

»Er schläft.«

»Oh. Na ja, dann will ich ihn nicht stören. Es geht nicht um Leben und Tod.«

Charlie freute sich, als er sah, daß auf dem Gesicht der Frau ein beinahe dankbares Lächeln erschien.

»Soll ich ihm eine Nachricht zukommen lassen, wenn er aufwacht?« fragte sie.

»Ja. Sag' ihm, daß ich das Raumschiff gefunden habe.«

»Das Raumschiff?«

»Genau. Er kann mich über Funk rufen, dann erzähl' ich ihm später die Einzelheiten.«

»Gut.« Mrs. Deems nickte und warf ihm einen leicht mißtrauischen Blick zu.

»Danke«, sagte Charlie und eilte fort.

Ein paar Minuten danach, als er durch das nasse, dichte Gestrüpp am Rand des Bachs eine steile Böschung hinunterstolperte, konnte er undeutlich eine Art fliegender Untertasse ausmachen, die teilweise mit toten Ästen und Blättern bedeckt war.

»Jawohl«, flüsterte er. »Das ist es tatsächlich.«

Bei dem Fahrzeug angekommen, starrte er es eine geschlagene halbe Minute lang an, ehe er vorsichtig die Luke öffnete. Er war erstaunt, wie winzig es aus der Nähe wirkte. Als er hineinsah, erkannte er schnell, daß es leer war. Einige Atemmasken und die Jacke eines Jugendlichen waren die einzigen vorhandenen Hinweise, aber als er die Jacke untersuchte, breitete sich ein bedächtiges Lächeln auf Drakes Gesicht aus.

Name und Adresse des Besitzers waren fein säuberlich eingenäht.

VIII

An jenem Abend ging Ben zeitig zu Bett, nicht um zu träumen, sondern um zu vergessen.

Der Streit mit Wolfgang und Darren, nachdem ihn Lori zuvor abgewiesen hatte, das alles war einfach zuviel, das konnte sein Gehirn nicht verarbeiten. Diese Anhäufung von Frustration war nicht gerade seine Vorstellung von Vergnügen, aber er wußte, daß er eine gute Chance hatte, wieder zu sich zu kommen, wenn er die nächsten vierundzwanzig Stunden überstand.

Glücklicherweise war er von den Strapazen des vorangegangenen Abends immer noch müde, so daß es ihm nicht schwerfiel, bald schlafenzugehen, nachdem er zu Hause angekommen war.

In weniger als zehn Minuten war er eingeschlafen. Kurz darauf begann der Traum. Wieder stand er auf der Ebene mit der kristallinen Oberfläche und den grünen Wolken über sich, aber diesmal war er nicht allein. Er spürte die Anwesenheit einer anderen Person, drehte sich um und erkannte Wolfgang und Darren, die rechts und links neben ihm standen. Ihr Anblick erfüllte ihn mit jäher, irrationaler Wut. Wie konnten sie es wagen, in seinen Traum einzubrechen! Dies war seine Traumlandschaft, eine Welt, die er erfunden hatte, die für ihn allein geschaffen worden war. Sie gehörte ihm, er durfte sie genießen und interpretieren, und er nahm ihre Anwesenheit übel, besonders in Anbetracht ihres feindseligen Verhaltens.

»Hey!« rief er und war drauf und dran, sie ein für allemal aus seinem Traum zu verweisen.

Wolfgangs Haltung hatte nichts von ihrer kürzlich gezeigten Arroganz und Schroffheit verloren. »Ich habe doch *gesagt*, daß ich nicht mit dir rede!« fuhr sein ehemaliger Freund ihn an.

Darren schien sich, wie es seine Art war, in erster Linie unbehaglich zu fühlen. »Was zum Teufel soll das?« fragte er, und sah sich mißtrauisch um. »Wo sind wir? Das Ganze gefällt mir gar nicht.«

Plötzlich hörte Ben auf, sich als einzig rechtmäßiger Besitzer zu empfinden. Er machte ein paar Schritte und hatte dabei das gleiche Gefühl von Schwerelosigkeit wie beim letzten Mal. Dies war eine einmalige Gelegenheit – nicht etwas, das man wegen kleinlicher Differenzen vertun durfte. Wenn es ihm während des ersten Traums schon gelungen war, sich den größten Teil des Diagramms auszudenken, was sie zu dritt leisten konnten! Aber vorher mußten die beiden eingewiesen werden.

»Schaut her!« rief er. »Wir können uns diesmal den fehlenden Teil des Diagramms holen! Los doch!«

»Los doch was?« fragte Darren.

»Springt!« antwortete Ben.

Zur Demonstration nahm er einige kurze Schritte Anlauf, dann warf er sich in die Höhe. Diese Kraftanstrengung ließ ihn weit über ihre Köpfe hinaufschweben, und die beiden Jungen schauten ihm nach, wobei ihnen die Verblüffung ins Gesicht geschrieben stand.

»Ihr könnt das auch!« brüllte er zu ihnen herunter. »Werft euch einfach in die Luft!«

»Das ist alles?«

»Klar! Nichts dabei!«

Zögernd folgten ihm Wolfgang und Darren, führten das Manöver jedoch so perfekt durch, daß sie sich im nächsten Augenblick schon neben ihm befanden. Während sie auf die grünen Wolken über ihnen zuschwebten, drehten alle drei versuchsweise ihre Körper, erfreuten sich an dem Gefühl, sich in der Schwebe halten zu können.

»Dort!« sagte Ben und deutete zum Boden hinab.

Wie beim letzten Mal bildete die kristalline Oberfläche, aus der Höhe betrachtet, ein Schaltschema aus umrißartig angeordneten Linien, Winkeln und Kurven.

»Ist es das, was beim ersten Mal passiert ist?« fragte Wolfgang. »Ist alles genau gleich?«

Bens feindselige Gefühle regten sich wieder. Warum mußte Wolfgang rumnörgeln, wo sie sich doch so viel einzuprägen hatten? Begriff er denn nicht, daß sie vielleicht nur einen einzigen ausführlichen Blick auf das Diagramm werfen konnten?

»Halt die Klappe, ich muß mich konzentrieren!« brüllte Ben. »Ich bin schließlich derjenige, der es im Gedächtnis behalten muß.«

»Warum können wir es nicht alle im Gedächtnis behalten?«

»Weil das hier *mein* Traum ist! Wenn ich aufwache, werdet ihr verschwunden sein und mir überhaupt nicht helfen können.«

»Bist du dir da ganz sicher?« wollte Wolfgang wissen. Seine Stimme klang genauso wie am Nachmittag, überheblich und anmaßend.

»Ich bin mir sicher«, erwiderte Ben. »Ich war schonmal hier, du nicht. Du träumst von so blöden Sachen wie nackt durch die Schule rennen. Meine Träume sind nützlich.«

»So toll sind deine Träume auch wieder nicht«, sagte Wolfgang höhnisch. Ben hatte plötzlich das Gefühl, Wolfgang wolle den Traum beenden, damit er aufwachte. Er stellte unvermittelt fest, daß er zu sinken begann, was ihn nach Luft schnappen ließ.

»Hör schon damit auf«, warnte er. »Ich könnte jeden Moment aufwachen.«

Während er noch redete, spürte er, wie sein Körper hinabzugleiten begann, als läge er auf einem Ballon, dem rasch die Luft abgelassen wird. Er zwang sich, das Diagramm anzusehen, sich neue Teile einzuprägen, ehe er wieder zu Boden fiel und aufwachte. Aber seine Wut und Panik waren stärker als seine wissenschaftliche Disziplin. Er nahm zwar Bilder wahr, aber keins davon blieb haften oder bildete ein einprägsames Muster.

»Da hast du's! Du hast alles verdorben!« schrie er dem lächelnden Wolfgang zu. »Ich wache auf!«

Dann wuchs das Diagramm an, wurde undeutlich, als er dem Boden entgegenstürzte. Ben warf sich den Arm übers Gesicht und rollte sich wie ein Fötus zusammen, dann spürte er, wie sich sein Mund öffnete und im Sekundenbruchteil vor dem Aufprall einen Schrei ausstieß.

Es handelte sich um ein Zwischending zwischen einem Ruf und einem Schrei, und es schien von oben zu kommen. Erst als er eine halbe Minute lang schweißgebadet dagelegen hatte, wurde es Darren klar, daß der Laut aus seiner eigenen Kehle gekommen war.

Er schloß die Augen und versuchte den Traum zu rekonstruieren. Er war faszinierend und furchteinflößend gewesen, und er war darin über ein Gelände geschwebt, das mit blitzenden Neonlichtern bedeckt war. Ben und Wolfgang waren dabeigewesen, und alle hatten sich gegenseitig angeschrien. Warum? Er schüttelte den Kopf. Was für eine perverse Logik es auch gewesen sein mochte, die dem Traum innewohnte, jedenfalls verschwand sie bereits schneller in seinem Unterbewußtsein, als er sich erinnern konnte.

»Verdammt . . .«, brummte er.

Wolfgangs Schrei war eigentlich mehr ein zufriedenes Grunzen. Sobald die Lichter auf der seltsamen Ebene aus- und in seinem Schlafzimmer angegangen waren, sprang er aus dem Bett, griff nach Stift und Papier und begann zu schreiben.

Eine Minute lang flog seine Hand über das Blatt, rekonstruierte das schematische Diagramm, das er Sekunden zuvor vor dem inneren Auge gesehen hatte. Dann, als das Bild zu verblassen begann, runzelte er die Stirn und schlug sich an den Kopf, als wolle er weitere Daten freiklopfen.

»Los doch!« brüllte er. »Los doch!«

Sein Walkie-talkie begann zu summen, aber etwa zehn Sekunden lang antwortete es nicht. Dann hatte er sich mit der Tatsache abgefunden, daß sein Gedächtnis keine weiteren Informationen hergeben würde.

»Was ist?« sagte er ins Walkie-talkie. »Ich hab gerade einen Traum gehabt, der noch komischer war als deiner.«

Am anderen Ende entstand eine lange Pause. Eine falsche Verbindung bei einem Zweiweg-Walkie-talkie? Dann war Bens Stimme zu hören, leise und ein wenig zögernd.

»Willst du damit sagen . . .«, sagte er, »daß du den gleichen Traum geträumt hast?«

»Genau. Den, den du hattest und der uns auf unser kleines Projekt gebracht hat.«

»Ich habe ihn heute wieder geträumt«, sagte Ben.

»Ich auch«, erwiderte Wolfgang. »Nur daß es für mich das erste Mal war.«

»Das ist unglaublich . . . Erzähl mir davon.«

»Wir haben über diesem schematischen Diagramm geschwebt«, sagte Wolfgang. »Weil unser Gehirn es uns recht machen und alles normal erscheinen lassen will, hat es nicht einfach ein Schema gezeigt. Statt dessen hat es das Diagramm wie eine einigermaßen normale Landschaft aussehen lassen. Aber das habe ich sofort durchschaut. Das ist ein Trick, sagte ich mir. Also begann ich, mir alles einzuprägen, sobald ich über dem Diagramm aufstieg.«

»Wieviel hast du erfaßt?«

»So ziemlich alles. Oder jedenfalls beinahe alles.«

Während er sprach, fuhr Wolfgang fort, der Skizze, die er von dem Diagramm angefertigt hatte, weitere Verbesserungen hinzuzufügen, wobei ihm die Unterhaltung mit Ben irgendwie die Details lieferte, die er noch vor einer Minute vergessen zu haben glaubte.

»Unglaublich«, sagte Ben.

»Du sagst es. Ich habe noch nie gehört, daß zwei Leute zur gleichen Zeit den gleichen Traum haben.«

»Was ist mit Darren?«

»Ich verstehe nicht, was du meinst.«

»Vielleicht hatte er den Traum auch«, meinte Ben.

»Unmöglich«, sagte Wolfgang. »Das hieße, die Gesetze der Wahrscheinlichkeit ein bißchen zu überspannen.«

»Ich glaube, wir haben es hier mit etwas Konkreterem als der Wahrscheinlichkeit zu tun«, sagte Ben.

»Schade, daß er kein Walkie-talkie hat«, sagte Wolfgang.

»Vielleicht sollten wir zu ihm gehen.«

»Jetzt?«

»Warum nicht?«

»Du bist zu verrückt, um frei 'rumzulaufen«, sagte Wolfgang. »Ich begreife nicht, warum du immer so ungeduldig bist. Wir müssen immer noch viele Tests durchführen. Wir haben jetzt aus dem zweiten Traum neue Informationen, warum gibst du mir also nicht mal die Chance, zu verstehen, was sie zu bedeuten haben?«

»Wir könnten morgen bei einem Unfall umkommen«, sagte Ben düster.

»Hey«, gab Wolfgang zurück, »wie kommt's, daß *du* plötzlich vom Sterben redest? Sonst bin ich doch der, der davon anfängt.«

»Weil es mir gelegen kommt«, erwiderte Ben offen. »Ich will

diese Sache zu Ende bringen. Wir waren in den Nachrichten. Alle möglichen Leute, einschließlich der Polizei, sind auf der Suche nach uns. Wer weiß, was noch alles passiert. Ich will von diesem Planeten abheben und feststellen, was es dort draußen gibt.«

Dieser leidenschaftliche Ausbruch drang zu Wolfgang durch. Er war zwar nicht mit allem einverstanden, aber etwas an Bens Ungeduld beeindruckte ihn.

»Wir fangen gleich morgen früh mit der Arbeit an«, versprach er.

»Wir fangen sofort mit der Arbeit an«, wies Ben ihn zurecht.

»Aber das meiste Werkzeug ist bei Darren.«

»Dann wecken wir ihn eben auf.«

Eine halbe Stunde später bemerkten Ben und Wolfgang zu ihrer Überraschung, als sie auf Darrens Geräteschuppen zugingen, daß dort Licht brannte. Sie klopften leise an die Tür.

Darren winkte sie herein.

»Ich habe auf euch gewartet«, sagte er.

»Wie bitte?« fragte Wolfgang.

»Seit ich aus meinem Traum aufgewacht bin, wußte ich, daß etwas im Gange ist. Ich weiß zwar nicht genau, was zu tun ist, aber ich war sicher, du wüßtest es.«

»Du hattest also auch den Traum?« fragte Ben.

Darren nickte.

Sie befragten ihn kurz dazu, bis sie sicher waren, daß es sich um das gleiche Erlebnis handelte.

»Ich glaube, es ist Schicksal«, sagte Ben ruhig. »Irgendwie bekommen wir die Anweisung, unser Projekt voranzutreiben. Es wäre falsch, außer Acht zu lassen, was wir bisher erlebt haben.«

Wolfgang machte den Mund auf, um zu protestieren, überlegte es sich dann aber anders. Er zog ein Blatt Papier aus der Tasche und breitete es auf der Werkbank aus.

»Ich habe ein paar Veränderungen an unserer Energieversorgung ausgearbeitet, die ich für wichtig halte – sie beruhen auf dem neuen Material aus dem Traum, den wir alle hatten«, sagte er enthusiastisch. »Ich würde es zwar gerne vorher testen, aber da ihr beide so darauf versessen seid, loszufliegen, machen wir uns an die Arbeit.«

Charlie Drake wurde es langsam kalt. Während der letzten Stunde hatte auch sein Magen stürmisch geknurrt, aber dem konnte man mit Willenskraft entgegentreten. Sich selbst gut zuzureden, daß man in Wirklichkeit gar nicht erfror, das war etwas anderes.

Nachdem er das ›Raumschiff‹ untersucht und darin die Jacke des Jungen gefunden hatte, sah er sich mit einer Entscheidung konfrontiert. Sollte er zu der angegebenen Adresse gehen und den Jungen, der vielleicht gar nicht direkt beteiligt war, zur Rede stellen? Oder sollte er das Fluggerät beobachten, in der Hoffnung, so alle Beteiligten zu erwischen, eventuell sogar Außerirdische aus einem anderen Sternensystem? Weil er in erster Linie Polizist war, sagte ihm sein Instinkt, er müsse den Jungen aufspüren, dessen Jacke sich im Schiff befunden hatte. Der würde Charlie zweifellos zum Rest der Bande führen, oder doch zumindest wichtige Hinweise liefern. Aber Charlie Drake hatte noch eine andere Seite, die seine im Grunde hartgesottene Haltung ergänzte: Er hätte gerne an eine bessere Welt, ein besseres Universum geglaubt. Nur wenige Abende zuvor hatte er im Fernsehen den Film *Der Mann vom Planeten X* gesehen. In der Woche davor war es *Der Tag, an dem die Erde still stand*. Jetzt gingen ihm Szenen aus beiden Filmen durch den Kopf und verlockten ihn, die Möglichkeit in Betracht zu ziehen, daß Besucher von einer anderen Welt etwas anderes sein konnten als Gesetzesbrecher hier auf der Erde. Statt sich zu fragen, welche Vorgehensweise eher dienlich wäre, eine Verhaftung herbeizuführen, begann er zu überlegen, welcher Modus Operandi die Außerirdischen am wenigsten verärgern würde. Er wollte schließlich nicht Auslöser eines intergalaktischen Mißverständnisses sein. Er war sogar teilweise geneigt, sich mit der Idee anzufreunden, eine Art Botschafter des Friedens für das ganze Universum zu werden. Deshalb gab er seiner altruistischen Neigung nach und beschloß, auf seinem Posten auszuharren. Wenn die Außerirdischen sich näherten, um wieder mit ihrem Schiff zu starten, würde er hervortreten und sie allesamt überzeugen, daß er ein friedfertiger Mann war.

»Allerdings hoffe ich, daß sie nicht allzu lang auf sich warten lassen«, brummte er. »Mir friert schon fast der Arsch ab.«

Ohne sich der Tatsache bewußt zu sein, daß ihr Schiff gezielt überwacht wurde, arbeiteten die drei Jungen bis weit in die Nacht hinein; Wolfgang stellte mit der Lötpistole ein neues Schaltkreiselement her, während Darren einen kleinen Metallbehälter an die Seite der Geräteeinheit aus Computer und Energieversorgung schweißte. Ben saß Wolfgang gegenüber, während der arbeitete, und konnte nicht widerstehen, Fragen zu stellen.

»Du sagst also, du wüßtest nicht einmal, für welches Problem das hier die Lösung ist?« fragte er.

»Ich hab' doch gesagt, du sollst Ruhe geben«, erwiderte Wolfgang nervös. »Ich muß mich konzentrieren.«

Nachdem er mit der Zunge zwischen den Zähnen die letzte Verbindung gelötet hatte, ließ er die Lötpistole auf die Werkbank fallen und brachte das Schaltkreiselement zu Darren hinüber.

»Schließ es über den neuen Kasten an das Hauptelement an«, sagte er.

Ben, der Wolfgang quer durch den Raum gefolgt war, sah zu, wie sich sein Freund vor dem Steuerpult niederließ.

»Vielleicht ist es ein –«, setzte er an.

Wolfgang brachte ihn mit einem finsteren Blick zum Schweigen.

»Laß uns erst mal feststellen, was es bewirkt«, sagte er. »Dann können wir darüber reden, und du kannst soviel spekulieren, wie du willst.«

»Du hast ja bloß Angst, weil du dir nicht erklären kannst, was vorgeht«, sagte Ben. »Du möchtest immer alles unter Kontrolle haben, und hier hast du es mit etwas zu tun, das –«

»Du hast recht. Ich habe keine Angst, aber es kommt mir allmählich vor, als ob die ganze Sache außer Kontrolle gerät. Und das gefällt mir gar nicht, kein bißchen.«

In Wahrheit hatte Wolfgang schreckliche Angst. Er war davon überzeugt, daß ihnen der Schlüssel zu ihrem Problem in Form neuer Information von irgendeiner äußeren Quelle übermittelt worden war. Aber mal angenommen, er und Ben und Darren waren als bloße Sterbliche nicht in der Lage, diese neue Information richtig zu interpretieren oder zu verwenden? Oder vielleicht hatte sich ihre Quelle irgendwie verkalkuliert. Es war, als würde man einem hungrigen Wilden eine Dose mit Nahrung und einen Dosenöffner überreichen, in der Annahme, der Wilde werde schon imstande sein, sich einen Reim darauf zu machen und die Dose öffnen. Aber bestand nicht die Möglichkeit, daß der Wilde sich an dem Dosenöffner verletzte oder es einfach nicht schaffte, sich seine Funktion zu erklären? Natürlich. Und darum machte sich Wolfgang Sorgen über die Konsequenzen, die ihre neuen Informationen und deren Erprobung nach sich ziehen konnten. Nur hatte er sich schon zu weit vorgewagt, um noch einen Rückzieher zu machen.

»Auf geht's«, sagte er und legte den Schalter für die Energieversorgung um.

In der nächsten Sekunde spürten Ben und Darren einen entsetzlichen Knall. Sie fielen zu Boden und schrien vor Angst und Schmerz, als der Luftstrom durch jede ihrer Poren zu schießen schien, gegen ihre Trommelfelle und Augenlider hämmerte, in ihre Nasenlöcher und Münder strömte. Die Seitenwände des dürftig gezimmerten Schuppens wurden von der Druckwelle nach außen gestoßen, die direkt aus dem Energieversorgungsaggregat hervorschoß. Eine Weile blieb Ben so liegen, das Gesicht gegen den Fußboden gepreßt; dann öffnete er langsam die Augen, um nachzusehen, was mit Wolfgang passiert war.

»Heiliger –!« war alles, was er hervorbrachte.

Wolfgang war verschwunden!

Der Stuhl, auf dem er gesessen hatte, hüpfte gut einen Meter von der Schalttafel der Energieversorgung entfernt auf und ab, aber er war leer. War Wolfgang in eine andere Welt oder nur aus dem Schuppen herausgeschleudert worden?

»Holt mich runter!« rief eine heisere Stimme, als wolle sie Bens Frage beantworten. »Stellt das Ding ab!«

Ben und Darren schauten gleichzeitig in die Richtung, aus der die Stimme kam. Sie hatte ihren Ursprung direkt über ihnen, etwa fünf Meter hoch in der Luft. Dort schaukelte Wolfgang wie auf einer unsichtbaren Matratze auf und ab, und der Ausdruck auf seinem Gesicht war eine Mischung aus Schrecken und überschäumender Freude.

»Zieht den Stecker raus!« rief er; offenbar hatte der Schreck die Oberhand gewonnen.

Darren sprang auf, griff nach dem Kabel und zog den Stekker aus der Dose. Der Wind begann langsam abzuklingen, so daß Wolfgang sanft zu ihnen herabschwebte. Ben streckte die Arme hoch und half seinem Freund, unversehrt zu landen, wobei ihm auffiel, daß dessen Gesicht gerötet war und sein Atem flog.

»Alles in Ordnung?« fragte Ben.

»Ja, ich glaube schon.«

»Schhh!«

Darren war herangeeilt, um sie zum Schweigen zu bringen, und zog sie jetzt unter einige in der Nähe stehende Büsche. Momentan war Ben ganz verblüfft, ehe er sich erinnerte, daß der Schuppen hinter Darrens Haus gerade auseinandergeflogen war. Abgesehen davon, daß dadurch die Nachbarn gestört und die Polizei angelockt werden konnte, mußten sie auch befürchten, Darrens Vater geweckt zu haben, der nicht gerade der toleranteste war. Aber als sie geräuschlos dahockten, waren nur die ›normalen‹ Nachtgeräusche zu hören – einige Häuser weiter ein bellender Hund, entfernte Verkehrsgeräusche und durch das offene Fenster an der Rückseite von Darrens Haus betrunkenes Schnarchen.

»Okay«, flüsterte Darren endlich. »Scheint, als hätten wir ihn nicht geweckt.«

»Dann sag' schon, was passiert ist«, sagte Ben und sah Wolfgang an.

Wolfgang lächelte. »Die neuen Informationen werden es uns ermöglichen, die Luftbarriere zu durchbrechen«, sagte er aufgeregt.

»Was ist denn die Luftbarriere?« fragte Darren.

»Das, was uns letztes Mal fast umgebracht hat«, antwortete Wolfgang. »Wir brauchen Atemluft für mehr als fünfzehn oder zwanzig Minuten, sonst sind wir ständig in Gefahr.«

»Willst du damit sagen, daß das Problem gelöst ist?«

»Genau. Das hier ist unsere Atemluft. Das Ding produziert Sauerstoff, möglicherweise aus Kohlendioxyd, das weiß ich nicht genau, jedenfalls können wir, wenn wir die produzierte Luftmenge so weit reduzieren, daß sie der Menge entspricht, die wir im Innern des Kraftfeldes verbrauchen, für unbegrenzte Zeit fliegen.«

»Das hast du herausbekommen, während du dort in der Luft gehangen hast?« fragte Darren beeindruckt.

»Natürlich. Worüber hätte ich sonst nachdenken sollen?«

»Außerdem«, sagte Ben, »ist es jetzt nicht mehr eine Frage der Logik. Es ist ein Gefühl. Ich weiß, daß ihr beide das gleiche Gefühl habt.«

»Stimmt«, gab Wolfgang zu. »Seit ich aufgewacht bin –«

»Es ist das gleiche Gefühl wie in dem Traum, als es uns nach oben gezogen hat«, ergänzte Darren. »Es hat seither nicht wieder aufgehört.«

»Jemand ruft uns«, murmelte Wolfgang.

»Man hat uns von Anfang an gerufen«, sagte Ben. »Wer weiß, woher?«

Die drei standen im nassen Gras in Darrens Garten und schauten, die Köpfe in den Nacken gelegt, zur Milchstraße hinauf. Die Welt dort draußen erschien ihnen mystisch, einladend, endlos, herausfordernd, all das, was ihnen hier auf der Erde, in der Schule, im Fernsehen fehlte. Alle drei fühlten gleichermaßen, daß ihnen hier die einmalige Gelegenheit geboten wurde, teilzuhaben. Woran, das wußten sie nicht so genau. Vielleicht war das ein Teil der Verlockung. Jedenfalls reagierten alle drei darauf mit dem gleichen Feuereifer.

»Wir werden nie herausfinden, wer oder was dort draußen ist, wenn wir hier 'rumstehen«, sagte Darren.

»Ich bin dabei«, flüsterte Ben.

»Keiner fliegt das Schiff besser als ich«, sagte Wolfgang entschlossen.

Die drei faßten sich bei den Händen.

»Blutsbrüder«, sagten sie wie aus einem Mund.

»Ich bereite den Start vor.« Wolfgang lächelte. »Wir treffen uns in einer halben Stunde. Das gibt uns genug Zeit, noch ein paar Sachen für die Reise zu holen.«

Charlie Drake hatte einen Gesinnungswandel durchgemacht, vielleicht herbeigeführt durch seine frierenden Füße und eiskalten Gesäßbacken. Inzwischen war er nicht mehr von dem romantischen Gedanken beseelt, Besucher aus dem All könnten ihn als Überbringer oder Vermittler universeller Eintracht und Zusammenarbeit auserwählen. Jetzt war er nur noch unterkühlt und müde. Aufzugeben hätte jedoch die Arbeit eines ganzen Tages zur Farce gemacht.

»Ich hab' doch einen Hinweis«, murmelte er. »Was ist denn mit mir los? Überprüf' ihn, Mann.«

Nach einem letzten Blick auf das behelfsmäßige Raumschiff machte er sich die Böschung hinauf auf den Weg zu Bens Haus.

»Ich hoffe bloß, daß der Kleine noch lebt«, sagte er, als ihm plötzlich der Gedanke kam, die Außerirdischen könnten den Besitzer der Jacke als Geisel genommen oder sich auf irgendeine Weise seiner entledigt haben. Das warf natürlich ein ganz neues Licht auf seine Mission. Eine Minute zuvor hatte er beschlossen, einen Jungen aufzuspüren, weil sich seine Jacke bei einem geheimnisvollen Objekt gefunden hatte; nun wurde ihm klar, daß er es unter Umständen mit verzweifelt schluchzenden Eltern zu tun bekommen würde. War er für diese Eventualität gewappnet? Er hatte nie an dem Teil der Polizeiarbeit Gefallen gefunden, der es erforderte, den Angehörigen von Opfern Beileid auszusprechen, und die Jagd nach Übeltätern bei weitem vorgezogen. Mit dieser neuen Entwicklung konfrontiert, zögerte er einen Moment, dann zuckte er die Achseln.

»Darf mich nicht vor meiner Pflicht drücken«, brummte er und schritt über das Straßenpflaster auf das Haus seines Hauptverdächtigen zu.

Bemüht, seinen schnarchenden Vater nicht zu wecken, bewegte Darren sich auf Zehenspitzen durch sein Schlafzimmer, wobei eine winzige Taschenlampe alles Licht lieferte, das er benötigte. Er hatte beschlossen, ohne großes Gepäck zu reisen, mit der Überlegung, daß er und seine Mitreisenden längst wieder da sein würden, ehe sie irgendwelchen Luxus brauchen konnten. Entweder das, oder . . . er zog es vor, über den zweiten möglichen Grund, nur das Nötigste mitzunehmen, nicht nachzudenken. In jedem Fall war auf der *Thunder Road* wenig Platz für irgendwelche unnützen Dinge, daher beschloß Darren, nur seinen Walkman mitzunehmen. Auf dem Weg aus dem Zimmer blieb er vor dem Spiegel stehen und vergewisserte sich wider alle Vernunft noch einmal, ob sein Haar auch gekämmt war und die Frisur saß. Auf seiner Backe konnte er einen blauen Fleck erkennen, eine Erinnerung daran, wie er seinen Vater verärgert hatte, indem er ihn aus tiefem Schlaf weckte.

»Ich seh' dir in die Augen«, sagte er zu seiner eigenen Silhouette. »Vielleicht treffen wir uns eines Tages hier wieder. Falls nicht –« Mit einem Achselzucken winkte er sich zum Abschied zu und verschwand in den Flur.

Mehrere Straßen weiter war Wolfgang mit einem ähnlichen Prozeß sorgfältiger Auslese beschäftigt. In bezug darauf, welche seiner Habseligkeiten ihn begleiten sollten, ging er wesentlich systematischer vor als Darren. Schriftliches stand auf seiner Prioritätenliste ganz oben – wissenschaftliche Abhandlungen, Sprachlehrbücher und eine großformatige Tabelle der chemischen Elemente verschwanden in seinem Rucksack. Dann fügte er noch einen Globus und einen Rechner hinzu, was sein Gepäck dermaßen belastete, daß er es kaum noch heben konnte.

Bens Rucksack enthielt ebenfalls eine Menge bedrucktes Papier, einschließlich eines Wörterbuchs und eines Lexikons. Ein Paar Lederhandschuhe, ein Campingbecher und eine Mundharmonika wurden auch noch eingepackt. Nachdem er den Riemenverschluß sorgfältig festgezurrt hatte, stand er eine Zeitlang mitten im Zimmer und überlegte, welche anderen Gegenstände Bewohner eines anderen Planeten möglicherweise gern sehen würden. Während er so dastand, fiel ihm wieder ein, wie entsetzt er auf ihrer vorangegangenen Reise bei dem Gedanken gewesen war, daß niemand auf der Erde wissen konnte, was mit ihnen geschehen war. Er trat an seinen Schreibtisch, fand ein leeres Blatt Papier, stellte rasch eine Liste seiner wertvollsten Habseligkeiten auf, teilte sie den entsprechenden Personen zu, schrieb an den oberen Rand des Blattes ›Dies ist mein Testament‹ und setzte seine Unterschrift darunter.

Dann ging er mit raschen, aber leisen Schritten durchs Haus, hielt einen Augenblick vor der Küche an, in der sein Vater und seine Mutter saßen und sich mit leiser Stimme unterhielten. Er konnte nicht verstehen, worüber sie sprachen. Wahrscheinlich war es nichts Wichtiges, aber aus unerfindlichem Grund wollte Ben jene Worte hören, die vielleicht die letzten waren, die sie jemals in seiner Gegenwart sprachen. Nachdem er dreißig Sekunden lang sein Gehör strapaziert hatte, flüsterte er »Wiederseh'n« in ihre Richtung, dann verließ er das Haus.

Gerade hatte er die Ecke zur Vorderfront des Gebäudes umrundet, als plötzlich die Gestalt eines Erwachsenen aus dem Schatten am Eingang vor ihm aufragte. Einen Moment lang dachte Ben, es sei sein Vater, aber er erkannte sehr bald, daß die Umrisse zu groß und klobig waren. Unmittelbar darauf, ehe er reagieren konnte, trat die Gestalt auf ihn zu und legte ihm eine riesige Pranke auf die Schulter.

»Ist das deine Jacke, Junge?« fragte der Mann, wobei er mit der anderen Hand Bens Kleidungsstück hochhielt.

Ben war sofort klar, daß es sich hier um einen Polizisten handelte. Kein Laut kam aus seiner Kehle.

»Du bist in dem UFO geflogen, stimmt's, Junge?« fuhr der Polizist fort.

Plötzlich aufkommende Panik brachte Bewegung in seine Beine. Er warf den Oberkörper herum und schaffte es, dem Zugriff des Mannes zu entschlüpfen und quer durch den Garten zu seinem Fahrrad zu sprinten. Der Polizist folgte ihm, verlor jedoch mit jedem Schritt an Boden, worauf er Ben etwas zurief. Ob es allerdings um ein Versprechen, nicht bestraft zu werden, um eine Drohung oder eine bloße Beschimpfung ging, das blieb Ben verborgen, denn alles, was an sein Ohr drang, waren kehlige, abgehackte Laute.

Er sprang auf sein Fahrrad, schob es noch ein Stück durch den aufgeweichten Boden, bis er mehrere Meter vor dem Polizisten die Auffahrt zum Haus erreichte. Die zum Entkommen nötige Geschwindigkeit erreichte er erst, als die riesigen Hände sich schon fast um seinen Körper gelegt hatten.

»Verdammt!«

Charlie Drake unterdrückte einen weiteren Fluch, während der junge Mann sich von ihm absetzte. Er hatte dem Jungen doch versprochen, daß man ihn nicht bestrafen würde. Warum hatte er nicht auf ihn gehört?

In Wahrheit war es das erste Mal in Charlies Laufbahn, daß er mehr an den Aktivitäten eines »Gesetzesbrechers« interessiert war als daran, ihn seiner Strafe zuzuführen. Wenn der Kerl nur wüßte, wie sehr er sich danach sehnte, nur einfach mit ihm zu reden –

Mit einem Achselzucken kehrte Charlie zu seinem geparkten Wagen zurück und erreichte über Polizeifunk Gordon Deems.

»Ja?« fragte sein Partner. »Was ist los? Hast du rund um die Uhr gearbeitet, Charlie?«

»Genau.«

»Woran denn?«

»An der UFO-Sache.«

Gordon verdrehte die Augen. Charlie schien sich da in eine fixe Idee verrannt zu haben, und fixe Ideen waren im allgemeinen ziemlich enervierend für einen, der einfach nur mit möglichst wenig Aufwand seine Schicht hinter sich bringen wollte.

»Hör mal«, setzte Gordon an, »wir sollten uns heute abend lieber an die Schnellstraße halten. Trunkenheit am Steuer kommt in letzter Zeit häufig –«

»Vergiß es«, unterbrach ihn Charlie. »Ich weiß, daß das ungewöhnlich ist, aber könntest du mich an der Ecke treffen, wo die Elm Street den Bach überquert?«

»Sicher«, sagte Gordon mit einem Seufzer.

Er legte das Mikrophon beiseite und machte sich daran, Charlies Anweisungen zu befolgen. Gleichzeitig sprach Deems ein stilles Gebet, daß sich die Geistesstörung seines Partners als vorübergehend erweisen möge.

Ben verringerte kaum die Geschwindigkeit, als er die Stelle erreichte, wo die Elm Street auf das Bachbett traf, sondern machte mit dem Rad einen Satz über den Bordstein und schoß die Böschung hinab in die weiche Erde, die bald darauf in Sandboden, dann ins Wasser überging. Als die Räder sich in den Matsch gruben, stieß er das Fahrrad beiseite und rannte auf den dunklen Umriß zu, der, wie er wußte, die *Thunder Road* war.

Wolfgang und Darren waren schon am Startplatz eingetroffen, und ihre Gesichter zeigten eine Mischung aus Ärger und Besorgnis, als Ben in panischem Schrecken heranstürzte.

»Wir müssen hier weg!« rief Ben. »Irgend so ein Kerl weiß über uns Bescheid.«

»Was?« erwiderte Wolfgang. »Wer? Was denn für ein Kerl? Polizei?«

»Ich weiß nicht«, keuchte Ben. »Er ist wahrscheinlich Polizist. Er hat vor dem Haus versucht, mich festzuhalten. Er hatte meine Jacke gefunden.«

»Was für eine Jacke?«

»Die ich auf unserem letzten Flug dabeihatte.«

»Das bedeutet, er war hier! Er muß die *Thunder Road* gesehen haben.«

»Stimmt!« rief Ben aus. »Er ist wahrscheinlich schon hierher unterwegs. Wir müssen abhauen!«

Die Gesichter von Ben und Wolfgang waren von Entsetzen gezeichnet, aber Darren ließ sich nicht aus der Ruhe bringen.

»Na und?« sagte er. »Der kriegt von uns 'nen Tritt in den Arsch! Das hier ist unser Eigentum. Der soll bloß mal versuchen, sich dran zu vergreifen.«

»Das ist nicht die richtige Einstellung«, erwiderte Wolfgang. »Er könnte Freunde dabeihaben oder einen Partner.«

»Und? Kriegen die eben auch 'nen Arschtritt.«

Dabei bückte er sich und hob einen Felsbrocken aus dem Flußbett auf.

»Moment mal«, flehte Wolfgang. »Laß uns nicht in Panik verfallen . . . Vielleicht sollten wir das Unternehmen einfach abblasen.«

»Ach, und wer kriegt jetzt die Panik?« gab Darren zurück.

»Was?« meldete sich auch Ben. »Das Unternehmen abblasen? Bist du übergeschnappt, Wolfgang? Wenn man uns jetzt entdeckt, *gibt* es vielleicht nie wieder ein anderes Unternehmen!«

»Er hat recht«, sagte Darren.

»Auf gar keinen Fall dürfen wir das Unternehmen abblasen«, fuhr Ben fort. »Dazu ist es zu spät. Los, rein.«

Aber Wolfgang gab nicht nach.

»Denkt mal einen Augenblick nach«, drängte er. »Ist euch eigentlich klar, was wir hier machen? Wir vertrauen unser Leben einem völlig unerprobten Autopiloten an, der möglicherweise nur in unserer Einbildung existiert, und wir haben nicht die leiseste Ahnung, woraus er besteht. Oder gar, wohin er uns dirigieren will.«

»Aber Entdecker wissen vorher nie, was sie vorfinden«,

argumentierte Ben. »Das ist ja der Grund, warum sie das Ganze überhaupt machen. Um die Wahrheit zu ergründen. Um als erste dazusein.«

»Manchmal tun sie's auch nur, damit sie ins Fernsehen kommen«, fügte Darren respektlos hinzu.

»Nicht Kolumbus«, entgegnete Ben. »Damals gab's noch kein Fernsehen. Und Magellan auch nicht oder all die anderen.«

»Du weißt schon, was ich meine«, brummte Darren. »Sie wollten, daß ihre Freunde ankamen und ihnen erzählten, was sie da Tolles vollbracht hatten.«

Ben hatte plötzlich das Gefühl, daß ihr Traum in einem Morast von Nebensächlichkeiten versank. »Kommt schon, Leute!« rief er verzweifelt. »Jetzt *gilt's!* An irgendwas muß man doch glauben! Sonst hat doch alles keinen Sinn!«

Darren schüttelte den Kopf. Der Appell war so schnell an ihm vorübergerauscht, daß er gar nicht begriffen hatte, was Ben meinte.

»Okay«, sagte Wolfgang. »Dann klär uns doch auf. Wer sind die? Was wollen die von uns? Na?«

»Ich weiß es nicht«, sagte Ben mit einem Achselzucken. »Ist das denn so wichtig?«

»Natürlich ist das wichtig«, erwiderte Wolfgang. »Was ist, wenn sie uns *fressen* wollen? Na? Oder uns Larven einpflanzen, die uns von innen her verzehren? Oder . . .«

Die Debatte begann Darren auf die Nerven zu gehen, besonders jetzt, da es darum ging, von Außerirdischen gefressen zu werden.

»Laßt uns doch einfach losfliegen«, murmelte er.

Mit diesen Worten öffnete er die Luke der *Thunder Road* und wollte einsteigen.

»Aaaaahhhh!«

Eine groteske Gestalt, die im Dunkeln noch furchterregender wirkte, sprang ihm entgegen.

»Scheiße!« brüllte Darren.

Er griff nach der wallenden Gestalt, zerrte sie aus dem Raumschiff und warf sie zu Boden. Auf halbem Weg fing das Monster zu kichern an. Wütend tastete Darren sich dahin vor, wo das Geräusch herkam, und spürte, wie seine Hand mit Gummi in Berührung kam. Einen Augenblick später hatte er eine Maske und einen Satz Gummiklauen von Wolfgangs jüngerem Bruder Ludwig entfernt.

Als er die Stimme erkannte, kam Wolfgang angerannt.

»Ludwig«, knurrte er. »Ich bring dich um.«

Sein Bruder war von dieser Drohung weder eingeschüchtert noch beeindruckt. »Dann weck ich die Mama«, konterte er.

Da er sich darüber im klaren war, daß ihre Zeit begrenzt und die Mittel zur Besänftigung des widerspenstigen Ludwig beschränkt waren, beschloß Wolfgang, sich auf Erpressung einzulassen.

»Ich laß' dich auch mit dem Mechanischen Arm spielen«, versprach er und gab sich Mühe, zu lächeln.

»Ich bin nicht bestechlich«, antwortete Ludwig. »Ich sag alles der Mama.«

»Was sagst du ihr?«

»Daß du hier Unsinn machst.«

»Na und?« gab Wolfgang zurück, denn er verlor zusehends die Geduld mit seinem Bruder. »Wir tun nichts Illegales. Wir machen doch bloß Quatsch.«

»Hah!« schnaubte Ludwig.

Jetzt näherte sich Ben dem Jungen und versuchte es auf die freundschaftliche Tour. »Ludwig«, lächelte er und legte ihm die Hand auf die Schulter. »Kannst du ein Geheimnis für dich behalten?«

»Vielleicht«, antwortete Ludwig skeptisch.

»Also«, sagte Ben, »das Geheimnis ist, daß dies ein echtes Raumschiff ist und wir heute abend wirklich einen Flug unternehmen wollen, aber niemand darf davon erfahren. Weil die sonst versuchen würden, uns davon abzuhalten.«

Ludwig blickte von einem ernsten Gesicht zum anderen. Er konnte keine Hinterlist darin entdecken.

»Überzeugt habt ihr mich nicht«, sagte er schließlich. »Für wie dumm haltet ihr mich eigentlich? Ihr habt doch bestimmt was angestellt.«

Die drei schauten sich an. Sie hatten keine Ahnung, wie sie mit dem Kleinen fertigwerden sollten. Es wäre einfach gewesen, ihn einzuschüchtern, ihn fortzuscheuchen, aber alle hatten nur den Wunsch, ihn zu besänftigen, um Ärger zu vermeiden. Wolfgang wußte, daß Ludwig nicht richtig böse war, nur ein bißchen boshaft, und unbedingt überall mit einbezogen werden wollte. Aber sie hatten keine Zeit, sich auf langwierige Verhandlungen einzulassen. Plötzlich war das Geräusch eines Automotors zu hören, dann das Quietschen von Bremsen, darauf leuchteten Scheinwerfer von der Überführung her ins Bachbett hinunter. Die Beule auf dem Wagendach deutete darauf hin, daß es sich um ein Polizeifahrzeug handelte, was alle drei Jungen in Panik versetzte.

Darren handelte als erster. Er tat einen raschen Schritt auf Ludwig zu und hob drohend einen Zeigefinger.

»Hör mal«, knirschte er. »Du verschwindest jetzt hier und hältst über das hier den Mund, sonst trete ich dir so in den Hintern, daß dein Rückgrat sich in seine Einzelteile auflöst und du den Rest deines Lebens wie eine Made 'rumkriechen mußt. Verstanden?«

Das schien gesessen zu haben. »Äh . . . klar.« Ludwig nickte und machte sich eilig die Böschung hinauf aus dem Staub. Währenddessen eilten Wolfgang und Ben zum Raumschiff. Darren tat so, als wolle er Ludwig verfolgen, um sicherzugehen, daß dessen Drang nach Hause anhielt, dann dreht er sich um und kroch hinter seinen Partnern in die *Thunder Road* .

»*Dem* hab' ich's jedenfalls gegeben«, hörten sie ihn murren, während er die Luke schloß.

»Bist du soweit?« fragte Ben und sah Wolfgang dabei nervös an.

»Klar.«

»Dann laß uns hier verschwinden, ohne erst die ganzen Checklisten und sowas durchzugehen.«

Wolfgang bemerkte die Silhouette, die sich ihnen näherte, und befolgte in aller Eile die Anweisung. Von ihrem Kraftfeld umgeben stieg die *Thunder Road* rasch und geräuschlos durch die Bäume empor, bis die winzige Gestalt unter ihnen mit den dunklen Schatten des Waldes verschmolz und nicht mehr zu sehen war.

»Gut gemacht«, sagte Ben.

Darren nickte lächelnd. Er hatte sich bereits die Kopfhörer seines Walkman aufgesetzt und hörte sich lauten Rock 'n' Roll an, während sie emporstiegen.

»Jetzt laß uns richtig loslegen«, sagte er.

»Auf ins Nichts«, erwiderte Wolfgang und gab Daten in den Computer ein.

Die Lichter der Stadt blieben unter ihnen zurück, als die *Thunder Road* zunehmend beschleunigte. Die Tempoangaben auf dem Schirm bestätigten ihre große Steiggeschwindigkeit, denn sie vervielfachten sich mit jeder Sekunde in geometrischer Progression. Sie überstieg jegliches Fassungsvermögen, selbst das des abenteuerlustigen Ben. Er spürte, wie sein Herz hüpfte, streckte die Hand aus, um die Luftmenge zu überprüfen, die aus der Energieversorgung strömte, und war beruhigt, als er feststellte, daß alles funktionierte. Der ununterbrochene Luftstrom war stark genug, um die Härchen auf seinem Unterarm zu Berge stehen zu lassen. So war es doch erheblich bequemer, als durch ein Mundstück zu atmen, dachte er.

Wolfgang unterbrach Bens Gedankengang.

»Schaut nicht direkt in die Sonne«, befahl er und schlüpfte wieder in die Rolle des Flugkapitäns. »Wir hätten dran denken sollen, Schutzbrillen mitzubringen.«

Darren nickte. »Weißt du, daß das Licht der Sonne acht Sekunden braucht, um die Erde zu erreichen?« sagte er.

»Versuch's mal mit acht Minuten«, verbesserte ihn Wolfgang.

»Hab ich doch gemeint.«

Darren blickte aus dem Fenster und hatte nach seinem kurzlebigen Versuch, die anderen zu belehren, wieder einmal das Gefühl, der Dumme zu sein. Er hätte wissen müssen, daß es keinen Sinn hatte, Wolfgang mit wissenschaftlichen Gemeinplätzen beeindrucken zu wollen.

Auch Ben richtete den Blick auf die Lichter in der Ferne. Inzwischen waren sie schon so hoch gestiegen, daß es unmöglich war, zu erkennen, wo ihr Heimatort lag, geschweige denn das Bachbett, von dem aus sie gestartet waren. Es sah alles so still und friedlich aus. Und doch wußte er, daß die Szenerie unter ihnen, wie jeder natürliche Organismus, in Wahrheit eine Anhäufung von Schlachten und Überfällen, Geburten und Todesfällen, Hunger, Qual und Schmerz darstellte. Irgendwo auf diesem schwarzen, mit winzigen Lichtern durchwirkten Teppich, wußte er, lebten seine Mutter und sein Vater weiter, setzten ihre Unterhaltung vielleicht gerade so fort, wie er sie zuletzt gesehen hatte. Oder sie hatten vielleicht nach ihm gerufen und keine Antwort erhalten.

Leise, beinahe unhörbar, sagte er, wie zu sich selbst: »Ich frage mich, ob man uns schon vermißt . . .«

IX

Wie fast jeden Abend öffnete Bens Mutter vorsichtig die Tür zu seinem Zimmer und warf einen Blick hinein. Da sie aus einer sehr armen Familie stammte, mißfiel ihr die Angewohnheit, das Radio oder den Fernseher anzulassen und so Energie zu verschwenden. Aber das war nicht der wichtigste Grund für die Bettenkontrolle. Sie konnte einfach beruhigter schlafengehen, wenn sie wußte, daß Ben wohlbehütet in seinem Bett lag. Seine anhaltende Verstimmung und Schweigsamkeit hatten sie in letzter Zeit beunruhigt, aber sie nahm an, daß er wieder mal eine Entwicklungsphase durchmachte. Es bereitete ihr Kummer, daß er sich ihr offenbar nicht anvertrauen wollte, aber es gab keine Möglichkeit, ihn dazu zu zwingen.

»Wahrscheinlich ein Mädchen«, flüsterte sie, als sie daran zurückdachte, wie er bester Laune zu Loris Geburtstagsparty aufgebrochen war, nur um in einer Stimmung zurückzukehren, die man nur als verdrießlich bezeichnen konnte.

Die Gestalt unter der Bettdecke bewegte sich nicht, also beschloß sie, Ben nicht mit einem Gute-Nacht-Kuß zu stören. Aber als sie die Hand nach dem Schalter der Schreibtischlampe ausstreckte, bemerkte sie etwas, das sie interessierte – ein Farbklecks. Sie ging auf Zehenspitzen zum Schreibtisch und hob ein Blatt Papier an, bei dem es sich um eine Liste von Bens Habseligkeiten zu handeln schien. Sie legte es rasch beiseite, denn sie hatte gefunden, was sie angelockt hatte – erst kam ein wohlgerundeter Schenkel zum Vorschein, dann das übrige Ausklappfoto aus dem *Playboy*, das geschickt inmitten der Unordnung auf dem Schreibtisch versteckt gewesen war.

Mit einem finsteren Blick in Richtung Bett wandte sie sich zum Gehen, wobei sie eine Drohung flüsterte.

»Mein lieber Mann . . .«, sagte sie, »du weißt gar nicht, wie nahe du daran bist, deinen Ausgang gestrichen zu kriegen . . .«

In Wahrheit hatte ihr Sohn seinen Ausgang auf eine Entfernung von 30 000 Kilometern ausgedehnt, denn die *Thunder Road* machte sich gerade daran, am Mond vorbeizufliegen, der für die Besatzung des Raumschiffs immer größer wurde.

»Unglaublich«, rief Darren aus.

»Wir könnten hin, wenn wir wollten«, sagte Ben. »Nur, daß wir nicht die ersten wären.«

»Was meint ihr?« fragte Darren. »Haben wir Zeit, uns mal auf dem Mond umzusehen, Wolfgang?«

»Klar, wir könnten dort landen«, erwiderte Wolfgang. »Man muß exakte Flugbahnen berechnen, um den Mond in seiner Umlaufbahn zu treffen, aber wir fliegen so schnell, daß ich einfach so drauf zu halten könnte.«

»Klar«, sagte Ben. »Aber ich bin dagegen.«

»Warum?« fragte Darren. »Ich war noch nie auf dem Mond, du etwa?«

»Nein. Aber wenn dabei irgendwas passiert, wäre das das Ende unserer Mission. Es ist eine Sache, einen Defekt zu haben, nachdem man einen unerforschten Ort erreicht hat, aber das hier wäre eine Schande. Als wäre Magellan zu seiner Weltumsegelung aufgebrochen und hätte es nur bis Florida geschafft. Ein paar Jahre zuvor wäre Florida noch ein lohnenswertes Ziel gewesen, aber inzwischen mußte mehr geleistet weden, richtig? Also müssen wir in Tiefen vordringen, die nie zuvor ein Mensch erreicht hat.«

Als Ben diesen Satz aussprach, begann Wolfgang die *Raumschiff Enterprise*-Titelmelodie zu summen.

»Okay«, sagte Darren mit einem Achselzucken. »Ich hab' schon begriffen. Der Mond ist Kinderkram.«

Der riesige Erdtrabant beherrschte jetzt ihr Sichtfeld, und seine pockennarbige Oberfläche war kristallklar zu erkennen. Einen Moment lang schien er den Himmel zu verdecken; dann begann er rasch hinter ihnen zurückzufallen, als die *Thunder Road* ihren Flug in die Tiefen des Universums fortsetzte.

Der Moment des Vorbeiflugs beeindruckte Ben und ließ ihn vor Erregung ein wenig erschauern.

»Was jetzt?« fragte er.

»Wir fliegen einfach weiter«, sagte Wolfgang. »Und hoffen, daß unsere Karte des Sonnensystems keine Fehler enthält.«

Während er noch sprach, begann der Computer die gleichen trillernden Geräusche von sich zu geben, mit denen er sie beim ersten Flug überrascht hatte. Nun kam der Ton nicht mehr unerwartet, rief aber trotzdem bei allen Dreien ein Zittern hervor.

»Junge, Junge, schaut euch das an«, murmelte Wolfgang.

Ziffern und Zeichen zogen mit rasender Geschwindigkeit über den Schirm. Und wie beim letzten Mal begann sich auch diesmal die *Thunder Road* aus eigenem Antrieb fortzubewegen.

»Es geht wieder los!« rief Wolfgang. Seine Stimme, schrill und ein wenig unsicher, zeugte davon, daß er zutiefst erschrokken war.

»Wir werden gerufen«, sagte Ben leise.

»Und es gefällt mir immer noch nicht«, sagte Darren. »Warum können wir dieses Ding nicht selber steuern? Dann würde ich mich erheblich wohler fühlen . . .«

Wie um seiner Bitte zu trotzen, nahm die *Thunder Road* noch mehr Geschwindigkeit auf, und ein unheimliches Summen nahm an Intensität und Lautstärke zu, während das sie umgebende Kraftfeld zu vibrieren schien.

Darren streckte die Hand aus und legte sie gegen die Schiffshülle. Der gleiche Bolzen, den er auf dem ersten Ausflug angezogen hatte, hatte sich wieder gelockert. Als er ihn mit der Hand festschraubte, stellte er befriedigt fest, daß das Vibrationsgeräusch nachließ. Das Summen nahm jedoch nicht ab, sondern steigerte sich zu einem Crescendo.

Wolfgang saß schweigend mit offenem Mund da und starrte auf eine Zahlenreihe auf dem Bildschirm, deren Ziffern in einem raschen Countdown auf Null zugingen.

»Was soll das?« wollte Ben wissen. »Was geht vor?«

»Frag mich nicht!« erwiderte Wolfgang, und seine Augen weiteten sich vor Erregung.

»Was haben die Zahlen zu bedeuten? Sieht aus wie ein Count-down!«

»Brillant erkannt!«

Das Summen im Schiff wurde zu einem ohrenbetäubenden

Donnern, als die Zahlen sich der Null näherten und dem Höhepunkt, der, wie sie wußten, unmittelbar bevorstehen mußte. Darren hielt sich die Ohren zu; Ben schloß ganz fest die Augen; Wolfgang starrte wie hypnotisiert weiterhin auf den Schirm.

Als die Ziffern bei Null angelangt waren, erfüllte ein greller Lichtblitz das Schiff, gefolgt von Geräuschen, unter deren Ansturm sich die drei Jungen schutzsuchend zusammenrollten. Von außen sah die *Thunder Road* aus wie ein von der Erde wegfliegender Komet, ein leuchtendes Geschoß mit kilometerlangem Schweif, das sich mit ungeheurer Geschwindigkeit fortbewegte.

Ein Blick auf die Ziffern in der Spalte für die Energieversorgung auf dem Bildschirm entlockte Wolfgang ein Keuchen.

»Was?«, fragte Ben.

»Wir haben möglicherweise ein Leck in der Energieversorgung. Unsere Batterie war nicht dazu gedacht, einen solchen Beschleunigungsstoß zu verkraften.«

»Und was ist, wenn wir zurück wollen?« fragte Darren mit schweißnasser Stirn.

»Oh, toll!« explodierte Wolfgang. »*Jetzt* denkt er ans Zurückfliegen!«

»Wollt ihr wohl die Schnauze halten?« brüllte Ben. Er schaute mit glänzenden Augen durchs Bullauge, und tiefer Friede ließ seine Gesichtszüge sanfter erscheinen. Ungeachtet sämtlicher Gefahren deutete alles darauf hin, daß er das Erlebnis tatsächlich genoß.

»Verderbt es nicht«, flüsterte er.

Darren und Wolfgang sahen sich an. Ihr Verdacht hatte sich bestätigt. Ben war nicht ganz da. Niemand, der angesichts solcher Gefahren so reagierte, konnte noch alle Tassen im Schrank haben.

»Er ist verrückt«, sagte Darren. »Wir sitzen vielleicht hier draußen fest, und er genießt die Aussicht.«

»Warum auch nicht?« fragte Wolfgang. Die Worte waren heraus, ehe es ihm bewußt wurde. Als er sie in seinem Kopf analysierte, erkannte er, daß auch er sich mit der Möglichkeit abgefunden hatte, im Weltraum verloren zu sein. Und doch lag, auch wenn es mit Grauen verbunden war, ein seltsamer

Reiz und etwas Faszinierendes darin, sich an einem Ort zu befinden, wo noch nie ein Mensch gewesen war.

»Mein Gott, wo sind wir?« flüsterte Darren. »Jetzt kommt mir gar nichts mehr bekannt vor.«

»Was hast du erwartet, ein McDonalds-Schild?« fragte Wolfgang leise.

»Ist das eigentlich überhaupt noch unser Universum?« fuhr Darren fort. »Wie weit sind wir von der Erde weg?«

»Frag Ben. Der kennt alle Antworten.«

Wolfgang und Darren sahen zu Ben hinüber, der immer noch wie erstarrt aus dem Bullauge schaute. Langsam formten seine Lippen ein Wort, aber seine Kehle brachte keinen Laut hervor. Seine Augen weiteten sich, auch wenn das unmöglich schien, noch mehr, während er weiterhin die neue Welt betrachtete, die sie alle und die *Thunder Road* umgab.

»Oh, mein Gott . . .«, hauchte er.

Der entsetzte Unterton in seiner Stimme veranlaßte die beiden anderen Jungen, nach rechts hinauszusehen in die Richtung, in die Ben starrte.

Es schien den halben Himmel einzunehmen, und obwohl sie es noch nie gesehen hatten, nicht einmal etwas ähnliches, wußten sie sofort, worum es sich handelte. Der Grundriß war rechteckig, aber es gab an der Außenhülle auch gewölbte Flächen, spitze Auswüchse und dunkle Spalten. Weil es unmöglich war, die Entfernung zwischen dem Objekt und der *Thunder Road* zu schätzen, ließen sich seine Dimensionen nicht schätzen, aber alle drei Jungen wußten, daß es riesig war. Es schien unbeweglich im All zu hängen, und es vermittelte einen eigenartig unstabilen Eindruck, wie ein Saurier kurz vor dem Angriff.

»Es ist . . . ein . . . fremdes Raumschiff«, murmelte Ben, der es als erster geschafft hatte, seine Erstarrung abzulegen.

»Ich hab's euch ja gesagt!« keuchte Wolfgang, in einem Ton, der zwischen einem Wimmern und einem Kreischen lag. »Ich hab' euch gesagt, wir hätten nicht herkommen sollen, aber nein –«

»Halt gefälligst das Maul!« unterbrach ihn Darren. »Wie können wir hier verschwinden?«

Wolfgang, der beinahe dankbar war, daß er etwas zu tun

bekam, kehrte dem Bullauge den Rücken zu und hämmerte auf die Tastatur des Computers ein, gab hektisch jeden Exit- und Umkehrcode ein, der ihm einfiel. Die *Thunder Road* fuhr unbeirrt fort, sich auf das riesige Schiff zuzubewegen.

»Gar nicht«, sagte Wolfgang schließlich.

»Vielleicht wollen sie uns nur beobachten«, bemerkte Ben hoffnungsvoll, schenkte aber seinen eigenen Worten keinen rechten Glauben.

»Die wollen uns fressen«, sagte Darren.

»Red' keinen Unsinn«, entgegnete Wolfgang. »Das ist kein Tier. Es ist ganz offensichtlich ein Raumschiff, das von intelligenten Wesen konstruiert wurde. Die werden uns nicht totbeißen.«

»Aber sie könnten uns zerstrahlen.«

Während Darren sprach, öffnete sich an der Unterseite des dunklen Schiffes spiralförmig eine Schleuse. Dahinter lag nichts als Finsternis. Als ob man daheim in der Küche in den Schacht des Müllschluckers schaut, dachte Ben, während sie sich dem Schlund näherten. Die Schwärze wurde noch dadurch vertieft, daß ihr Eintauchen das Sternenlicht auslöschte.

»Bei lebendigem Leib verschluckt«, murmelte Wolfgang, der anscheinend doch noch Darrens Analyse ihrer Lage akzeptiert hatte.

»Ich wünschte, mein Vater wäre hier«, sagte Darren ruhig.

Sie sahen zu, wie der letzte Stern aus ihrem Gesichtsfeld verschwand und sie durch eine röhrenförmige Kammer zu schweben begannen. Als sie in den Tunnel einflogen, flackerte das Kraftfeld um die *Thunder Road* und erstarb dann, aber das Schiff blieb auf Kurs, offenbar von irgendeiner äußeren Energie angetrieben.

Wolfgang wandte sich zum Computer und versuchte noch einmal, eine Fluchtroute zu programmieren, aber das Gerät weigerte sich, seine Anweisungen anzunehmen.

»Das Ding ist hinüber«, sagte er.

»Es bewegt sich von alleine«, fügte Ben hinzu.

Darrens Gesichtsausdruck war leichenhaft, sein Blick auf einen Punkt knapp unterhalb des Bullauges der *Thunder Road* gerichtet.

Sie schienen sich durch einen lichten Dunst zu bewegen, und

die einzigen Geräusche waren ihr Atmen und das entfernte Knirschen von Maschinen. Ben dachte an einen alten Film, den er einmal gesehen hatte, in dem der Held im Innern eines gigantischen Roboters gefangen war und der Höhepunkt darin bestand, daß der Held sich einer Ansammlung mahlender Zahnräder näherte, die den Eingang zum Magen des mechanischen Monsters bildeten. Er konnte sich nicht erinnern, wie der Held entkommen war; auch glaubte er nicht, daß die Szene in irgendeiner Weise mit seiner momentanen Situation vergleichbar sei. Vielleicht versorgte ihn sein Gehirn nur mit etwas, worüber er nachdenken konnte, damit er nicht verrückt wurde.

Sein Gehirn gab ihm auch einen Gedanken ein, der beinahe positiv war, etwas, das so offensichtlich und doch unauffällig war, daß nur Ben es bemerkt hatte. Sie atmeten.

»Es muß hier drin Sauerstoff geben«, sagte er. »Sonst könnten wir nicht atmen.«

Wolfgang nickte. »Wir sind allerdings aufgeschmissen, wenn es nur der Rest von dem ist, was wir im Schiff hatten.«

»Das glaube ich nicht«, erwiderte Ben. »Das Kraftfeld ist schon vor einer ganzen Weile ausgegangen.«

Wolfgang nickte. Es bereitet ihm nur wenig Trost, zu wissen, daß er so lange frei atmen konnte, bis sie eines schrecklichen Todes starben.

Während sie noch über ihr Dilemma nachdachten, erreichte die *Thunder Road* einen neuen Abschnitt, der jetzt weitgehend grau statt schwarz war. Nun hatte es den Anschein, als würde die Schiffshülle kochen, als sie von allen Seiten mit dampfartigem Nebel besprüht wurden.

Die Veränderung der Umgebung riß Darren aus seiner Erstarrung. Er sah sich nach allen Seiten um, und sein Blick wurde wieder lebhafter.

»Was ist denn das, eine Autowaschanlage?« wollte er wissen.

Oder vielleicht, dachte Wolfgang finster, das erste Stadium eines mechanischen Verdauungstrakts . . .

Der Sprühnebel hielt nur eine Minute lang an, dann schwebte die *Thunder Road* in einen weiteren, flachen Abschnitt, der einer riesigen unterirdischen Höhle glich. Als die kleinen Unregelmäßigkeiten in den Höhlenwänden sich nicht mehr bewegten, erkannten die Jungen, daß sie zum

Stillstand gekommen waren. Alle drei Augenpaare spähten in die dunstige Höhle hinaus. Ben richtete den Strahl der Taschenlampe nach draußen, aber deren mattes Licht konnte die Düsternis nicht durchdringen.

»Die Fahrt ist zu Ende, wie's scheint«, brummte Darren.

Lange Zeit saßen die Jungen da, schauten hinaus und warteten darauf, daß etwas geschah. Als die Stille immer bedrückender wurde, begann Ben immer unruhiger zu werden.

»Vielleicht sollten wir aussteigen«, schlug er vor.

»Spinnst du?« sagte Wolfgang.

»Meinst du, wir sollen einfach hier sitzenbleiben?«

»Was haben wir denn für eine Alternative?«

»Aussteigen.«

»Das ist keine Alternative.«

»Es ist etwas, das wir unternehmen könnten, und eine Abwechslung.«

»Wenn dir jemand eine Handgranate gibt, kannst du sie entweder einfach festhalten oder den Zündstift ziehen«, sagte Wolfgang. »Den Zündstift zu ziehen, das wäre eine Abwechslung.«

»Was schlägst du denn vor?«

»Ich meine, sitzenbleiben. Vielleicht schickt das Ding uns genauso wieder raus, wie es uns hereingezogen hat. Vielleicht weiß es gar nicht, daß wir Lebewesen sind. Wenn es glaubt, wir wären ein Stück Weltraummüll, wird es uns wieder ausspucken.«

Wolfgangs Worte hörten sich sogar für ihn selbst ziemlich nichtssagend an, aber er hatte absolut kein Bedürfnis, die Innereien irgendeines Gebildes aus den Tiefen des Alls zu erkunden.

»Jedenfalls hat es keinen Sinn, hier nur 'rumzusitzen«, fuhr Ben fort. »Die *müssen* uns einfach erwartet haben.«

»Genau!« entgegnete Wolfgang. »Darum sage ich ja, wir sollten uns totstellen.«

Plötzlich schüttelte Darren den Kopf wie ein Hund, der aus dem Regen ins Trockene kommt. »Nein«, sagte er entschieden. »Ich meine, wir sollten raus. Und wenn sie uns Ärger machen, kriegen sie von uns 'nen Tritt in den Hintern!«

»Großartig!« brüllte Wolfgang. »Darauf kann man sich verlassen, daß du mit einem todsicheren Plan ankommst! Wir treten sie in den Hintern! Wie die Mücke, die den Elefanten zusammenschlägt!«

»Komm schon«, drängte Darren.

»Ich rühre mich nicht von der Stelle.«

»Er will, daß wir einfach hierbleiben, bis wir verhungern«, sagte Ben müde.

»Nein«, erwiderte Wolfgang. »So unzulänglich es auch ist, aber dieses Schiff ist unser einziger Schutz. Vielleicht wissen sie nicht, wie man hineinkommt. Warum sollten wir ihnen in die Hände spielen, indem wir –«

Plötzlich einsetzender Lärm über ihnen veranlaßte Wolfgang, mitten im Satz abzubrechen. Die Jungen sahen aus dem Bullauge, verrenkten sich die Hälse, um die Quelle des Krachs über ihnen ausfindig zu machen.

Alle drei erkannten das fragliche Objekt zur gleichen Zeit – eine riesige, glänzende Ramme, die sich mit allmählich zunehmender Geschwindigkeit auf sie herabsenkte. Sie schien nur eines im Sinn zu haben – die *Thunder Road* entweder in Millionen Einzelteile oder zu einer großen Schrottplatte zu zermalmen.

Wolfgang änderte seine Meinung und griff hastig nach der Ausstiegsluke. Im Nu waren alle drei Jungen nach draußen geklettert und bewegten sich durch den dichten Dunst, der wie Bodennebel auf der Fläche unter ihren Füßen haftete.

Einen Augenblick später war das Objekt bis auf etwa einen Meter an die *Thunder Road* herangekommen, als es plötzlich innehielt. Energiefunken sprangen von dem Ding auf das Schiff über, dessen Inneres in ein gespenstisch grünes Licht getaucht wurde. Der Energiestoß dauerte kaum eine Minute und hinterließ die *Thunder Road* so strahlend, als hätte sie gerade radioaktiven Beschuß durchlaufen.

»Vielleicht ist sie sterilisiert worden«, sagte Wolfgang.

»Ich bin jedenfalls froh, daß wir nicht drin waren«, lächelte Ben grimmig.

Darrens Reaktion entsprang den vielen Stunden, die er an dem Schiff gearbeitet hatte, als er sich immer wieder fragte, wie er es äußerlich ansprechender machen könnte. Die Nachwirkung des Energiestoßes schien dieses Problem gelöst zu haben, zumindest was ihn betraf.

»Toll«, rief er. »Jetzt sieht sie radioaktiv aus wie ein echtes Raumschiff.«

»Und was jetzt?« fragte Ben. »Will einer von euch ins Schiff zurück?«

»Ich nicht«, sagte Wolfgang.

»Ich nicht«, wiederholte Darren.

»Also bleibt uns wohl nichts anderes übrig, als die Umgebung zu erkunden«, schloß Ben. »Deswegen sind wir ja schließlich hier, oder etwa nicht? Um etwas Neues zu entdecken. Stellt euch das nur mal vor. So muß sich Kolumbus gefühlt haben, als er die Neue Welt entdeckt hat und am Ufer all diese fremdartigen Eingeborenen gesehen hat.«

»Bis auf eine Kleinigkeit«, sagte Wolfgang. »Er hat gesehen, daß die Eingeborenen nur Speere hatten, gegenüber seinen Flinten. Also wußte Kolumbus, daß er der Stärkere war. Wir sind gerade von einem anscheinend hochtechnisierten Wal verschluckt worden. Ich habe das Gefühl, daß in diesem Fall vielleicht wir die Eingeborenen sind.«

»Was macht das schon für einen Unterschied? Wie Darren sagt: Wenn sie uns Ärger machen, treten wir sie in den Hintern.«

Sie sahen hinauf zur Decke der großen, kreisrunden Kammer, in der sie sich nun befanden. Im Lichtkegel ihrer Taschenlampen erkannten sie einen kathedralenartigen Rundbogen aus grauem Material, das eher metallisch als steinern wirkte. Der Bogen verlor sich weiter unten in der Schicht dichten Nebels, die ihnen bis an die Schultern reichte.

»Glaubt ihr, es wird uns Spaß machen, hier zu leben?« fragte Darren. Seinem Tonfall war zu entnehmen, daß es keine erfreuliche Erfahrung werden würde.

»Ich frage mich, warum die wohl immer noch abwarten«, murmelte Ben. »Ich meine, die müssen sich doch Jahrtausende lang auf sowas vorbereitet haben, nur auf diesen Moment, in dem sie Kontakt zur Erde aufnehmen. Und wir sind diejenigen, die sie ausgewählt haben!«

»Wir sollten uns lieber nicht überschätzen«, sagte Wolfgang. »Wir sind nur zufällig vorbeigekommen. Wenn sie die Wahl gehabt hätten, hätten sie sich ein paar große Wissenschaftler ausgesucht, Staatsoberhäupter, einen Haufen wichtiger Leute aus jedem Land.«

»Mangelndes Selbstbewußtsein«, sagte Darren mit einem Grinsen.

»Vielleicht haben sie bloß noch keinen Hunger«, fuhr Wolfgang nervös fort.

Sie bewegten sich sehr vorsichtig durch den Nebel, indem sie die Füße am Boden entlang vorschoben, anstatt richtige Schritte zu machen, aber nach etwa einer Minute, in der ihr Selbstvertrauen wuchs, begannen sie, sich schneller voranzubewegen. Darren ging voraus und ließ seinen Blick vom Ende des Gewölbes, das vor ihnen lag, zur *Thunder Road* schweifen, die hinter ihnen im Nebel zu verschwinden begann.

»Ben hat recht«, rief Darren über die Schulter zurück. »Wir sind hier, um Entdeckungen zu machen, also sollten wir das auch tun. Wir gehen jetzt zum Ende dieser Halle und sehen nach, was –«

Plötzlich verschwand er.

Ben und Wolfgang starrten mit offenem Mund auf die Stelle, wo Darren eben noch gewesen war.

»Wo ist Darren?« schrie Wolfgang.

»Er ist weg!«

Einen Augenblick drehten sie sich wie Kreisel, und der Dunst wirbelte über ihre Köpfe hinauf, als sie in allen Richtungen nach ihrem Freund Ausschau hielten. Aber er war verschwunden, als habe sich unter ihm ein Loch aufgetan und ihn verschluckt.

»Laß uns hier verschw-« setzte Wolfgang an.

Der Rest seiner Worte wurde vom plötzlichen, eintretenden Schock verschluckt, als die beiden Jungen in einen nebelverhangenen Abgrund stürzten, der sich unter ihren Füßen auftat. Kopfüber purzelten sie eine Rutschbahn ohne Seitenwände hinab, ein furchterregender, rasender, schwindelerregender Fall, der nicht enden zu wollen schien. Erst nach einer scheinbaren Ewigkeit landeten die zwei verschreckten Jungen in einem langen, nebligen Korridor. Darren war nirgends zu sehen.

Einen Moment lang blieben sie beide auf dem Rücken liegen und starrten zur undeutlich sichtbaren Decke hinauf.

»Darren«, murmelte Wolfgang nach einer Weile, dann wiederholte er den Namen mit lauter Stimme. Es gab keine Reaktion darauf, keinen Laut. »Wo ist er?« sagte er.

»Wo sind *wir?*« wollte Ben wissen. »Man dürfte uns eigentlich nicht so behandeln. Das muß ein Mißverständnis sein.«

»Ich versteh' nicht«, flüsterte Wolfgang.

»Wir sind Botschafter eines anderen Planeten. Es ist nicht üblich, Botschafter so zu behandeln. Es ist üblich, ihnen Respekt entgegenzubringen –«

»Botschafter, daß ich nicht lache!« entgegnete Wolfgang. »Mißverständnis, daß ich nicht noch lauter lache! Die testen uns wie Mäuse in einem Labyrinth! Die stellen fest, wie wir auf Schock und Folter reagieren, und wenn sie ihren Spaß mit uns gehabt haben, werden sie uns wahrscheinlich fressen!«

»Nein«, sagte Ben. »Ich kann nicht glauben, daß wir den ganzen Weg hierher gekommen sind, nur um gefressen zu werden.«

»Es sind schon seltsamere Dinge passiert.«

Während sie noch über ihre Lage debattierten, drang ein tiefes Rumpeln an ihre Ohren, so als nähere sich etwas.

»Mein Gott, was jetzt?« murmelte Wolfgang.

Er setzte sich auf, griff nach Ben und half ihm auf die Füße.

»Sieh nur!« schrie er.

Er zeigte in den Nebel, aus dem eine riesige Maschine, die den Korridor vom Boden bis zur Decke und von Wand zu Wand ausfüllte, langsam auf sie zu rumpelte, und zwar auf Schienen, die in die Wände eingelassen waren. Ihr Aussehen glich entfernt dem einer Spinne, eine groteske metallene Kreatur, die an der Vorderseite mit diversen Gerätschaften versehen war. Die hoben und senkten sich mit mechanischer Präzision und glichen dabei Armen oder Antennen mit der Fähigkeit, Gegenstände zu zerhacken und alles von einem Auto bis zu einer Nissenhütte in seine Einzelteile zu zerlegen.

»Laß uns verdammt nochmal hier verschwinden!« keuchte Ben und rannte los.

Unmittelbar fühlte Ben, wie sein Körper auf eine feste Oberfläche auftraf, wo eben noch keine feste Oberfläche gewesen war. Unerklärlicherweise hatte sich der Tunnel hinter ihnen in ein Barriere verwandelt, so daß ihnen kaum anderthalb Meter Bewegungsfreiheit blieben.

»Wir sind gefangen«, sagte Wolfgang.

Da sie nicht entkommen konnten, sahen die Jungen mit morbider Faszination zu, wie das riesige rumpelnde Ungeheuer sich ihnen bis auf wenige Zentimeter näherte. Ein feiner, beißender Sprühnebel wurde von seiner Oberfläche abgesondert, was Wolfgang an ein gewaltiges, schwitzendes Tier denken ließ. So mußte es sein, überlegte er, wenn man von einem Tyrannosaurus Rex angegriffen wurde.

Das Ding verharrte, wie zum Zuschlagen bereit, eine halbe Ewigkeit. Sie konnten leise, tropfende Geräusche hören, sowie ein kaum wahrnehmbares mechanisches Klicken, vermischt mit Computergeräuschen. Spielte es mit ihnen? Oder hieß das, ihm zuviel Intelligenz zuzumessen? Wußte es überhaupt, daß sie da waren? Ben und Wolfgang wagten kaum zu atmen, starrten es wie betäubt an.

Nach einem Augenblick gespenstischer Stille streckte das spinnengleiche Gerät plötzlich die Fühler aus und drückte sie gegen die Wand. Mit beängstigender Präzision ließ es eine Unmenge von Händen und Greifern vorschnellen, die ihre Kleidung abtasteten, in ihre Taschen faßten, sie mit Lichtstrahlen ableuchteten und an ihnen zu *riechen* schienen. Als einer der Metallfinger das Bild von Lori aus Bens Tasche zog, schrie er es wütend an.

»Nicht«, brüllte Wolfgang. »Laß es ihm! Wenn du es verärgerst –«

Ben machte den Mund zu, als er erkannte, wie recht sein Freund hatte. Einen Augenblick darauf waren die Jungen in einen Sprühnebel gehüllt, den die Maschine auf sie gerichtet hatte.

»Sieht so aus, als könnte es uns nicht riechen«, brummte Ben.

Wolfgang nickte und rümpfte die Nase.

Dann verschwand die Maschine so plötzlich, wie sie aufgetaucht war, den langen Korridor hinunter, und ihr Rückzug war so gesetzt wie der eines Würdenträgers, der sich aus der Gegenwart seines Königs verabschiedet.

Wolfgang ließ sich erleichtert gegen die Wand fallen. Sobald er jedoch die Barriere berührte, rotierte sie um ihre Achse und schob ihn aus dem Raum, ehe er auch nur protestieren oder aus dem Radius der schwingenden Wand treten konnte.

»Wolfgang!« schrie Ben, als er plötzlich bemerkte, daß sein Freund sich nicht mehr in der Kammer befand. Aber keine Stimme antwortete ihm, und Ben spürte, wie er vor Schrecken und Furcht zu zittern begann. Der Plan dieser Wesen, dieses Wesen, dieser Maschine schien es zu sein, die Besucher zu trennen . . . um dann was mit ihnen zu tun?

Ihm blieb nicht viel Zeit, über dieses Problem nachzudenken. Ein weiteres Mal schmolz der Boden unter seinen Füßen einfach fort, und er begann einen zweiten Absturz ins Nichts.

Darren erreichte das Ende der Rutschbahn nach einem schier endlosen Fall, und sein Körper prallte an die Stangen eines Käfigs, der aussah, als sei er konstruiert worden, um Ausreißer einzufangen, eine Kategorie, in die er paßte. Vorsichtig abwartend richtete er sich langsam auf und schaute den Tunnel hinauf, durch den er gerade gekommen war. Dessen Neigung war viel zu steil, als daß er hätte hinaufsteigen können, also wandte er sich mit fieberhaft arbeitendem Gehirn wieder dem Käfig zu. War dies der Anfang lebenslänglicher Gefangenschaft in einer Art Weltraumgefängnis? Als er an den Gitterstangen rüttelte, stellte er fest, daß sie ein wenig nachgaben. Wenn er nur irgendwo etwas finden könnte, das sich als Hebel benutzen ließ.

Als er sich umsah, bemerkte er, daß die Wände der Rutschbahn aus schmalen Metallteilen gefertigt waren, von denen eines lose war. Er zog mit aller Kraft daran, riß den Streifen ab und steckte ihn zwischen die Gitterstäbe. Langsam begannen sie sich auseinanderzubiegen, gerade weit genug, daß er sich mit der Brust dazwischenklemmen und hindurchwinden konnte.

Jetzt war er frei, dachte er, aber was hatte er davon? Mit einem Achselzucken stolperte er durch einen weiteren fremdartigen Raum, und seltsame Geräusche hallten in der düsteren Leere wider. Um sich Mut zu machen, redete er mit sich selbst, während er sich auf die neuen Geräusche zu bewegte.

»Diese Leute haben noch nie was von Möbeln gehört«, brummte er finster. »Wenn das die Art ist, wie sie leben, wäre es vielleicht besser, wenn wir keinen Kontakt mit ihnen aufnehmen.«

Die entfernten Geräusche begannen ihm vage bekannt vorzukommen. Sie hörten sich ein bißchen wie computerisierte

Telefonansagen an, nicht wirklich menschlich, sondern eher wie Maschinen, die Sprache imitierten. In der Erkenntnis, daß er sowieso keine Wahl hatte, ging Darren auf die Geräusche zu, wobei seine Schritte ihn zum Eingang eines weiteren Raums führten.

Der neue Raum war leer bis auf einen einzigen, riesigen Gegenstand. Es handelte sich um eine summende, glühende Maschine mit einem Stuhl in der Mitte, fast wie ein Thron. Der Stuhl war jedoch ziemlich überdimensioniert, und Darren schätzte, daß ein Wesen von etwa viereinhalb Metern Größe bequem darin Platz hätte. Diese Erkenntnis ließ ihn erschauern. Wenn das die Sorte Lebewesen war, mit der sie es zu tun hatten, würde es ziemlich schwer werden, ihnen einen Tritt zu verpassen.

Als er sich der Maschine näherte, bemerkte er, daß sie mit einem Bildschirm ausgestattet war, auf dem die schematische Darstellung dreier Gestalten abgebildet war. Eine der Gestalten hatte Ränder um die Augen, wie die Wiedergabe einer Brille auf einer Kinderzeichnung.

»Das muß Wolfgang sein«, flüsterte Darren.

Neben dem Stuhl befand sich ein Anschlußteil, ein Gegenstand, der aussah, als sei er für den Kopf eines riesenhaften Menschen gedacht. Darren berührte es vorsichtig. Im selben Augenblick bildeten sich um ihn herum fünf Energiekugeln ähnlich dem Kraftfeld der Jungen, und fingen an, sich zu drehen. Da er nicht besonders darauf erpicht war, ihre Umlaufbahnen zu durchbrechen, ließ sich Darren auf den Stuhl zu führen, bis plötzlich von einer der Kugeln ein Funke auf seinen Finger übersprang.

Der Effekt trat unverzüglich und heftig ein. Der Raum, in dem er stand, verschwand einfach. Ersetzt wurde er durch das gespenstisch landschaftsähnliche Schaltschema, über dem er in seinem Traum geschwebt war. Die Szene wurde von der gleichen Hintergrundmusik untermalt, nur Wolfgang und Ben waren nicht zu sehen. Kurz darauf, während er durch die dunkelgrünen Wolkenformationen schwebte, hörte er, wie sein Name gerufen wurde.

»Wer ist da?« schrie er.

Die Wolken und die Schaltkreis-Traumlandschaft verschwanden, und er befand sich wieder im gleichen Raum wie vorher. Aber es war etwas Wichtiges hinzugekommen: Ben.

»Alles in Ordnung?« fragte er. »Du mußt in Trance gewesen sein, oder sowas.«

Darren blinzelte und rieb sich die Augen.

»Das war irre«, murmelte er. Er war sicher, nur für Sekunden weggetreten gewesen zu sein, aber er fühlte sich verblüffend erfrischt.

»Wo ist Wolfgang?« fragte er.

»Ich weiß nicht. Ich habe ihn aus den Augen verloren.«

»Wir sind wohl durch Falltüren oder sowas gefallen.«

»Genau. Das Ganze hier ist wie ein wildgwordener Jahrmarkt.«

»Also«, sagte Darren, »jetzt suchen wir Wolfgang und machen uns dann aus dem Staub.«

Ben war geneigt, zu fragen, wie sie eigentlich die *Thunder Road* ohne Energie oder Luft zurück zur Erde starten sollten, aber dann überlegte er es sich anders. Es hatte keinen Sinn, sich in diesem Stadium von Verzweiflung anstecken zu lassen. Wolfgang zu suchen, würde ihnen etwas zu tun geben, damit sie nicht in Panik gerieten.

Während sie den Raum verließen und einen dunklen Korridor entlang gingen, fuhr Darren fort, von dem Erlebnis zu erzählen, das er gerade gehabt hatte.

»Ich weiß nicht, wie es funktioniert«, sagte er. »Aber man sieht dadurch Bilder in seinem Kopf. Ich habe den Traum erlebt, den wir hatten, bevor wir hierher kamen.«

»Es muß sich um eine Traummaschine handeln«, grübelte Ben.

»Können die denn sowas herstellen?«

»Höchstwahrscheinlich. Du hast es doch gerade erlebt, oder?«

Darren nickte.

»Wenn wir nur wüßten, wie sie aussehen«, sagte er.

»Vielleicht sind sie bloß Maschinen«, meinte Ben.

»Nein. Dort in dem Raum war ein Stuhl.«

»Stimmt. Ein *riesiger* Stuhl. Du hast recht, Darren. Es muß hier Lebewesen geben, und die müssen ziemlich groß sein.«

Ihre leise Erkundung war einen Moment darauf zu Ende, als

ihnen aus einem weiteren Gewölbe direkt vor ihnen ohrenbetäubender Krach entgegenschallte. Das erste erkennbare Geräusch war eine Art pfeifendes Echo, ein elektronischer Ton ähnlich den Feuerstößen aus den Strahlenpistolen der Angreifer vom Mars in *Kampf der Welten.*

»Halt mal«, brummte Ben. »Das *gibt's* doch nicht. Was geht hier vor?«

Sie hielten inne, um zuzuhören.

»Woher kommt das?» fragte Darren.

»Sag' du's mir, dann wissen wir's beide«, erwiderte Ben.

Einen Sekundenbruchteil später hörten sie beide verblüfft, wie Bens Antwort noch einmal erklang.

»Sag' du's mir, dann wissen wir's beide.«

Darren zuckte zusammen, dann entspannte er sich, als er erkannte, daß die Laute von Ben stammten.

»Schon okay«, beruhigte ihn sein Freund. »Es ist nur ein Echo.«

»Schon okay. Es ist nur ein Echo.«

»Klar«, flüsterte Darren. »Wir werden wohl langsam nervös.«

Beide Jungen blieben stehen und warteten instinktiv ab, ob auch die leisesten Töne aufgenommen und wiedergegeben würden.

»Sag' du's mir, dann wissen wir's beide«, gab das Echo zurück.

Ben und Darren sahen sich verwundert an. Ein Echo, das Töne speicherte und sie nach Belieben wiedergab? Das war keineswegs unglaublicher als die Traummaschine, aber es überstieg trotzdem ihr Fassungsvermögen.

Trotz der Atmosphäre zunehmenden Schreckens dachten die Jungen nicht an Rückzug. Der Versuch, wegzulaufen oder einfach nur stehenzubleiben, würde ihnen nichts nützen; nur indem sie weitergingen, konnten sie das Rätsel lösen oder doch zumindest die Angst um ihre Sicherheit loswerden. Ben richtete den Lichtkegel seiner Taschenlampe in das Dunkel und ging vorsichtig weiter. Darren folgte mehrere Schritte hinter ihm.

»Ich sage das nur ungern«, flüsterte Ben über die Schulter. »Aber ich habe mir das alles ganz anders vorgestellt. Ich dachte, daß es viel mehr Spaß machen würde, Wesen von einem anderen Planeten zu treffen, und daß sie uns als Ebenbürtige behandeln würden, statt Spielchen mit uns zu treiben.«

»Wir werden wohl langsam nervös.«

»Das hast du gerade schon mal gesagt«, sagte Ben.

Darren streckte den Arm aus, um Bens Schulter zu berühren.

»Aber diesmal nicht«, flüsterte er.

»Was soll das heiß-« setzte Ben an und wandte sich seinem Freund zu.

Als er die Taschenlampe hinter sich richtete, keuchte er und stolperte zurück.

Darren war verschwunden. An seine Stelle war das seltsamste Gesicht getreten, das Ben je gesehen hatte.

X

Es dauerte fast eine Minute, ehe Wolfgang merkte, daß er nicht allein war.

Er hatte kaum Zeit gehabt, sich dafür zu verfluchen, daß er sich an die Wand mit dem Drehsegment gelehnt hatte, als er auch schon die hohe Gestalt erblickte. Der neue Raum, in den er gestürzt war, war noch nebelverhangener als der, in dem er und Ben mit der gigantischen Maschine konfrontiert worden waren. Zuerst dachte Wolfgang, bei der Gestalt handele es sich um einen weiteren Mechanismus.

Dann fing sie zu reden an.

Die Worte waren perfektes Englisch und bildeten grammatikalisch korrekte Sätze, die Wolfgang alle bekannt waren. Aber das Geplapper, das sich daraus ergab, war vollkommen unsinnig.

»Chief Dan Matthews von der Highway Patrol«, sagte die Gestalt als erstes in einer sehr rauhen Stimme, die beinahe heiser klang.

»Wolfgang Muller.«

»Ich wollte Ihnen nur sagen, daß Sie den Wagen nicht fahren. Sie zielen damit. Zehn-Vier! Zehn-Vier!«

»Verzeihung«, murmelte Wolfgang.

»Alles, was wir wollen, sind die Fakten, Madam«, erwiderte die Gestalt. Sie kam nicht aus dem Nebel hervor, und Wolfgang war nicht geneigt, sich ihr zu nähern.

Es folgte eine lange Pause. Dann ertönte wieder die Stimme der Gestalt, diesmal singend.

Die riesige Maschine trällerte, so gut sie konnte, Bruchstücke von Liedern, die wie Titelmelodien klangen. Einige davon erkannte Wolfgang, aber das Gerät gab sie so schnell nacheinander von sich, daß es klang, als werde eine Schallplatte der »größten Fernseh-Hits« mit dreifacher Geschwindigkeit abgespielt. Endlich kam der Lärm zu einem Ende, und Wolfgang atmete erleichtert auf.

»Das war toll«, sagte Wolfgang, obwohl die Stimme schrecklich war und ausgesprochen mechanisch klang. »Wo haben sie das gelernt?«

»Und als nächstes kommt ein wunderbares Lied von den Lennon Sisters«, fuhr die Gestalt fort.

»Wer soll das denn sein?«

»Ich verweigere die Aussage mit der Begründung, daß sie mich selbst belasten könnte. Haben Sie denn keinen Anstand, mein Herr? Haben Sie denn überhaupt keinen Anstand?«

Wolfgang antwortete nicht. Er hatte keine Ahnung, womit er dem Wesen zu nahe getreten war, also hielt er es für das Beste, zu schweigen.

»Kinder sagen die eigenartigsten Sachen«, sagte die Gestalt nach einer langen Pause.

»Ja«, murmelte Wolfgang. »Das stimmt.«

»Ich habe hier einen indossierten Bankscheck über eine Million Dollar, steuerfrei, auf ihren Namen ausgestellt von einem Wohltäter, der anonym zu bleiben wünscht. Sollten Sie jemand anderem als Ihrer Ehefrau, falls sie verheiratet sind, darüber Auskunft geben, woher sie diesen Scheck haben, sind sie verpflichtet, den verbleibenden Teil des Geldes zurückzuerstatten.«

Darauf wußte Wolfgang nichts zu antworten. Schließlich öffnete er seinen ausgetrockneten Mund, um mit der Rede zu beginnen, die er sich für eben einen solchen Anlaß überlegt hatte.

»Ich komme vom Planeten Erde«, setzte er an.

»Gleichfalls, Kumpel«, unterbrach ihn die Gestalt. »Der Blitz soll mich beim Scheißen treffen.«

»Es tut mir leid«, sagte Wolfgang. »Ich verstehe zwar, was Sie sagen, aber ich weiß nicht, wie ich darauf antworten soll –«

»O Cisco! O Pancho!«

»Genau das meine ich. Es gibt nicht viel, was ich darauf sagen könnte.«

Die Gestalt gab ein seltsames surrendes Geräusch von sich, dann meldete sie sich erneut zu Wort. »Mit Ihrem Fernsehgerät ist alles in Ordnung«, sagte sie. »Versuchen Sie nicht, das Bild zu korrigieren. Wir prüfen die Empfangsqualität. Wir werden den Zeilenfang überprüfen. Wir werden den Bildfang prüfen. Bleiben sie während der nächsten Stunde ruhig sitzen, wir werden alles überprüfen, was sie sehen und hören. Sie werden jetzt das Staunen und das Mysterium erleben, das sie von den Tiefen ihres Geistes an die äußersten Grenzen der Wahrnehmung führt.«

Es folgte eine sehr lange Pause.

»Mein Gott«, flüsterte Wolfgang. »Ich sitze in der Falle. Wahrscheinlich glaubt es, es könnte kommunizieren, indem es Standardphrasen aus alten Fernsehserien wiederholt. Vielleicht sollte ich mich lieber am Riemen reißen und etwas unternehmen.«

Langsam bewegte er sich vorwärts. Die Gestalt wich nicht vor ihm zurück, es war ihr offenbar recht, daß Wolfgang den Abstand zwischen ihnen verringerte. Als er das tat, konnte Wolfgang allmählich einzelne Farben und Einzelheiten erkennen, bis er ein vollständiges Bild von dem ersten außerirdischen Wesen hatte, das je ein Mensch erblickt hatte.

In seinen Augen war es unglaublich häßlich. Es stand auf zwei Beinen, hatte zwei Arme und einen Kopf, was es ganz allgemein der gleichen Spezies zuordnete wie der Mensch. Aber da hörte die Ähnlichkeit schon auf, da das Wesen einer aufrecht stehenden Spinne oder einem Meerestier ähnlicher war als einem Homo Sapiens. Es hatte einen vorgewölbten Bauch und einen langen Fortsatz hinten am Rumpf, fast wie beim Körper einer Hummel. Das Gesicht war rosa mit Sommersprossen und breiten roten Lippen, aber die grünen Augen erhoben sich über die Seiten des Kopfes wie zwei identische Periskope. Zwei Antennen baumelten von ihm herab. Das Wesen schien in eine Montur aus stoffähnlichem Material in den Farben anilinrot und braun gekleidet zu sein.

Wolfgang deutete auf sich selbst, wobei er sich mehrmals langsam, aber bestimmt an die Brust klopfte.

»Wolfgang«, sagte er.

Das Wesen schien zu begreifen. Es zeigte mit seinen langen grünen Fingern auf sich und sagte: »Neek.«

»Neek«, wiederholte Wolfgang. »Es freut mich, dich kennenzulernen.«

Er lehnte es ab, die Hand zu geben.

Dreißig Sekunden vergingen. Dann streckte das Wesen langsam den Arm aus, um ihn zu berühren.

»Oh mein Gott!« schrie Ben.

Das Wesen, das sich so plötzlich vor ihnen erhoben hatte, öffnete den Mund. Seine Lippen bewegten sich, aber die Worte und die Stimme, die dabei herauskamen, waren die von Ben.

»Oh mein Gott!« wiederholte es.

Ben, der sich noch immer nicht von seinem Schock erholt hatte, stolperte rückwärts und stieß mit Darren zusammen. Sie fielen in einem Haufen verknoteter Arme und Beine zu Boden.

»Was war das?« keuchte Darren.

Gleichzeitig sahen sie zu dem Wesen hin, aber es war verschwunden. Als sie weiter in die gleiche Richtung starrten, sahen sie erst das eine, dann das andere Stielauge um eine Ecke des Raums erscheinen. Schließlich war das ganze bizarre Gesicht zu sehen. Ben erhob sich im Bewußtsein, daß er hier Geschichte machte. Dies war der erste Kontakt der Menschheit mit außerirdischen Lebewesen, und er wollte ihn sowohl würdevoll als auch denkwürdig gestalten.

»Ich habe mein ganzes Leben darauf gewartet, diese Worte zu sprechen«, flüsterte er Darren zu.

Dann wandte er sich dem Außerirdischen zu, tat einen Schritt nach vorne und hob mit einer ruhigen Geste die Hand.

»Wir kommen in Frieden«, sagte er.

Das Wesen starrte ihn nur an.

»Großartig«, sagte Darren. »Damit wäre die Menschheit also abgehakt. Jetzt versuch's mal mit 'wie kommen wir zurück zu unserem Schiff?«

»Laß ihm eine Minute Zeit«, erwiderte Ben. »Er muß das alles erst im Kopf übersetzen.«

Endlich bewegte sich das Wesen. Sein Mund öffnete sich und heraus kam eine seltsam umgesetzte Annäherung an irdische Töne.

»Ähhh . . . was gibt's, Doc?« sagte es.

Ben war schockiert. Darren blinzelte und mußte sich den Mund zuhalten, um nicht in hysterisches Gelächter auszubrechen.

»Es ist Bugs Bunny«, keuchte er. »Wir sind Trillionen von Kilometern weit gereist, um mit Bugs Bunny zu reden.«

»Nein«, sagte Ben. »Vielleicht sagt es das nur, damit wir uns heimisch fühlen.

Wieder sagte das Wesen etwas, diesmal mit einer Stimme, die der des Komikers Jackie Gleason seltsam ähnlich war. »Willst du zum Mond fliegen?« fragte es. »Willst du wirklich zum Mond fliegen?«

»Äh . . . nein«, antwortete Ben. »Da waren wir gerade vor ein paar Stunden.«

»Was geht hier eigentlich vor?« wollte Darren plötzlich wissen. »Was hast du mit unserem Freund gemacht?«

»Schhh«, warnte Ben. »Du darfst nicht in dem Ton mit ihm reden. Es könnte denken, daß wir es bedrohen.«

»Ist mir egal«, erwiderte Darren, dann wiederholte er seine Frage an den Außerirdischen.

Als Reaktion darauf sprach das Wesen mit irrem kubanischem Akzent, genau wie Ricky Ricardo. »Hör mal, Schätzchen«, sagte es. »Mach hier keine Szene. Komm schon, Schätzchen, reg' dich ab, ja?«

Dieser Rede ließ es einen Sturm synthetischen Gelächters folgen.

»Das ist absolut irre«, brummte Darren. »Das ergibt keinen Sinn. Ich finde das schrecklich.«

Das Wesen kam einen Schritt auf Darren zu. Sein Gesichtsausdruck wirkte beinahe gütig, als es die nächsten Worte an den wütenden und frustrierten jungen Mann richtete.

»Mit seinem treuen indianischen Gefährten Tonto«, sagte es, »führte der maskierte Reiter der Prärie im jungen Westen der Vereinigten Staaten den Kampf um Recht und Ordnung. Nirgends in den Annalen der Geschichte findet man einen größeren Streiter für Gerechtigkeit. Kehren sie nun mit uns zurück in jene spannenden Tage verflossener Jahre. Aus der Vergangenheit erklingt das Donnern der Hufe des großen Hengstes Silver. Lone Ranger reitet wieder!«

Es folgte eine perfekte, wenn auch leicht metallisch klingende, Wiedergabe der *Wilhelm Tell*-Ouvertüre.

Dann entstand eine Pause. Der Außerirdische schien ein wenig enttäuscht, als hätte er erwartet, daß die Jungen auf eine bestimmte Weise reagierten. *Kampf der Welten*-artige Geräusche kamen aus seinem Mund.

»Was will er von uns?« fragte Darren.

»Ich weiß nicht«, antwortete Ben.

»Vielleicht haben wir ihn verärgert.«

»Nicht unbedingt. Es muß für all das einen Grund geben. Er imitiert, was wir sagen, aber wie . . .?«

Der Außerirdische begann sich langsam zu entfernen.

»Wahrscheinlich sollen wir ihm folgen«, schlug Darren vor.

«Jaa . . .«

Mit einem Achselzucken schob sich Ben an Darren vorbei direkt hinter das Wesen, das beim Gehen eine Melodie von sich gab und im Takt dazu mit seinen langen, spitzen Fingern schnippte.

»Was ist das für'ne Musik?« fragte Darren. »Ich glaube, ich hab' sie schon mal gehört.«

»Es ist die Titelmelodie einer alten Fernsehserie, *Mister Ed«*, antwortete Ben. Er war froh, daß er ein besonders gutes Gedächtnis für derlei Trivialitäten hatte, obwohl er nicht sicher war, ob er unter den gegebenen Umständen damit etwas anfangen konnte.

Da das Wesen nicht geneigt schien, Konversation zu machen, hielt Ben einen ständigen Strom von Plaudereien in Gang, während sie sich von einem düsteren Raum zum nächsten bewegten.

»Äh, Sir«, sagte er. »Ich möchte nur, daß Sie wissen, wie toll ich das alles finde. Ich meine, unsere Zivilisationen treffen hier zum ersten Mal aufeinander! Das hat noch nie jemand auf der Erde erlebt! Nehmen Sie uns jetzt mit auf Ihren Planeten für eine Besichtigung, oder was?«

»Ich weiß, wohin wir unterwegs sind«, sagte Darren düster. »In den Zoo.«

Ben beschloß, diese Bemerkung zu ignorieren. Falls das Wesen Englisch verstand, warum sollte man ihm dann Flausen in den Kopf setzen? Er warf Darren einen ärgerlichen Blick zu, dann wandte er rasch seine Aufmerksamkeit wieder ihrem außerirdischen Führer zu.

»Darf ich fragen, Sir«, fuhr er fort, »was für einen Rang Sie bei sich zu Hause bekleiden? Gesandter oder Diplomat? Ich weiß! Sie sind ein programmierter Wissenschaftler! Oder vielleicht Übersetzer.«

Das Wesen sah sich gerade lang genug über die Schulter um, um zu sagen: »So sieht die Sache aus«, und zwar in einer beinahe perfekten Imitation des Nachrichtensprechers Walter Cronkite.

»In gewissen Weise sind wir wohl alle Diplomaten«, sagte Ben leutselig. »Jetzt werden wir wohl zur Erde zurückkehren müssen, um alle davon zu überzeugen, daß Sie in Frieden gekommen sind. Stimmt's?«

»Ich sag' dir mal was«, erwiderte der Außerirdische, und seine Stimme glich haargenau der von Monty Hall: »Zeig' mir ein hartgekochtes Ei, dann kriegst du hundert Dollar. Du hast kein hartgekochtes Ei? Zu schade! Und was haben wir denn hier hinter der Tür Nummer drei?«

»Tut mir leid«, murmelte Ben. »Ich verstehe nicht ganz.«

»Du wärst auch verrückt, wenn du's könntest«, flüsterte Darren. »Der Kerl ist doch total behämmert.«

Während sie auf einen weit entfernten, riesigen Torbogen zugingen, hörte Ben das wohlbekannte Näseln von Wolfgangs Stimme. Oder, fragte er sich, war das bloß ein weiteres Wesen, das wiederholte, was Wolfgang vor einiger Zeit gesagt hatte? Das war natürlich möglich, auch wenn er sich nur ungern mit dem Gedanken befassen mochte, daß Wolfgang möglicherweise tot war oder im Sterben lag, während die Außerirdischen weiterhin seine Stimme erklingen ließen.

Als sie näher kamen, waren bald darauf die einzelnen Worte zu verstehen.

»Okay, aber seien wir ehrlich«, sagte Wolfgang anscheinend gerade in seinem verschrobenen Tonfall. »An diesem Kraftfeld, das ihr da habt, muß noch viel verbessert werden! Holprig ist milde ausgedrückt! Man sollte meinen, eine so fortgeschrittene Technologie könnte wohl einen simplen Computer stabilisieren. Und diese Eingaben! Das soll wissenschaftlich sein? Alles, was ich verlange, ist ein bißchen Klarheit.«

Im nächsten Augenblick betraten Ben und Darren hinter ihrem Führer einen gigantischen Kontrollraum. An einer Wand befand sich eine riesige Konsole, und die Höhe, in der die Anzeigen und Schalter auf ihr angebracht waren, deutete darauf hin, daß ihr Benutzer mindestes viereinhalb Meter groß sein mußte. Wolfgang saß in einem überdimensionierten Stuhl, und zwar höchstpersönlich, und unterhielt sich mit einem Wesen, das ihnen durch die Lehne eines weiteren großen Stuhls verborgen war. Durch die transparente Kuppel, die den Raum nach oben hin abschloß, blinkten die Sterne.

»Gut«, flüsterte Ben. »Wenigstens ist er am Leben und wohlauf.«

Als sie sich ihrem Freund näherten, sahen sie, wie eine riesenhafte, seltsame Hand nach der seinen griff. Im Hintergrund konnten sie Kaugeräusche hören.

»Wolfgang«, sagte Ben.

Sein Freund drehte sich um und lächelte. Jetzt konnten sie auch das zweite Wesen erkennen, das dem ihren ähnlich war, nur anders gefärbt und gekleidet.

»Dies ist Neek«, erklärte Wolfgang. »Sie ist sehr intelligent.«

Während er noch sprach, nahm Neek eine Batterie aus Wolfgangs Taschenlampe, steckte sie in den Mund und fuhr fort zu kauen.

»Das muß Wak sein, ihr Bruder«, fuhr Wolfgang fort. »Falls das das richtige Wort dafür ist.« Wak und Neek sahen sich an.

»George Stevens«, sagte Neek mit weinerlicher Stimme, »Ich hab' mich entschieden, ich brauch'n Mann, der sich klasse anzieht, nette Leute kennt und'n festen Job hat.«

»Sapphire«, antwortete Wak. »Wills' du damit sag'n, du verläßt mich?«

Beide ließen ihrem Dialog Stürme synthetischen Gelächters folgen.

Die drei Jungen sahen sich an und zuckten die Achseln.

»Sie nennen es anscheinend Erdsprech«, sagte Wolfgang.

»Heiliges Inferno, Batman!« fuhr Neek fort. »Ist dies das Ende?«

»Wenn es so ist, Robin«, antwortete Wak, »Dann sollten wir darauf achten, unsere Würde nicht zu verlieren.«

»Warum stellt ihr euch nicht vor?« sagte Wolfgang lächelnd. Er zeigte auf sich selbst und sagte zu Wak: »Wolfgang.«

Wak schien tief durchzuatmen und machte es genauso. »Wak«, sagte er.

»Ben«, sagte Ben und zeigte dann auf Darren. »Darren«, fuhr er fort.

»Das kann ich schon selber«, sagte Darren ärgerlich. Er berührte seine Brust und sagte: »Darren.«

Die Außerirdischen sahen sich an.

»Da brat' mir doch einer 'nen Storch«, sagte Neek.

Wolfgang deutete auf eine Schalttafel neben der Konsole. »Sie wissen über uns Bescheid«, sagte er. »Aus dem Fernsehen.«

Er drückte auf einen Knopf, was dazu führte, daß vor ihnen Bilder in der Luft erschienen. Es handelte sich hauptsächlich um wellige, verschneite, instabile Versionen verschiedener Fernsehsendungen von der Erde. Eine riesige Lucy sagte gerade irgend etwas Unverständliches zu Ricky. Prompt machte Neek den Mund auf und gab den entsprechenden Dialog zum Besten.

»Ich begreif' das nicht«, sagte Darren. »Woher konnten sie wissen, was Lucy sagen würde? Ich hab' den Text nicht verstehen können.«

»Ich nehme an, sie haben diese Folge schon mal gesehen«, erwiderte Wolfgang. »Sogar im Weltraum gibt's Wiederholungen.«

»Unglaublich«, sagte Ben. »Die empfangen hier oben das Fernsehprogramm?«

»Sie sind ganz verrückt danach«, nickte Wolfgang.

»Verrückt danach! Verrückt danach!« wiederholte Neek mit Wolfgangs Stimme.

»Ihr seht es ja selbst«, sagte Wolfgang. »Irgendwie kommen die TV-Signale hierher durch, und so haben sie gelernt zu kommunizieren.«

Während er noch redete, nahm Wak einen mikrofonartigen Gegenstand von einem Tisch in der Nähe und setzte zu einer bizarren Litanei aus überlappenden, dick aufgetragenen Wersprüchen, -liedchen und -anpreisungen an. »Unglaublich niedrige Preise!« schwadronierte er. »Schicken Sie mir umgehend. Hier spricht Cal Worthington mit seinem Hund Spot. Und es schont ihren Magen. Sie erhalten Ihr Geld doppelt wieder zurück! Keine Anzahlung! Mmmm! Ich kann wieder frei atmen. Warum mit weniger zufrieden sein! Wünschen Sie sich nicht, alle täten es? Befreit Sie unwiderruflich von lästigem Haarwuchs! Unglaubliche Waschkraft! Und all das nur für Sie-ie-ie! Das Wohlbefinden Ihres Babys beginnt mit Luvs- . . .Luvs . . .Luvs . . .Vier von fünf Ärzten rauchen Camel! Macht Schluß mit Schmutz, Bakterien und Geruch! Trident für alle, die ihr Zahnfleisch lieben . . .Befreit den Atem! Befreit den Atem! Dies ist ein Nasograph! Verdoppeln Sie Ihren Genuß, verdoppeln Sie Ihren Spaß! Sicher auf Eis und Schnee! Was für ein himmlisches Gefühl! Mühe allein genügt eben nicht!«

Das pausenlose Bombardement mit Werbungsbruchstücken ging selbst den drei Jungen, die das Penetranteste in Sachen Erdkultur gewohnt waren, an die Nerven. Lachend hielten sie sich die Hände über die Ohren und warteten geduldig ab, bis Wak geendet hatte, dann applaudierten sie seinen Bemühungen.

»Ihr seid sicher stolz darauf, von so einem wunderbaren Ort zu stammen«, sagte Neek mit fremdartigem Akzent.

»Meinst du die Erde?« fragte Ben.

Wegen ihrer hin- und herwackelnden Antennen war es unmöglich festzustellen, ob Neek genickt hatte oder nicht. »Hey, du solltest mal sehen, wo wir wohnen«, fuhr sie in perfektem »Vorstadt«-Ton fort. »Da ist es ja sooo langweilig. Absolut zum Gähnen.«

»Ihr scheint so viel über uns zu wissen«, sagte Ben. »Wahrscheinlich haben eure Leute unseren Planeten schon häufig besucht, stimmt's? Seit Urzeiten. Und jetzt seid ihr zurückgekommen, um nach uns zu sehen. Richtig? Und als eine Art absoluten Höhepunkt werdet ihr uns alles erklären.«

Die Hoffnung in Bens Stimme ließ Wolfgang seufzen.

»In Wahrheit«, sagte er, »sind sie noch nie selber dort unten gewesen. Es gibt da zu viele Bakterien.«

»Diese lästigen Keime und Bakterien, die zu Zahnverfall, Durchfall und anderen schmerzhaften Krankheiten führen können«, sagte Wak im Tonfall eines Fernsehsprechers.

»Besitze Colt, bin reisefertig«, fügte Neek hinzu, als ergebe das einen Sinn. »Telegramm genügt, Paladin, Hotel Carlton, San Francisco.«

»Die mußten uns desinfizieren, als wir hier ankamen«, fuhr Wolfgang fort. »Nur um uns so nahe sein zu können. Das war der Grund für den ganzen Sprühnebel.«

»Willst du damit sagen, daß sie seit Millionen von Jahren hier draußen rumsitzen und zuschauen?« fragte Ben.

»Genau.«

»Na, Jack«, sagte Neek und streckte den Arm nach ihrem Bruder aus, »ich habe gehört, du wärst mit Edgar Bergen ausgegangen. Und *du* sollst sogar die Rechnung bezahlt haben.«

»Ja, und es war das letzte Mal, daß ich mit einem Bauchredner essen gehe«, erwiderte Wak.

Die beiden Außerirdischen lachten gemeinsam.

»Außerdem wissen wir, wie sie dort mit Leuten wie uns umspringen«, fügte Neek hinzu.

Als sie das sagte, wechselten die Bilder um sie herum und zeigten jetzt gewalttätige Filmszenen, in denen Menschen Außerirdische angriffen und vernichteten. Eine Sequenz zeigte, wie das Militär versuchte, ein außerirdisches Schiff mit Hilfe von Atombomben zu zerstören.

»Da seht ihr's«, sagte Neek. »Das ist es, was ihr mit anderen Leuten macht, die euren Planeten besuchen.«

»Aber das sind doch bloß alte Filme«, stammelte Ben. »So sind wir in Wirklichkeit gar nicht. Macht euch keine Sorgen. Wir wissen, wie wichtig dieses Zusammentrefffen für unsere beiden Planeten, für unsere Zivilisationen ist. Wir werden die Sache nicht verpatzen.«

»Sehen sie, was passiert, wenn die Unmenschlichkeit des Menschen gegenüber seinen Mitmenschen sich hemmungslos austobt«, sagte Wak mit der Stimme eines Ansagers, der einen Film ankündigt.

»Moment mal«, flehte Ben. »Wißt ihr nicht, daß wir in Ordnung sind? Wenn ihr uns für böse haltet, warum habt ihr euch dann all die Mühe gemacht . . .«

»Wißt ihr nicht, daß wir in Ordnung sind?« wiederholte Neek mit Bens Stimme.

»Wir wollen so gern mit euch reden, damit ihr uns alles erklären könnt«, sagte Wak.

»Wir hatten schon die ganze Zeit das Gefühl, daß ihr ziemlich in Ordnung seid«, sagte Neek lächelnd. »Aber wir wollten sichergehen.«

»Danke«, sagte Wolfgang.

»Nichts zu danken«, erwiderte Wak mit wackelnden Antennen. Dann machte er seinen Mund noch weiter auf, und heraus kam ein Lied, komplett mit musikalischer Begleitung.

Das Lied war wunderschön, eine Mischung verschiedener von der Erde aufgeschnappter Melodien und seltsam harmonischer fremdartiger Quietsch- und Quiekgeräusche. Wak trug ihnen das Lied vor und schmetterte seine selbstgemachte Komposition. Seine Antennen schwangen im Rhythmus hin und her, während Neek neben ihm mit dem Kopf nickte.

Die Jungen lächelten und sangen bei dem, was sie für den Refrain hielten, so gut sie konnten, mit.

»Er singt die ganze Zeit!« übertönte Neek den Lärm.

Plötzlich endete das Lied in einem erstickten Kreischen aus Waks Kehle, als unvermittelt grelles Licht in den Raum strömte.

Neek stieß eine perfekte Imitation des Warnsignals aus *Raumschiff Enterprise* aus und ließ ihm das trommelfellerschütternde Heulen einer Feuersirene folgen.

»Heiliges Raumschiff, Batman!« rief Wak und hob den Blick.

Die drei Jungen folgten seinem Beispiel und stießen ein Keuchen aus, als sie das riesige Raumschiff erblickten, das vor ihnen aufragte. Ein Segment des neu hinzugekommenen Schiffes begann sich zu öffnen, als wolle es das Gefährt, in dem sie sich jetzt befanden, zu verschlucken.

»Laß uns hier verschwinden!« schrie Ben.

Alle schienen ihn zu verstehen, auch die Außerirdischen. Gleichzeitig warfen sich fünf Leiber in Richtung Tür und rannten durch einen langen Korridor davon. Ben, Wolfgang und

Darren liefen sehr schnell und hatten bald einen ziemlichen Abstand zwischen sich und die beiden Außerirdischen gebracht, die offenbar nicht auf Schnelligkeit eingerichtet waren. Während sie sich dahinwälzten, gaben Neek und Wak Bruchstücke von Erddialogen von sich, die sich anhörten, als stammten sie aus einem alten Filmtrailer – aber äußerst passend.

»Kann Ihr Herz den Schock ertragen, Grabräubern aus dem All zu begegnen?« brüllte Wak. »Raumpirat! Geißel des Universums!«

»Erbarmungslos!« fügte Neek hinzu. »Sie dürfen euch hier nicht finden!«

Ben wartete, bis die Außerirdischen aufgeholt hatten, dann rief er ihnen zu: »Aber was ist mit euch? Braucht ihr Hilfe? Ihr könnt auf der Erde landen, wenn ihr wollt. Ich werde meinen Eltern alles erklären, und dann finden wir in irgendeinem Krankenhaus für euch eine keimfreie Umgebung.«

»Gütige Mutter«, keuchte Neek mit rauher Stimme. »Ist dies das Ende für Rico?«

Die Gruppe erreichte eine kleine Tür, die Wolfgang aufriß. Durch das Portal konnten sie die *Thunder Road* in ihrem Landedeck erkennen. Wak trat als erster durch die Türöffnung, wobei er einen Finger an die Lippen hob.

»Ihr mütht ganth, ganth thtill thein«, sagte er mit Trickfilmstimme.

Die Jungen und die Außerirdischen schlichen durch die Tür zum Ende der Rampe, auf der die *Thunder Road* ruhte. Sie hatten auf Zehenspitzen schon fast den ganzen leeren Raum durchquert, als sie ein drohendes Knurren hörten. Es kam von über ihnen.

Als sie aufsahen, erblickten sie nur eine verschwommene Gestalt, aber sie war riesig. Licht aus dem Schiff über ihnen fiel auf ihren Kopf und die Schultern, was ihre Umrisse erkennen ließ, ihre Gesichtszüge jedoch im Dunkeln ließ. Es folgte ein Brüllen, das ihnen das Blut gerinnen ließ. Wolfgang war sicher, daß sie jetzt doch drauf und dran waren, gefressen zu werden.

»Was ist das ?« schrie Ben.

Er hatte die Worte kaum ausgesprochen, als das monströse Wesen ein weiteres Geräusch von sich gab. Dieses war weniger drohend; tatsächlich war es beinahe bemitleidenswert, ein Zwischending zwischen einem Husten und einem Keuchen. Darren erkannte es sofort. Für ihn war es das unverkennbare Geräusch eines tyrannischen Vaters, der so laut gebrüllt hat, daß er gezwungen ist, nach Luft zu schnappen. Er sah zu dem Außerirdischen hoch, der über ihnen aufragte, und hatte plötzlich keine Angst mehr.

»Das ist ihr Vater«, sagte er.

»Was?« schrie Ben.

»Eindeutig«, beharrte Darren. »Das ist ihr Vater.«

»Unmöglich!«

»Wenn ich's dir doch sage. Ich hab' dieses Geräusch schon tausendmal gehört.«

Ben sah zu Neek und Wak hin. Sie waren so groß, verglichen mit Darren, Wolfgang und ihm selbst. War es möglich, daß sie nichts als Kinder waren?

Darren erriet seinen Gedankengang.

»Es sind Blagen«, sagte er. Dann zeigte er mit dem Finger auf die beiden außerirdischen Wesen und fragte barsch: »Los, gebt's schon zu. Ihr seid Blagen, stimmt's?«

Neek und Wak wechselten einen Blick. Der Ausdruck in ihren Augen und ihre Körperhaltung drückte nichts als Schuldbewußtsein aus.

»Er hat recht«, gab Neek endlich zu. »Wir hätten das eigentlich nicht tun dürfen.«

Wak schaute mit rollenden Augen zu dem riesenhaften Außerirdischen auf, der über ihnen stand.

»Er ist wütend«, sagte er, dann fügte er mit Beaver-Cleaver-Stimme hinzu: »Au weia, da hab' ich mich in was reingeritten, was?«

Der außerirdische Vater knurrte etwas in einer fremdartigen Sprache. Wak und Neek gehorchten und traten zu ihm hin. Wak begann jämmerlich zu greinen, aber ein weiteres Brüllen seines Vaters brachte ihn zum Schweigen.

»Wahrscheinlich haben sie jetzt unseretwegen Schwierigkeiten«, flüsterte Ben. »Aber es war nicht unsere Schuld. Sie waren es, die herumgetrickst haben.«

»Genau wie echte Blagen«, brummte Darren verächtlich.

»Gggreckteooow!«

Der Vater richtete nun den Blick auf die drei Jungen, und sein Arm mit den fleischerhakenartigen Fingern an der Hand zeigte auf die *Thunder Road* . Wolfgang trabte sofort los, während die anderen in gemächlicherem Tempo widerwillig folgten.

»Macht euch nicht in die Hosen«, brummte Darren in seinem besten Arschtritt-Tonfall.

»Wenn er sagt, wir sollen gehen, dann gehen wir.« Ben nickte. Er war immer noch nicht darüber hinweg, trotz des Augenscheins und der eindeutigen Logik der Situation. Sie waren von Kindern auf den Arm genommen worden, die vielleicht noch jünger waren als sie selbst. Möglicherweise waren sie noch im Krabbelalter, vergleichbar Vierjährigen auf der Erde.

Er sah Neek und Wak unheildrohend an, die im Schatten ihres grobschlächtigen Vaters schmollten.

»Blagen . . .« sagte er und schüttelte den Kopf.

»Und ich verrate dir noch was«, sagte Darren mit einem Grinsen. »Es sind nicht nur Kinder, das ist auch noch Vaters Schlitten.«

Neek hörte ihn und machte einen halben Schritt in ihre Richtung.

»Eigentlich dürften wir ihn nicht mal anfassen«, sagte sie.

»Siehst du?« freute sich Darren stolz. »Ich hatte recht. Kein Wunder, daß ihr Vater wütend ist. Wenn ich den Wagen von *meinem* Vater für eine lange Fahrt ausgeliehen hätte, kannst du dir vorstellen, was er mit mir machen würde.«

Ben erlebte gerade eine große Enttäuschung. Sie waren weiter gereist, als je ein Astronaut, weiter als jede unbemannte Sonde, und hatten das Jahrhunderte alte Ziel der Menschheit verwirklicht, tatsächlich mit Wesen aus einer anderen Welt zu kommunizieren. Aber diese Wesen waren Kinder, die ihre Scherze trieben, die keineswegs von dem Wunsch beseelt waren, Frieden und Freundschaft von einem Sonnensystem zum anderen zu tragen; es waren nur Kinder auf einem verbotenen Ausflug. Was sich Ben als edle Mission vorgestellt hatte, entpuppte sich als etwas, das mit einer Schnitzeljagd oder einem Laternenumzug am Martinstag vergleichbar war.

»Aber was ist mit dem Aufeinandertreffen der Zivilisationen?« wollte er wissen, unfähig, seine Enttäuschung zu verbergen. »Dies sollte doch ein historischer Moment werden.«

Wak faßte das Ganze ziemlich gut in Worte. »Ihr wart großartig«, sagte er mit Bob Hope-Stimme. »Ihr wart urkomisch.«

»Was für ein Zitat für die Geschichtsbücher«, sagte Ben und schüttelte den Kopf. »Angenommen, irgendein Indianer hätte zu Kolumbus gesagt: ›Du warst urkomisch‹?«

»Mir hätte das nichts ausgemacht«, erwiderte Darren.

Wak schoß blitzschnell aus dem Schatten seines Vaters hervor, mit einem kleinen Gegenstand in der Hand. Darren nahm ihn entgegen. Es war eine Kugel mit einem Knopf darauf.

»Da«, sagte Wak. »Es bringt dich um.«

»Für mich?« lächelte Darren.

»Für wen denn sonst?« entgegnete Wak, dessen Stimme jetzt wie von Molly Goldberg aus der Fernsehserie klang.

Darren betrachtete die Kugel, den Finger über dem Knopf bereit.

»Nein«, sagte Wak rasch. »Heb's dir für eine Gelegenheit auf, wo du mit vielen Freunden zusammen bist.«

»Warum?«

»Dann bist du der Held der Party.«

»Genau das, was ich brauche«, sagte Darren.

Er hielt Wak seinen Walkman hin. »Da ist Bruce Springsteen drauf«, sagte er und deutete auf die Kopfhörer. »Er stammt aus New Jersey.«

Wak nahm den Walkman und nickte dankbar.

»Es tut mir leid, daß du nicht mitkommen kannst«, sagte Neek zu Wolfgang. »Er würde es nicht verstehen. Besonders das mit uns beiden, Wolfgang.«

»Nenn mich Wolf.« Wolfgang lächelte und nahm seine Brille ab.

Darren grinste hinterhältig bei diesem Wortwechsel, enthielt sich aber eines Kommentars.

Ben betrat als erster die *Thunder Road* . Er fühlte sich nach wie vor mißachtet und enttäuscht und murmelte immer wieder: »Bloß ein Haufen Blagen . . .«

Im nächsten Moment stellte er überrascht fest, daß die beiden außerirdischen Kinder mit ausgestreckten Händen langsam auf ihn zukamen.

»Ben«, sagte Neek leise. »Das *war* ein historischer Moment, für *uns*.« Sie machte eine Geste zu Wak hin. »Auch wir haben noch nie jemanden von einem anderen Planeten getroffen.«

»Wirklich?« fragte Ben. Es schien ihm unglaublich, daß diese fremdartigen Lebewesen trotz all ihrer Technologie nicht imstande gewesen sein sollten, mit anderen Kulturen in Kontakt zu treten.

»Ja«, sagte Neek. »Das ist der Grund, warum wir unser kleines Spiel angefangen haben, warum wir euch das Kraftfeld und den Traum geschickt haben. Ich weiß jetzt, daß die meisten anderen Menschen der Erde den Traum am nächsten Tag schon wieder vergessen hätten, aber du hast wirklich begriffen, daß wir hier draußen waren und euch gerufen haben.« Sie nahm einen kleinen Kristall von ihrem Halsband und gab ihn Ben. »Das ist für dich, weil du uns verstanden hast.«

»Was ist das?« fragte Ben.

»Der Stoff, aus dem die Träume sind«, erwiderte Neek, wobei ihre Stimme Humphrey Bogard imitierte.

Einen Moment lang war Ben verlegen, weil er kein Geschenk für seine neue Freundin hatte. Dann erinnerte er sich an seine Mundharmonika und zog sie aus der Tasche.

»Hier«, sagte er. »Das ist für euch.«

»Danke.«

Mit einer leichten Verbeugung nahm Neek die Mundharmonika entgegen, steckte sie in den Mund und schluckte sie mit einem mißtönenden Würgen hinunter. »Uns bleibt immer Paris«, sagte sie, immer noch mit Bogards Stimme.

Wolfgang schlich sich an Neek heran, nahm ihre Hand und legte sie auf seine Schulter. Sofort stimmte der Vater ein wütendes Gebrüll an.

»Vorsicht, Wolf«, flüsterte Darren. »Sieht aus, als wär' sie noch minderjährig.«

»Hauen wir ab«, schlug Ben vor.

Eine Minute später wurden die Jungen in der *Thunder Road* wie aus der Kanone geschossen aus dem unterirdischen Schiff katapultiert, und ihre Freunde, der Vater ihrer Freunde und das Erlebnis ihres Lebens, das alles verschwand mit atemberaubender Geschwindigkeit aus ihrem Blickfeld.

XI

Während sie sich die Hälse verrenkten, um einen letzten Blick auf das Vaterschiff zu erhaschen, verarbeiteten die drei Jungen ihr Erlebnis auf ganz unterschiedliche Weise. Wolfgang war schweigsam, Ben lächelte selig, und Darren gab sich überschwenglich.

»Irre!« sagte er. »Ich bin vielleicht froh, daß ich mitgekommen bin. Und ich dachte, *mein* Vater wäre schwierig!«

Ben bemühte sich, das Ganze von der positiven Seite zu betrachten. »Na ja, jedenfalls haben sie uns die Träume geschickt, stimmt's?« sagte er. »Sie haben uns hierhergebracht und alles, also sind wir doch was Besonderes.«

»In Wahrheit«, sagte Wolfgang, »hat Neek da was durcheinandergebracht. Sie haben die Träume nicht geschickt. Das waren ganz und gar deine eigenen. Alles, was sie getan haben, war, sich in sie einzublenden. Wahrscheinlich hat ihnen gefallen, was sie da gesehen haben, aber das ist auch kein Wunder. Sie haben offensichtlich jedes Fernsehprogramm gesehen, ob gut oder schlecht, seit auf der Erde überhaupt Sendungen ausgestrahlt werden.«

»Fernsehleichen aus dem All«, warf Darren bissig ein.

»Dann haben sie das Diagramm geschickt, um zu sehen, was passieren würde«, fuhr Wolfgang fort. »Und *wir* haben das Rätsel gelöst.«

»Und das bedeutet, daß *wir* diejenigen waren, die sie kennenlernen wollten«, sagte Ben, » . . .wir von allen Menschen auf der Erde!«

»Na ja, sagen wir mal so.« Wolfgang lächelte. »*Wir* waren die, die es redlich verdient hatten.«

»Du hattest doch ziemlich viel Zeit, dich mit dieser Weltraum-Mieze zu unterhalten, was, Wolfie?« lästerte Darren.

»Stimmt.«

»Was hat sie denn noch so alles erzählt?«

»Sie hat mir erzählt, daß sie sich auch für die Träume von Delphinen interessieren. Aber das will ich erst mal sehen, ob *die* es schaffen, ein Raumschiff zu bauen. Ohne Daumen!«

»Und ohne Wasser«, fügte Ben hinzu.

Einige Zeit lang bewegten sie sich schweigend durchs All, bis Ben ein möglicherweise unangenehmer Gedanke kam.

»Wie steht's mit unserer Energie?« fragte er. »Haben sie uns aufgetankt?«

Wolfgang schüttelte den Kopf. »Wir bewegen uns in erster Linie durch den Schub, den sie uns gegeben haben«, sagte er. »Im Grunde ist die Batterie immer noch fast leer. Knifflig wird's, wenn wir in das Gravitationsfeld der Erde eintreten und die Energie brauchen, um sicher zu landen.«

»Großartig«, brummte Ben.

»Macht euch keine Sorgen«, sagte Darren. »Diese Lastwagenbatterie von meinem Vater weigert sich einfach, den Geist aufzugeben.«

Es gelang ihnen irgendwie, nicht an die Konsequenzen ihrer Energieknappheit – und der daraus folgenden möglichen Luftknappheit – zu denken. Sie traten in den Sternenhaufen ein, den man Milchstraße nennt, und durchpflügten das Sternensystem, bis sie schließlich die Saturnringe erkennen konnten und sich der fernen Sonne näherten.

»Nur noch drei Planeten bis zur Erde«, sagte Wolfgang. »Schade, daß sie nicht alle in einer Linie aufgereiht sind, wie man es in Büchern immer sieht, sonst hätten wir auf alle einen Blick werfen können.«

Darren wirkte enttäuscht. »Wiß ihr, ich habe immer gedacht, sie wären wirklich aufgereiht«, murmelte er.

Bald hing vor ihnen der Erdball blau und wunderbar im Raum. Nur ein paar Wolkenformationen versperrten den Blick auf die Landmassen, die so klar zu erkennen waren wie auf einem Schulglobus.

»Es ist elf Uhr, Mrs. Muller«, scherzte Darren. »Wissen Sie, wo ihr Sohn ist?«

»Sechzehntausend Kilometer weit draußen im All«, sagte Wolfgang grinsend. »Wer hätte das gedacht?«

Während sie auf die wohlbekannte Landmasse von Nordamerika zuflogen, wurde die Erde unter ihnen immer dunkler und Lichter gingen an, als einzelne Gebiete in Sekundenschnelle vom Tag zur Nacht wechselten.

»Glücklicherweise«, sagte Wolfgang, »muß ich das Ding hier nicht steuern. Sonst könnte ich von Glück sagen, wenn ich drei Staaten von zu Hause entfernt landen könnte.«

Der Computer schien gut zu funktionieren, und eine wohlgeordnete Reihe von Ziffern zeigte an, daß sie sich mit mathematischer Präzision ihrem Ausgangspunkt näherten.

»Wie weit ist es noch?« fragte Ben.

»Weniger als anderthalb Kilometer.«

»Mach schon, Baby«, sagte Darren. »Laß uns jetzt nicht im Stich.« Nun konnten sie schon den Straßengürtel um die Stadt erkennen, und ein oder zwei Wahrzeichen kamen ihnen bekannt vor. Sie fielen jetzt schneller und konnten bald Neonreklamen, Autos und Straßenschilder ausmachen.

»Dort ist der Supermarkt'« rief Ben.

»Und da ist unser Haus!« fügte Darren hinzu. »Ich kann erkennen, daß Dad noch wach ist.«

Wolfgang überprüfte noch einmal die Computerausgabe. Alles schien normal zu verlaufen.

»Das Schiff kehrt an seinen Ausgangspunkt zurück«, vermeldete er. »Also werden wir –«

Prompt trat Murphys Gesetz in Kraft, die Energieversorgung fiel aus, und das Schiff begann zu trudeln. Statt zu einem Koordinatenpunkt in Erdnähe geleitet zu werden, begann es abzustürzen und entwickelte dabei seinen eigenen Drall.

»Was ist los?« brüllte Darren.

»Keine Energie!« schrie Wolfgang zurück. Während er das sagte, fuhr er fort, den Schalter für die Energieversorgung an- und auszustellen.

»Stürzen wir ab?« keuchte Darren, und sein Gesicht wurde leichenblaß.

»Was passiert normalerweise mit einem fallenden Gegenstand?«

»Die Batterie kann nicht leer sein!«

»Du hast recht! Ist sie auch nicht!«

Im gleichen Moment schaltete sich die Energieversorgung wieder ein, als Wolfgang den Schalter umlegte. Die *Thunder Road* schien in unsichtbare Bremsen zu treten, während sie durch die Atmosphäre raste, was sich anhörte und -fühlte, als würde ein Passagierjet seine Landeklappen ausfahren.

Ben, der starr nach vorne geblickt hatte, klatschte jetzt fröhlich in die Hände.

»Es ist noch nicht ausgestanden«, warnte Wolfgang. »Wir haben fast keine Energie mehr. Sie wird wieder aussetzen. Wir müssen hoffen und beten, daß sie nicht nochmal ganz ausfällt, sonst wäre das das Ende, fürchte ich.«

»Warum landen wir dann nicht«, brüllte Darren. »Bring uns runter – und zwar sofort.«

»Wir fallen so schnell, wie es ohne Gefahr möglich ist.«

»Da ist der Fluß!« schrie Ben. »Halte darauf zu, statt nach Hause zu fliegen. Dann haben wir wenigstens die Chance einer weichen Landung, wenn die Energieversorgung ausfällt.«

»Gute Idee«, sagte Wolfgang.

Er hämmerte wild in die Tasten und gab neue Koordinaten ein, und er schaffte es gerade noch, ehe die Energie wieder aussetzte. Im gleichen Moment schwenkte die *Thunder Road* auf eine neue Flugbahn ein.

»Das war's!« sagte Wolfgang. »Es geht los!«

Mit einem furchtbaren Rütteln begann sich das Schiff wie ein Kreisel zu drehen, jetzt völlig außer Kontrolle. Im einen Moment konnte man durch das Bullauge den Boden erkennen; im nächsten Wasser. Lichtblitze erzeugten einen Stroboskopeffekt, und Luft begann durch winzige Löcher im Schiffsrumpf hereinzupfeifen, die vorher durch das Kraftfeld abgedichtet gewesen waren. Als Darren den schrecklichen Druck auf seine Trommelfelle spürte, öffnete er den Mund und ließ einen langgezogenen Kriegsruf erklingen, der so lange anhielt, bis das Schiff auf der Wasseroberfläche auftraf, mit einem Ruck, der die Jungen übereinander und dann gegen die Wände der *Thunder Road* warf.

Einige Zeit blieben sie einfach liegen, so groß war der Schock. Dann, als sie sich bewußt wurden, daß sie noch am Leben waren, rappelten sich die Jungen hoch und begannen, sich aus den Trümmern des Schiffs zu befreien. Es schien, als hätten sich ihre sämtlichen Ausrüstungsgegenstände über ihnen aufgetürmt, und außerdem begann jetzt, was noch schlimmer war, Wasser aus dem Fluß durch verschiedene Risse ins Schiff zu laufen, durchnäßte alles und drohte, sie in ihrem Gefährt einzuschließen. Wolfgang schüttelte den Kopf und blickte auf seine Hand hinab, die immer noch ein abgebrochenes Teil des Steuerpults hielt.

»Der Computer ist hin«, murmelte er.

»Egal«, erwiderte Darren. »Wir müssen hier raus.«

Er drückte die Luke auf und blickte nach draußen.

Die *Thunder Road* hatte den Fluß nur gerade eben erreicht und war in verhältnismäßig seichtem Wasser gelandet, das einen Schrottplatz alter, verrosteter Autos beherbergte. Das Wasser selbst war ölig und übelriechend, gesättigt mit Schlamm und Industrieabwässern, nicht die Art Flüssigkeit, in der man schwimmen oder auch nur waten mochte.

»Vorwärts«, sagte Darren, zog sich hinaus und reichte den anderen die Hand, damit sie sich abstützen konnten. Innerhalb von Sekunden hatte er Ben und Wolfgang aus dem verbeulten Wrack geholfen, das einmal ihre glorreiche *Thunder Road* gewesen war. Indem sie von Autowrack zu Autowrack hüpften, erreichten sie das Ufer, ein Trio mitgenommener, durch und durch erschöpfter Individuen.

»Also, wir haben's geschafft«, sagte Darren.

»Die Entdecker sind heimgekehrt«, fügte Ben hinzu.

Als er nach seinem Andenken an ihre Reise griff, stellte er fest, daß der Kristall, den Neek ihm geschenkt hatte, nur noch eine Handvoll feingemahlener Staub war. Er seufzte.

Eine Minute lang blieben die drei am Ufer stehen und sahen feierlich zu, wie die *Thunder Road* immer tiefer im Fluß versank.

»Das war's also, Jungs«, sagte Ben im gleichen Moment, als sie verschwunden war.

Er wandte sich ab, und die anderen beiden folgten ihm sofort. Während sie dahingingen, sagte anfangs keiner von ihnen ein Wort. Die Ernüchterung war einfach zu groß. Dazu kam noch die Enttäuschung, anonym geblieben zu sein, obwohl sie etwas vollbracht hatten, was vor ihnen noch nie jemand in der gesamten Weltgeschichte geschafft hatte. Keine jubelnde Menge begrüßte sie; keine Fernseh- oder Zeitungsreporter waren gekommen, um sie zu befragen; es gab keine lächelnden Freunde und eifersüchtigen Feinde. Sie hatten nicht einmal einen Beweis dafür, daß sie so viele Millionen Kilometer weit gereist waren. Ben fragte sich, ob sie das ganze wohl für einen Traum halten würden, wenn sie älter waren.

»Wißt ihr«, sagte er, »damals, als alles angefangen hat, dachte ich –«

»Laß uns nicht drüber reden«, fuhr Wolfgang ihn an.

»Aber Wolfgang, wir –«

»Und das ist auch sowas. Ich habe diesen Namen satt. Von jetzt an will ich mit einem ganz anderen Namen angeredet werden. Ganz egal, was meine Eltern sagen.«

»Wie willst du genannt werden?« fragte Darren.

»Wolf.«

Während er den neuen Namen aussprach, riß Wolfgang sich die Brille herunter. Er schien bereits einige Zentimeter gewachsen zu sein.

Ehe sie sich's versahen, waren sie wieder in der Schule. Das war die endgültige Erniedrigung, der letzte Beweis, daß ihre unglaubliche, abenteuerliche Mission nichts anderes als eine gemeinsam erlebte Illusion gewesen war. Trotz des neuen Ansehens, das sie untereinander genossen, kehrten die Jungen in die Eintönigkeit des Alltags zurück – anziehen, ausziehen, zähneputzen, fernsehen, in die Schule gehen.

Nur eines hatte sich geändert. Sie waren jetzt ein Team, so gut wie unzertrennlich. Wenn sie schon nicht die Ehrungen geniessen konnten, die angesehenen Erforschern und Botschaftern des Weltraums zustand, so blieben ihnen doch die gegenseitige Bewunderung und Unterstützung. Und darum trafen sie sich jeden Morgen auf dem Schulweg (und Darren verzichtete sogar auf die Bequemlichkeit seines Motorrads zugunsten des Privilegs, die Clique intakt zu halten), sie trafen sich zum Mittagessen, gingen zusammen wieder nach Hause, und die ganze Zeit besprachen sie ihr nächstes Unternehmen. Innerhalb eines Zeitraums von wenigen Wochen hatten sie sich von Jungen in erwachsene Männer verwandelt, Veteranen einer Mannschaft, die vor Jahrzehnten die Meisterschaften gewonnen hatte, was nur von anderen Mannschaftsmitgliedern gewürdigt werden konnte. War jedem von ihnen die Gesellschaft der jeweils anderen wirklich so viel wert? Oder ging es, wie Ben in einsichtigeren Momenten meinte, nur darum, daß sie die ständige Erinnerung brauchten, um nicht den Glauben zu verlieren, daß das alles wirklich passiert war?

Was auch immer ihre Motive sein mochten, jedenfalls waren sie bald als exklusivste Clique der ganzen Schule bekannt, eine Tatsache, die Steve Jackson mehr als sonst jemanden irritierte.

Es hatte ihm immer einen Riesenspaß bereitet, Wolfgang Muller zu hänseln, den naiven, träumerischen Jungen, der sich nie wehrte. Jetzt, wo die drei immer gemeinsam auftraten, war ihm dieser Spaß versagt. Er hatte keine Lust, sich mit Darren anzulegen, den er für einen harten Burschen hielt, also wartete er ab, bis eines Tages die Kräfteverhältnisse eindeutig zu seinen Gunsten standen.

Jackson und seine fünf Freunde beobachteten, wie die drei Jungen um die Ecke des Schulgebäudes in einen verlassenen Teil des Spielplatzes einschwenkten.

»Das ist unsere Chance, Jungs« sagte Jackson mit einem Lächeln.

Eine Minute später fielen sie über das Trio her, drei gegen Ben und Wolfgang, drei gegen Darren, eine Situation, die es den Schlägertypen leicht machte, ihre Opfer gegen eine Ziegelmauer zu drängen.

»Also«, sagte Jackson, »ich glaube, diesmal werden wir euch alle drei zusammenschlagen.«

»Wieso denn?« fragte Ben. »Was habt ihr gegen uns? Wir haben uns doch mit niemand angelegt.«

»Genau. Das ist einer der Gründe. Ihr seid euch zu fein, um überhaupt mit jemand anderem zu reden.«

Ben zuckte die Achseln. Es hatte keinen Sinn, abzustreiten, daß er während der letzten paar Wochen nicht versucht hatte, mit Steve Jackson ins Gespräch zu kommen.

Ehe er seinen Kumpanen den Angriffsbefehl erteilte, schaute Jackson zu Boden, wo Wolfgangs Schultasche hingefallen war. Daneben lag ein seltsamer Gegenstand, eine kleine Kugel mit einem Knopf. Er hob sie auf und untersuchte sie.

»Was ist denn das für'n Ding?« wollte er wissen, den Blick auf Wolfgang gerichtet. »Ein Projekt für den Physikunterricht?«

»Gib das her!« rief Wolfgang. »Es muß unter kontrollierbaren Bedingungen getestet werden.«

Jackson hielt Wolfgang die Kugel hin, dann zog er sie im letzten Moment wieder fort.

»Sag' mir, was das ist, Kleiner«, sagte er.

»Ich weiß es nicht.«

»Blödsinn.«

»Ich sage dir doch –«

»Halt's Maul!«

»Er hat recht, Wolf«, warf Darren ein. »Halt's Maul, und laß ihm das Ding.

»Nein«, gab Wolfgang zurück und weinte dabei fast. »Das war ein Geschenk von Wak. Ich lasse doch diesen Drecksack nicht –«

Steve Jackson warf ihm einen finsteren Blick zu, warf die Kugel in die Luft und packte fest zu, als er sie wieder auffing. Dadurch wurde der Knopf gedrückt, und sofort entstand ein dichter Vorhang grünlichen Nebels, der ihn völlig einhüllte. Einen Augenblick lang hing der grüne Nebel in der Luft, während Steve hustete und würgte. Dann löste er sich auf und ließ den jungen Mann verwirrt und wütend zurück.

»Was zum Teufel war das?« stammelte er.

Er machte einen Schritt auf Wolfgang zu.

»Rrrrratsch!«

Die kleine Menschenansammlung, die sich eingefunden hatte, um die Konfrontation zu beobachten, brach plötzlich in stürmisches Gelächter aus, denn Steve Jacksons Hose war am Gesäß aufgerissen, so daß man seine Unterwäsche sah. Genaugenommen hatte seine gesamte Kleidung mit alarmierender Geschwindigkeit zu schrumpfen begonnen. Die Knöpfe an seinem Hemd platzten ab und fielen zu Boden; man hörte es in allen Nähten reißen und platzen, als das Hemd Größe Vierzig innerhalb von zehn Sekunden zur Babygröße zusammenschnurrte. Und als seine Oberbekleidung in winzigen Fetzen von ihm abfiel, hatte die Menge Gelegenheit, auch noch zu sehen, wie seine Unterwäsche auf Bikinigröße schrumpfte und immer noch kleiner wurde. Zutiefst gedemütigt kauerte sich Steve zusammen und versuchte vergeblich, seine Blöße mit Händen und Ellbogen zu bedecken. Aber es half alles nichts. Selbst seine Kumpane waren vor Lachen am Boden zusammengebrochen.

»Haltet die Fresse!« schrie Jackson. »Holt mir was zum Anziehen!«

Doch seine Freunde waren zu sehr mit Lachen beschäftigt, um auch nur einen Finger für ihn zu rühren.

Verzweifelt wandte sich Steve an das Trio, das er eben noch hatte angreifen wollen.

»Helft mir!« keuchte er.

»Keine Chance.« Darren grinste. »Du solltest lieber aufpassen, sonst stellen wir noch was Schlimmeres mit dir an.«

Die Kleider waren beinahe auf ein Nichts zusammengeschrumpft. Steve Jackson drehte sich um und rannte um die Ecke des Gebäudes in Richtung Toilette. Als er eine Tür aufstieß, kam ihm eine ganze Schulklasse entgegen, die gerade dabei war, das Gebäude zu verlassen.

Fluchend rannte er an ihren lachenden Gesichtern vorbei, stolperte in die Toilette und verriegelte die Tür.

Ben, Wolfgang und Darren starrten ihm nach, als ihnen die wahre Bedeutung der Situation gleichzeitig bewußt wurde.

»Das war für uns gedacht, wißt ihr«, sagte Ben.

Darren nickte. »Ich hatte schon einen Verdacht, daß Wak nichts Gutes im Sinn hatte. Darum habe ich auch gesagt, du sollst es ihm lassen.«

»Was für ein köstlicher Humor«, sagte Wolfgang mit himmelwärts gerichtetem Blick.

Als sie sich zum Gehen wandten, sah Ben plötzlich in die wohlbekannten, wunderschönen Augen von Lori Swenson. Sie hatte das ganze Steve Jackson-Fiasko miterlebt, zusammen mit mehreren Dutzend anderer Schüler. Aber in ihren Augen schien sich außer Vergnügen noch etwas anderes zu spiegeln. Ihm kam es vor, als läge in ihnen eine ganz neue Art von Verständnis. Oder bildete Ben sich das nur ein?

»Hi, Ben.« Lori lächelte. »Wie war die Reise?«

»Hä?« erwiderte er. »Oh, ganz in Ordnung.«

Also war es nicht nur seine Einbildung. Sie wußte mehr als die anderen.

»Warum hat sie das gesagt?« fragte Darren.

»Ich weiß nicht.«

»Du hast ihr doch nichts erzählt, oder?«

»Nein, ich schwöre es.«

»Was hat sie dann mit der Reise gemeint?«

»Das ist mir ein Rätsel«, murmelte Ben. »Vielleicht sind wir im Geist enger verbunden, als ich dachte.«

Als sie wieder ihrer Wege gingen, schaute Ben über die Schulter der sich entfernenden Lori nach. Sie schenkte ihm ein kokettes Lächeln.

Allerdings konnte Ben nicht wissen, daß Lori die einzige Zeugin ihrer historischen Rückkehr zum Planeten Erde gewesen war. Sie hatte auf ihrem Bett gelegen, ohne schlafen zu können, als ihr Blick auf einen Lichtblitz vor ihrem Fenster fiel. Zuerst hatte sie gedacht, es sei eine Sternschnuppe, aber dazu bewegte es sich zu langsam. Und dann, als sie es in der Luft eine Kehrtwendung machen sah, wie sie kein fallender Gegenstand, nicht einmal ein Flugzeug hätte durchführen können, schnappte sie nach Luft, zog sich einen Mantel und Schuhe über, kletterte aus dem Fenster und rutschte am Baum vor ihrem Fenster zum Boden hinab. Sie erreichte den Fluß zu spät, um beobachten zu können, wie die *Thunder Road* auf die Wasseroberfläche auftraf, aber sie schwamm noch, als sie ankam. Im Gebüsch am Ufer versteckt, war sie nahe genug, um Ben, Wolfgang und Darren erkennen zu können, als sie an Land wateten.

Sie war sich selbst nicht sicher, warum sie danach nichts gesagt hatte. Vielleicht wollte sie, daß Ben sie ins Vertrauen zog; es war auch möglich, daß es ihr peinlich war, zuzugeben, daß sie ihm nachspioniert hatte. Und sie war sich auch nicht hundertprozentig sicher, ob das fallende Objekt auch das Gefährt auf dem Fluß gewesen war, obwohl sie es nur wenige Sekunden aus den Augen verloren hatte. Deshalb nahm sie Ben gegenüber eine abwartende Haltung ein und hoffte, er werde ihre Andeutung verstehen und erzählen, was eigentlich vorging. Als sie den überraschten und schuldbewußten Ausdruck in seinen Augen sah, war sie sicher, daß das nur noch eine Frage der Zeit sein konnte.

Die Wochen vergingen, und Ben hielt sein Versprechen, die Mission geheimzuhalten. Es war ja auch sinnlos, irgendwem davon zu erzählen, da sie keinerlei Beweise für ihre Reise hatten und nur Probleme kriegen würden, wenn er sie ausplauderte.

Eines Nachmittags trafen sich die drei Jungen oben auf dem Hügel, wo sie ihr erstes Experiment durchgeführt hatten. Die Blätter begannen schon von den Bäumen zu fallen, und die Jungen trugen jetzt wärmere Kleidung. Ben und Wolfgang unterhielten sich, während sie das Gelände durchstreiften und noch einmal die Erregung durchlebten, die sie auf ihrer Reise verspürt hatten. Darren saß unter einem Baum und las eine Taschenbuchausgabe von H.G. Wells' *Kampf der Welten.*

»Es ist eigenartig«, sagte Ben und blickte auf die Stadt unter ihnen herab. »Ich bin so traurig.«

»Du auch?«

»Ja.«

»Es ist fast so, als wäre es nie passiert«, grübelte Wolfgang. »Wir sind zwei-, dreimal nur knapp mit dem Leben davongekommen, und niemand weiß davon. Es ist, als hätten wir das Risiko umsonst auf uns genommen. Es ist, als wäre es nie passiert.«

Ben schaute zum Himmel auf. »Wir haben nichts. Keine Beweise.«

»Außerdem, was für eine Enttäuschung! Ich meine, war's das schon? Soll ich etwa mein Leben lang nichts Aufregenderes mehr erleben?«

»Na ja, noch sind wir nicht tot, Wolf.«

»Manchmal denke ich, das würde auch nichts ändern. Als wir in den Fluß gefallen sind, haben wir alles verloren. Wahrscheinlich könnten wir alles irgendwie rekonstruieren, aber ich bin nicht sicher, ob ich dafür die Energie aufbringe.«

»Kolumbus hat vier Reisen unternommen«, sagte Ben. »Das hat ihn ziemlich viel Energie gekostet.«

»Schon, aber berühmt ist er nur wegen der ersten geworden«, konterte Wolfgang.

Später, als die Jungen Erinnerungen an ihre Abenteuer austauschten, seufzte Darren. »Ich vermisse sie irgendwie«, sagte er.

»Genau, man fragt sich, was sie wohl jetzt gerade tun, welchen Ärger sie jetzt wieder ihrem Vater machen.«

»Egal, aber in jedem Fall ist es aufregender als das, was wir jetzt machen«, brummte Wolfgang.

Sie blieben auf dem Hügel sitzen, bis es dunkel zu werden begann, dann standen sie schweigend auf und kehrten in ihre jeweiligen Häuser zurück. Als Ben die Küche betrat, brach sein Bruder gerade wieder mal auf.

»Hey, Ben«, sagte er. »Soll ich dich irgendwohin mitnehmen?«

»Meinst du auf diesem Planeten?«

»Klugscheißer.«

Als Bill, laut mit den Autoschlüsseln klimpernd, zu seinem Wagen ging, hatte er einen verwirrten Ausdruck im Gesicht.

Bens Eltern saßen in der Küche und unterhielten sich, wie sie es so oft taten.

»Hi,Mama«, sagte er und umarmte sie, als er hereinkam.

»Na, guten Abend. Wozu die Aufregung?«

»Ach nichts.«

Ben wollte schon auf sein Zimmer gehen, aber seine Mutter hob sanft die Hand. Er hielt inne, und sein Blick wanderte von einem Elternteil zum anderen. Offensichtlich wollten sie über irgend etwas mit ihm reden. Hatten sie herausbekommen, was er und die anderen getan hatten?

»Ben, wir haben uns unterhalten«, setzte der Vater an. »Manchmal vergesse ich, wie wichtig dir manche Dinge sind. Was mir nebensächlich erscheint, hat für dich unter Umständen eine ganz andere Bedeutung. Und das kann ja auch sehr lehrreich und nützlich sein. Deswegen habe ich lange über deinen Vorschlag wegen dieses Camps nachgedacht . . . Deine Mutter hatte einigen Anteil daran, daß ich das getan habe, muß ich hinzufügen. Jedenfalls, wenn du versprichst, die Hälfte des Geldes selbst zu verdienen, dann können wir, glaube ich, dafür sorgen, daß du an diesem Raumfahrtcamp teilnehmen kannst.«

Einen Augenblick lang hatte Ben keine Ahnung, wovon sein Vater sprach. Seine Eltern sahen ihn erwartungsvoll an, und seine Mutter lächelte, als erwarte sie von ihm einen Freudenschrei. Als Ben aufging, was sie meinten, tat er sein Bestes, aber er war nicht mit ganzem Herzen bei der Sache. Wer konnte sich schließlich dafür begeistern, in Arizona eine Woche lang in Raumfahrtsimulatoren herumzufliegen, nachdem er in einem echten Raumschiff bis zum Mond und weit darüber hinaus geflogen war?

»Ach, *das*«, lächelte Ben und versuchte, dankbar auszusehen, aber er wußte, daß er nicht besonders überzeugend wirkte. »Ich muß da nicht unbedingt hin. Ich meine, ist schon gut. Schwamm drüber.«

Seine Eltern waren so perplex, daß sie sich nur noch gegenseitig anstarren konnten.

»Aber du warst doch so wild darauf, daran teilzunehmen«,

sagte seine Mutter. Ben wurde plötzlich klar, wie sehr sie sich in den letzten Wochen für ihn eingesetzt haben mußte.

»Ich . . . ich weiß das wirklich zu schätzen«, sagte er. »Es ist nur, daß ich . . . danke!«

»Was soll denn das heißen?« fragte sein Vater.

Ben zögerte. Das war eine gute Frage, und er war nicht sicher, wie er darauf antworten sollte.

»Heißt das, du nimmst teil, oder nicht?«

»Ähh . . . ich glaube schon.«

»Du mußt ja nicht hin, wenn du nicht willst«, sagte seine Mutter abwehrend. »Wir dachten nur, du willst da unbedingt dran teilnehmen, also haben wir . . .«

»Ich möchte schon«, log Ben.

»Dann solltest du anfangen, darüber nachzudenken, wie du ein bißchen Geld verdienen kannst«, sagte sein Vater.

»Klar. Mache ich.«

Er lächelte gequält, drehte sich um und verließ die Küche, in der seine Eltern zwar etwas zufriedener, aber immer noch ziemlich verwirrt zurückblieben.

XII

Es endete auch mit einem Traum.

Oder war es Realität? Die Trennlinie zwischen Einbildung und Wirklichkeit war inzwischen so verschwommen, daß Ben sich einfach nicht sicher war, was die Wahrheit war. Zugleich war er auch nicht mehr überzeugt, daß es besonders wichtig war, sicher zu sein. Eine Welt, in der er sich wohlfühlte und die seine Erwartungen erfüllte, das war für ihn das Wichtigste. Sollte diese Welt sich in seiner Heimatstadt finden, war das in Ordnung. Sollte sie sich, ob nun in Wirklichkeit oder in seiner Phantasie, eine Million Lichtjahre entfernt finden, dann war das auch in Ordnung.

Er saß gerade vor dem Fernseher, als das letzte Kapitel ihrer Abenteuer begann. Es lief *Kronos*, ein alter Science-fiction-Film, und er sah ihn sich aus alter Gewohnheit an, obwohl er ihm lächerlich und altmodisch erschien. Als gerade eine Szene zu Ende war, erschien eine Einblendung, und der Ansager verkündete: »Schalte nicht ab, Ben. Hier ist jemand, der mit dir reden will.«

Ben schüttelte den Kopf, nicht ganz sicher, ob er den Ansager richtig verstanden hatte. Dann erschien ein bekanntes Gesicht auf dem Schirm – der Polizist, der seine Jacke gefunden und ihn beschuldigt hatte, in einem UFO geflogen zu sein. Sein Gesichtsausdruck wirkte jetzt nicht mehr so streng, als er direkt aus dem Gerät starrte. Immer noch etwas verstört erwartete Ben eine Polizeidurchsage, als der Beamte zu sprechen anhob.

»Ben«, sagte er in freundlichem Ton, »schau mal ins Wohnzimmer.«

»Was?« sagte Ben unwillkürlich.

»Ich sagte, schau mal ins Wohnzimmer«, wiederholte das Bild von Charlie Drake.

Dann fuhr der Beamte fort, wortlos vom Bildschirm herab zu starren, wie ein Vater, der gerade seinem Kind befohlen hat, etwas Bestimmtes zu tun. Als er vom Bett sprang und sich auf den Weg zur Treppe machte, hörte Ben, wie Drake ihm ein fröhliches »Danke« hinterherrief.

Als er an der Küche vorbeirannte, bemerkte er, daß seine Eltern draußen auf dem Rasen hinterm Haus waren und sich mit ihren Nachbarn unterhielten. Er hatte keine Ahnung, was ihn im Wohnzimmer erwarten würde, deshalb war er ziemlich schockiert, als er in einer Ecke die *Thunder Road* erblickte, und zwar so gut wie neu. Sie sah neben den konventionellen Lampen und Sesseln sehr groß und deplaziert aus.

»Was?« brüllte er.

Er rannte auf das Schiff zu, riß die Luke auf und erblickte zwei lächelnde Gesichter, die zu ihm aufsahen.

»Hi«, sagte Darren lässig.

»Nett, dich mal wiederzusehen«, fügte Wolfgang hinzu.

»Was . . .?« wiederholte Ben verblüfft.

»Wir träumen«, erklärte Wolfgang. »Die senden wieder.«

»Oh.«

»Also steig ein«, drängte Darren.

»Meine Eltern –« stotterte Ben.

»Mach dir keine Sorgen. Wir sind weg, bevor sie auftauchen. Vorausgesetzt, du bleibst da nicht wie angewurzelt stehen«, schimpfte Wolfgang.

Ben kletterte am Schiff hoch. Wolfgang und Darren zogen ihn hinein und schlugen die Luke zu.

»Und was geschieht jetzt?« fragte Ben.

Wolfgang zuckte die Achseln und sah gen Himmel, dorthin, wo die Außerirdischen lebten.

»Jetzt liegt's an ihm. Oder ihnen«, erwiderte er.

Ben bemerkte, daß der Computer und die Energieversorgung ebenfalls wunderbarerweise intakt und startbereit waren.

Wolfgang drückte eine Taste. Auf dem Schirm erschienen Ziffern, und ein schwirrender Ton erklang, der von Sekunde zu Sekunde anschwoll. Gerade, als er meinte, ihn keinen Augenblick mehr ertragen zu können, wurde Ben von einem unglaublich hellen Lichtblitz geblendet und hörte einen ohrenbetäubenden Knall. Er glaubte sich selbst schreien zu hören, war sich dessen aber nicht sicher, so traumatisch war das Erlebnis. Dann ließ das Bombardement ihrer Augen und Ohren allmählich nach. Verschiedenfarbiger Rauch trieb vorbei, durch den er nach und nach erkennen konnte, daß die Hülle der *Thunder Road* verschwunden war. Ebenso das Wohnzimmer, an dessen Stelle die dunkelgrünen, dahinziehenden Wolken seines Traums getreten waren. Über ihm war ein sternenübersäter Himmel. Genau wie in ihrem letzten Traum schwebten Ben, Wolfgang und Darren über eine Landschaft, die dem Diagramm eines Schaltkreises ähnelte.

Mit einem Aufschrei trieb sich Darren durch die Leere voran, dicht gefolgt von Wolfgang. Ben blieb zurück, angezogen von einem Gegenstand in der Ferne.

»Komm schon, Ben!« rief Darren.

»Wartet einen Moment, Leute«, rief er zurück.

Er kniff die Augen zusammen und konnte jetzt erkennen, worum es sich handelte – um ein Fenster, das durch die Luft näherkam. Dahinter Lori, nur von ihren Armen und Händen auf dem Fensterbrett gestützt.

»Lori! brüllte Ben. »Komm! Spring! Das ist ein Traum! Du mußt springen!«

»Ich . . . ich trau' mich nicht . . .« rief sie ihm zu. Ben redete ihr weiter gut zu, den Sprung zu wagen. Das Fenster trieb vorbei, mit der unsicheren Lori dahinter. Als es in einer Wolke verschwand, drehte sich Ben in eine aufrechte Position und seufzte vor Enttäuschung.

»Lori!« schrie er ein letztes Mal.

Kaum hatte er den Namen gerufen, da kam Lori plötzlich aus der Wolkenbank geflogen und lächelte ihm zu. Sie glitt an ihm vorüber, vollführte einen Salto in der Luft und flog dann hinter Darren und Wolfgang her. Mit einem breiten Grinsen folgte Ben ihr.

Einen Augenblick später traf sich die Vierergruppe über der dichten Wolkenbank.

»Sauber!« sagte Darren, als er Lori sah.

Wolfgangs Reaktion war weniger enthusiastisch. »Was hat die denn hier zu suchen?« fragte er Ben.

»Also, *entschuldige mal!*« entgegnete Lori.

»Sie ist mein Gast«, antwortete Ben. »Es ist mein Traum, also kann ich dazu einladen, wen ich will.«

Wolfgang erkannte mit einem Achselzucken, daß er sich wohl an den Gedanken gewöhnen mußte, sie dabeizuhaben.

Die Vier flogen dahin, wobei sich Lori und Ben zulächelten. Dann zeigte Darren plötzlich nach oben.

»Seht mal!« rief er.

Gleichzeitig entdeckten sie das neue Diagramm am nächtlichen Himmel, eines, das noch wesentlich komplizierter und schöner war als das erste. Sie starrten es an, während sie darauf zuflogen.

»Schau«, sagte Lori zu Ben.

Sie streckte ihm die Hand entgegen, an deren Ringfinger sie den Ring mit dem Marsgestein trug, den er ihr zum Geburtstag geschenkt hatte. Ben lächelte und streckte ebenfalls die Hand aus, um die ihre zu berühren. Ihre Gesichter glitten langsam, aber unaufhaltsam aufeinander zu und trafen sich schließlich in einem liebevollen, lang anhaltenden Kuß. Dann sausten sie lächelnd gen Himmel, auf das Diagramm zu und auf die Verheißung aufregender Abenteuer in einer Welt, die sie noch nie zuvor erblickt hatten.

ENDE

Band 13 039

George Gipe

Zurück in die Zukunft

Deutsche Erstveröffentlichung

Dr. Emmett Brown steht kurz vor der Verwirklichung seines Traums, dem Einsatz der von ihm konstruierten Zeitmaschine. Von außen ein schnittiger Sportwagen, birgt die Karrosserie ein technisches Wunderwerk. Marty McFly, seinen jungen Bewunderer, will der Wissenschaftler mit dem »Traumauto« in die Vergangenheit schicken. Aber es kommt, wie es kommen muß: Der Doktor verrechnet sich, und Marty McFly steht plötzlich seiner eigenen Mutter gegenüber, die mit ihren siebzehn Jahren zum Anbeißen hübsch ist und sich ausgerechnet in den neuen Schüler Marty McFly verliebt. Marty bleibt nur eine Möglichkeit: Wenn er wieder in seine Welt und seine Gegenwart zurückkehren will, dann muß er seinen Vater, der die gleiche Highschool besucht, mit seiner zukünftigen Mutter »verkuppeln« . . .

BASTEI LÜBBE

Sie erhalten diesen Band im Buchhandel, bei Ihrem Zeitschriftenhändler sowie im Bahnhofsbuchhandel.

Band 13 038

Joan D. Vinge

Mad Max

Deutsche Erstveröffentlichung

Der atomare Rundumschlag der Weltmächte hat aus Australien eine radioaktiv verstrahlte Wüste gemacht. Nur wenige Überlebensinseln haben sich erhalten können und werden von ihren Bewohnern eifersüchtig bewacht, bewacht vor den Ausgestoßenen, den Hoffnungslosen, die ums nackte Überleben kämpfen.
Mad Max, einer jener heimatlosen Vagabunden, wird kurz vor dem Verdursten von einer Gruppe Kinder aufgefunden und gerettet. Savannah, die halbwüchsige Anführerin der Gruppe, glaubt in Max jenen mysteriösen Retter zu erkennen, dessen Legende von Generation zu Generation weitergetragen wird. Irgendwann soll er erscheinen und die Kinder mit einem Himmelsfloß ins Paradies bringen, wo es Wolkenkratzer, Video und Stereo gibt . . .

BASTEI LÜBBE

Band 13 019

Marion Zimmer Bradley

Der lange Weg der Sternenfahrer

Deutsche Erstveröffentlichung

Von sechs jungen Sternenforschern wird berichtet – und von ihrer ersten Reise. Recht unsanft werden die drei Frauen und ihre männlichen Gefährten daran erinnert, daß theoretisches Wissen selten ausreicht, um die sehr realen Gefahren des Weltraums zu meistern. Um zu überleben, müssen sie lernen, mit ihren Ängsten, Sehnsüchten und Alpträumen fertig zu werden. Sie müssen zu einer verschworenen Gemeinschaft zusammenwachsen.
Und sie müssen lernen zu lieben . . .

BASTEI LÜBBE

Sie erhalten diesen Band im Buchhandel, bei Ihrem Zeitschriftenhändler sowie im Bahnhofsbuchhandel.